SOBRE TU CADÁVER

‣ **Título original:** *Over Your Dead Body*
‣ **Dirección editorial:** Marcela Luza
‣ **Edición:** Leonel Teti con Erika Wrede
‣ **Coordinación de diseño:** Marianela Acuña
‣ **Armado de interior**: Clara Gimenez
‣ **Ilustración de tapa:** Santiago Caruso

www.vreditoras.com

MÉXICO: Dakota 274, colonia Nápoles,
C. P. 03810, alcaldía Benito Juárez, Ciudad de México.
Tel.: 55 5220-6620 · 800-543-4995
e-mail: editoras@vreditoras.com.mx

ARGENTINA: Florida 833, piso 2, oficina 203
(C1005AAQ), Buenos Aires.
Tel.: (54-11) 5352-9444
e-mail: editorial@vreditoras.com

Primera edición
Primera reimpresión: mayo de 2023

ISBN: 978-987-747-372-8

Impreso en México en Litográfica Ingramex, S. A. de C. V.
Centeno No. 195, colonia Valle del Sur, C. P. 09819,
alcaldía Iztapalapa, Ciudad de México.

Quinto libro de la saga JOHN CLEAVER

SOBRE TU CADÁVER

DAN WELLS

Traducción: Laura Saccardo

A mis hijos.
Esto cuenta como su regalo de Navidad.

¡Márchate, oh niño humano!
A las aguas y lo silvestre
con un hada, de la mano,
pues hay en el mundo más llanto
del que puedes entender.

William Butler Yeats, "El niño robado"

CA
PÍ
TU
LO
1

Levanté la vista, tomándome del costado de la caja del camión mientras andábamos por la carretera. El viento golpeó mi rostro con más intensidad al levantar mi cabeza. Me había quedado dormido y mis sueños –todos bañados de sangre y gritos– se desvanecieron en un alivio bien recibido. Lleno de pánico busqué a Brooke, temiendo lo peor, pero ella estaba sentada a mi lado, con el cabello corto volando sobre su rostro, y me sonrió. No había saltado. Ella estaba bien. Señaló un cartel al pasar.

–Motel Proud America –dijo–. A quince kilómetros. Podría llegar hasta la E con esa distancia, pero no hay ninguna B.

Estábamos en medio del campo, al parecer: cercas bajas a cada lado del camino, el terreno bajo más allá de ella estaba cubierto de maíz y dividido en parcelas por cercas, árboles y viejos caminos de tierra. Una nube de polvo flotaba en el aire a dos kilómetros a la izquierda; algún granjero o vaquero conduciendo un tractor por un camino de tierra. El camión nos sacudió otra vez, y Boy Dog lloriqueó. Le gustaba estar en terreno firme, que no interrumpiera su descanso, pero cuando pides aventón tienes que tomar lo que puedas conseguir. Brooke puso una mano sobre su cabeza y rascó el pelo detrás de sus orejas caídas de Baset hound. Volví a mirar las granjas, con la esperanza de ver un huerto, pero al parecer no había más que maíz hasta donde alcanzaba la vista. Podríamos comer en una huerta, pero el maíz bien podría haber sido como un campo lleno de ramas.

–Aquí está –dijo Brooke señalando otro letrero–. Esta autovía fue adoptada por la Iglesia de la Congregación de Baker. B, C, D, E.

–¿En verdad hay letreros suficientes como para jugar tu juego? –pregunté–. Estamos en medio de la nada.

–A quince kilómetros de un motel –respondió Brooke–. Eso significa a quince kilómetros del pueblo al que estemos yendo, quizás menos.

–No está mal, entonces –dije y, aunque sabía el número de memoria, volví a sumar el dinero que teníamos en mi mente: ciento treinta y siete dólares con veintiocho centavos. Recuerdo cuando no solía contar los centavos; redondeaba todo en el número más cercano y perdía el cambio en el sofá. En esos días ese era un lujo demasiado doloroso para pensarlo. Guarda suficiente cambio y eventualmente tendrás otro dólar. Un dólar puede comprar una hamburguesa en una parada de camiones o algunas manzanas si encontrábamos un puesto al costado de la carretera. Mi estómago rugió, así que hice a un lado los pensamientos sobre comida. *No pienses en eso hasta que esté cerca,* me dije, *solo te atormentarás.*

El viento hacía volar mi cabello a un lado y al otro sobre mis ojos. Necesitaba cortarlo. Brooke había cortado el suyo el mes anterior, un tipo de corte estilo paje que era más sencillo de mantener en la ruta. La observé mirando a lo lejos, más allá de la caja del camión, en busca de más letreros. Probablemente ella necesitara un corte pronto, también. Ambos necesitábamos un baño.

–¿Cuál es el nombre? –preguntó.

–¿De qué?

–Del pueblo al que estamos yendo.

–Ya te lo he dicho –respondí, e inmediatamente me sentí mal por ello. Las comisuras de sus labios cayeron en un gesto de disgusto, por frustración o vergüenza, o quizás ambas–. Baker –dije con suavidad–, igual que el letrero de la iglesia que acabamos de pasar.

–No lo recuerdo –respondió ella–. Debes habérselo dicho a una de las otras.

Asentí, mirando detrás de nosotros la ruta que desaparecía en la distancia. Larga, plana y perdida en una curva lejana. Una de las otras...

–¿Sabes a cuál?

–F, G –dijo ella, dejando pasar mi pregunta sin una respuesta–. Gasolina y Filetes, quince kilómetros. Ahora necesitamos el anuncio de un hotel otra vez, podríamos tener la H y la I.

–Y nos estancaríamos en la J. Nunca vemos jotas.

Brooke asintió, mirando al frente, pero sus ojos se veían vacíos; sin buscar nada, simplemente observando, perdidos en el mundo, en lo profundo de los recuerdos de otra vida.

–Tal vez Kveta –dijo finalmente, respondiendo a mi pregunta anterior–. He sido ella mucho las últimas veces. O tal vez Brooke. Creo que soy ella la mayor parte del tiempo.

–Eso es porque tú... –comencé a decir, pero me detuve. Brooke era su personalidad por defecto, o al menos solía serlo. Si ya no lo era, mencionarlo solo la haría sentir mal. A mí me hacía sentir mal pensar en ello, porque todo el problema era mi culpa. Se suponía que ese era el cuerpo de Brooke; yo fui el culpable de que todos esos recuerdos estuvieran dentro de ella.

No solía sentirme mal por nada, pero ahora...

Bueno, eso no es verdad. Solía sentirme mal todo el tiempo. Supongo que la diferencia es que ahora, a veces, me siento bien y el contraste hace que los malos momentos sean mucho peores.

–¿Quién eres ahora? –mantuve la vista en el camino, evitando su mirada.

–¿No lo sabes? –ella me miró, aunque en mi visión periférica no pude notar si estaba herida, sorprendida o solo sentía curiosidad.

–Lo siento –le dije. Brooke había sido poseída por un monstruo que antes había poseído a decenas de miles de chicas, tal vez cientos de miles, y todos sus recuerdos y personalidades se habían fusionado con la suya. Apenas una porción de la memoria en la mente de Brooke era realmente suya y, con números tan elevados, nunca puedes saber qué personalidad saldrá a la superficie a cada momento–. Todas tienen el rostro de Brooke, ya sabes. Tienen que... anunciarse a sí mismas, o algo.

–Soy Lucinda –respondió Brooke–. Me recuerdas, ¿no es así?

Asentí. Ella era Lucinda muy a menudo, en especial cuando estábamos viajando, aunque lo poco que sabía de Lucinda no sugería que hubiera viajado mucho.

–Moriste el día de tu boda –dije, luego me detuve, mirándola con curiosidad–. Lucinda murió hace cientos de años. ¿Cómo sabes el juego del alfabeto con letreros?

–No lo sé –respondió Lucinda/Brooke encogiéndose de hombros–. Solo lo sé.

–¿Crees que eso signifique algo? ¿De cómo tus personalidades hablan entre sí? –me senté derecho con curiosidad, con la espalda contra la pared del camión mientras me sujetaba para mantener el equilibrio.

–No podemos hablar entre nosotras. Solo compartimos cosas; como… yo sé cosas que Brooke sabe y algunas cosas que sabe Aga, y diferentes cosas de diferentes chicas. No sé cómo funciona.

–Pero ¿quieres saberlo?

No dijo nada por un largo tiempo, solo pensaba y rascaba la cabeza de Boy Dog. El camión bajó un poco la velocidad y Brooke gritó de pronto:

–¡H, I, J, K! ¡Baker Junior High! –alzó su puño y se apoyó contra el costado del camión para poder ver más allá de la cabina–. ¡Sí! ¡Las jotas son imposibles! Veamos qué más podemos encontrar.

Ya estábamos andando dentro del propio pueblo –aun a uno o dos kilómetros de la avenida principal, pero lo suficientemente cerca como para ver casas surgiendo aquí y allá con más frecuencia. Pasamos por el Motel Proud America, pero deseé no tener que quedarnos allí; pensaba diferente en el dinero ahora que cargaba el total de nuestras posesiones terrenales en un bolsillo y dos mochilas. Podíamos *pagar* una noche en un motel –varias probablemente, si era tan económico como parecía– pero ¿luego qué? Tener dinero no es lo mismo que tener un ingreso. Si lo gastábamos todo en un día, ¿dónde nos quedaríamos la semana siguiente? ¿Y qué comeríamos?

Ciento treinta y siete dólares con veintiocho centavos. Pudimos conseguir más algunas veces en las reservas ocultas que Albert Potash tenía en diferentes partes del país. Dinero, armas y provisiones, en casilleros de estaciones de autobús, depósitos, a veces en gimnasios y centros recreativos. Habíamos encontrado la lista entre sus cosas luego de su muerte y nos había mantenido durante casi un año, pero incluso esa reserva se nos estaba acabando. Solo nos quedaban unos pocos escondites, y el más cercano estaba a cientos de kilómetros de distancia.

–L –dijo Brooke, pasando de una letra a la otra sin detenerse para decir de dónde obtenía cada una–. M –pausa–. N, O, P. Maldición, nunca encontraremos una Q.

–Busca "equipamiento" –propuse, cerrando los ojos e intentando no obsesionarme con nuestros escasos fondos–. Alguien debe estar vendiendo equipamiento para el campo en este pueblo. O tal vez hay algo con… "quilates". Joyas de 24 quilates.

–¿Crees que tengan joyerías tan buenas en una ciudad tan pequeña? –preguntó Brooke riéndose.

–Creo que las escalas de calidad son relativas –respondí,

permitiéndome sonreír un poco. Cualquier cosa que hiciera reír a Brooke era algo bueno–. La mejor joyería en el pueblo tendrá algunos quilates.

–Tal vez tengamos suerte y encontremos un sitio que venda equipamiento en oro de 24 quilates –dijo ella–. Así tendríamos una Q para cada uno.

–Yo no estoy jugando.

–Pero podrías.

–Soy terrible en este juego.

–Eso es porque quieres nombrar las cosas –me reprendió–. No puedes ver un auto y decir que encontraste la letra A, tienes que ver la A escrita en algún lado.

–Pero nunca me dejas escribirlas.

–Por supuesto, no puedes simplemente escribirlas tú mismo, eso es trampa.

–Creo que no veo el atractivo de este juego –me encogí de hombros y miré un restaurante que pasamos. El lugar era un bar grasiento, alguna imitación de Dairy Queen llamada Dairy Keen. Probablemente estuviera fuera de nuestro presupuesto, a menos que literalmente no hubiera otra cosa en el pueblo. Vi a un grupo de adolescentes frente a él, solo pasando el rato, apoyados en la pared del frente, y me recordó al viejo Friendly Burger de Clayton. Un lugar pequeño en el que nadie más que los locales se detenían a comer y solo hasta que abrió un McDonald's. Brooke y yo habíamos tenido una cita allí. Y Marci y yo también. No había muchas opciones en una ciudad como Clayton. Tampoco en Baker, al parecer.

Extrañaba a Marci. Intentaba no pensar en ella, pero estaba siempre conmigo, como un fantasma en la caja del camión.

Invisible e intangible, pero aun así irremediable e inevitablemente presente.

–No hay Q en Dairy Keen –dijo Brooke–. Vamos, muchachos, piensen en el juego del alfabeto al nombrar sus restaurantes. ¿Nadie hace planes a futuro?

Pensé en nuestros próximos movimientos. Nuestra primera parada sería una estación de autobuses, si veíamos una, o un banco, pero solo porque era un buen lugar para preguntar por una estación de autobuses. No podíamos preguntar en cualquier lugar en un pueblo tan pequeño; lucíamos tan evidentemente sin hogar que si entrábamos a una tienda, el rumor de unos mendigos adolescentes se esparciría demasiado rápido y nos bloquearía el camino para recibir cualquier ayuda real. Los propietarios de tiendas en ciudades pequeñas se protegían entre ellos. Los cajeros de bancos, por otro lado, tienden a moverse en círculos diferentes y podíamos hablar con ellos sin temer que llamen al almacén local para advertirles. Nuestro objetivo, por supuesto, era la estación de autobuses, en donde podríamos conseguir duchas baratas o algún otro camarada vagabundo que pudiera decirnos dónde encontrar las duchas más cercanas. Los vagabundos se cuidan entre ellos casi tanto como los propietarios de las tiendas. Una vez que estuviéramos limpios y cambiados de ropa luciríamos como turistas normales, de camino a algún otro lugar, y podríamos caminar por la ciudad sin encender ninguna alarma mental. Compraríamos algo de comida y luego buscaríamos la iglesia; no la de la Congregación de Baker, sino la otra. La comunidad. La razón por la que habíamos llegado al pueblo en primer lugar. Supuse que la mayoría de los pobladores de

Baker no querrían hablar de ella, pero todos la conocerían y, si teníamos suerte, nos indicarían a uno de sus miembros.

–Equipamiento de jardinería –dijo Brooke–. Q y R. Y por allí hay una S, T, U... V. Alquiler de videos. ¿Aún rentan videos en este pueblo? ¿Acaso viajamos al pasado?

–Parece cerrado –respondí. Teníamos un lugar como ese en Clayton, siguió al *boom* de los DVD, y luego se desmoronó cuando la Internet volvió su negocio obsoleto. Habían cerrado hacía unos años y no había abierto nada más en esa tienda. Parecía la misma historia en ese lugar.

–Al menos dejaron los letreros –dijo Brooke–. Me alegra que alguien en este pueblo finalmente estuviera pensando en mis necesidades –hizo una mueca y me miró–. ¿Cómo se llamaba, otra vez?

–¿El pueblo? –pregunté. Debía haber cambiado de personalidad otra vez; muchas ideas pasaban de una a la otra, pero algunas no lo hacían y ella intentaba disfrazar el cambio fingiendo mala memoria–. Baker –le dije–. Estamos aquí en busca de la Colectividad del Espíritu de la Luz.

–Yashodh –dijo Brooke asintiendo–. Vamos a matarlo.

–O él nos matará a nosotros –sentí el viejo y familiar llamado de la muerte.

–Dices eso cada vez.

–Uno de estos días será cierto.

El camión estaba bajando la velocidad, probablemente en busca de un buen lugar donde dejarnos. Tomé la correa de mi mochila, preparándome para saltar, pero noté que Brooke estaba ignorando la suya y, en su lugar, miraba las construcciones por las que pasábamos: fachadas altas de ladrillos ornamentadas y techos a dos aguas en la segunda planta. Algunas estaban pintadas, otras, cubiertas de madera o con recubrimientos plásticos, otras eran de ladrillo a la vista o tenían los restos de viejos letreros, demasiado gastados para leerlos. Una barbería. Una tienda de antigüedades. Una pizzería que parecía mucho más moderna que todo el resto de la calle. Me pregunté si podríamos pedir algo de comida por la puerta trasera.

El camión aparcó al costado del camino, junto a una extensión de césped brillante en una especie de plaza del pueblo –el ayuntamiento, probablemente–, yo ya había bajado y estaba alcanzando el bolso de Brooke cuando el conductor bajó su ventana.

–¿Aquí está bien? Puedo llevarlos unas calles más si quieren.

–Aquí está perfecto –le dije. Unas calles más hubieran estado bien, atravesar la ciudad hasta el otro lado, desde donde podríamos infiltrarnos a nuestro ritmo, pero nunca es bueno pedirles de más a los conductores. Siempre hazlos sentirse generosos, no abusados; como si hubieran podido hacer más si estuviera a su alcance, en lugar de desear haber hecho menos. En cambio, señalé la compuerta trasera–. ¿Te importa si abro atrás para bajar al perro?

–No hay problema –dijo el conductor. No se ofreció a ayudar, lo que significaba que probablemente estuve en lo correcto al rechazar que nos llevara más lejos. Él ya nos estaba olvidando, liberándose de su carga de autoestopistas con su mente un kilómetro más adelante del camino. Abrí la compuerta y bajé a Boy Dog, sintiendo el fuerte olor a suciedad y a perro. Necesitaba un baño tanto como nosotros. Se sentó en la acera donde lo dejé, rascando su oreja con su gorda pata delantera, y le ofrecí una mano a Brooke. Parecía perdida en alguna clase de ensueño otra vez, demasiado normal para ella, y dije su nombre para llamar su atención.

–¿Brooke?

Ella volteó a mirarme, pero sus ojos no reflejaban reconocimiento.

–¿Quién?

–Lucinda –dije recordando. No respondió, así que intenté con otro nombre–. ¿Kveta?

–Yo… –se detuvo–. Lo siento, John.

Las señales de advertencia estaban por todo su rostro: desorientación, la mirada baja, el ligero gemido en su voz. Probé mi mejor sonrisa y tomé su mano, consciente de que el contacto físico era la mejor manera de sacarla de su ánimo caído.

–Llegamos aquí temprano –le dije–, todo va muy bien.

–No quiero ser así –respondió sin moverse. Apreté su mano con cuidado, intentando no mirar si el conductor estaba perdiendo la paciencia. Si le gritaba para apresurarla solo haría que se pusiera peor.

Ella recordaba las vidas de cientos de miles de chicas y recordaba morir como cada una de ellas. El suicidio era tan natural para Brooke como respirar.

–¿Quieres pizza para cenar? –le pregunté–. Vi un buen lugar como a una calle hacia allá.

–No podemos gastar en pizza.

–Podemos despilfarrar –dije y jalé de su mano una vez más–. Vamos, echemos un vistazo. ¿Qué estilo crees que tengan aquí, napolitano o de Nueva York?

No atrapó la carnada de la conversación, pero otro jalón gentil en su brazo finalmente la hizo bajar del camión. Se sacudió con una mueca, mostrando mucha más emoción de la que el polvo parece ameritar. Me arriesgué a soltarla por tres preciosos segundos, para cerrar la compuerta y gritarle un agradecimiento al conductor. Él se alejó sin decir una palabra y Boy Dog ladró molesto ante la nube de humo que brotó en su rostro.

–Mi nombre es Pearl –dijo Brooke–. Me llamaban Pearly, y mi padre decía que era la luz de sus ojos. Tenía docenas de pretendientes y el mejor caballo del país. Ganamos todas las carreras ese año, pero me dejaron ganar. No sé por qué. Yo era horrible y si hubiera vivido suficiente para conocerlos mejor me habrían visto como…

–Muero de hambre –dije interrumpiéndola de inmediato ante la mención de la muerte. Tenía una de sus manos sujeta con la mía y busqué la otra rápidamente, mirándola a los ojos, sin hablarle para que dejara el tema, porque eso nunca funcionaba, sino desviando el tema. Distrayéndola–. Mi pizza preferida es la de hongos. Sé que a muchas personas no les gustan, pero yo creo que son deliciosos; suaves, sabrosos, llenos de ese increíble sabor. Cuando los pones sobre una pizza se doran allí, en el horno, caliente y frescos, y van a la perfección con la salsa de tomate. ¿Te gustan los hongos?

–Me dejé caer de ese caballo –dijo Pearl–. Yo… ni siquiera recuerdo su nombre. Él no fue el que me mató de cualquier modo, fueron los que venían detrás. Nadie pudo desviarse a tiempo y me pisotearon justo allí, frente a todos.

–¿Qué hay del *peperoni*? –pregunté–. A todos les gusta el

peperoni. Y esa salsa roja que puedes ponerle arriba; ¿crees que este lugar tenga eso? Vamos a ver.

–¡Ya deja de hacer eso! –gritó–. ¡Sé lo que estás haciendo, y lo odio! ¡Siempre me tratas así!

Respiré profundo, intentando no parecer demasiado preocupado; no estábamos en una carretera exactamente atestada, pero si ella llamaba mucho la atención podría ser un desastre. Incluso sin un intento de suicidio ya habría personas mirándonos; personas y cosas. Cosas que deseábamos desesperadamente que no nos encontraran. Si ella comenzaba a pelear conmigo, la policía intervendría y podrían encerrarnos. Le hablé con calma, acariciando sus dedos con mis pulgares.

–Estás cansada. Exhausta, probablemente, y hambrienta, incómoda, y es todo mi culpa y lo siento.

–¡Cierra la boca! –intentó liberar sus manos, pero la sostuve con fuerza.

–Necesitas descansar –continué–, y comer algo y cambiarte de ropa. Y tal vez podamos dormir en un verdadero motel esta noche. ¿No suena bien?

–No quieres quedarte conmigo –dijo, cambiando en medio segundo de odiarme a culparse a sí misma–. Soy horrible. Arruino todo. Podrías estar haciendo esto mucho mejor sin mí…

–No podría estar haciendo nada de esto sin ti –respondí–. Somos un equipo, ¿recuerdas? Tú eres la mente y yo, las manos. Compañeros hasta el fin. El único peso muerto es Boy Dog –me estremecí de inmediato al decirlo, maldiciendo el proceso neurológico que había producido la frase "peso muerto", pero ella no reaccionó. Se quedó quieta, mirando el suelo, y yo levanté la vista mientras un semirremolque rugía al pasar, lanzándonos gravilla desde sus neumáticos. Boy Dog volvió a ladrar, un ladrido bajo y desanimado. Cambié la estrategia y señalé el camión–. Transportes Weller: allí está tu W. Ahora necesitamos una X, y debe haber una... tienda de saxofones en algún lugar, ¿no es así? ¿Una tienda de mascotas que se especialice en animales exóticos?

Me acerqué a la acera, intentando llevarla a algún lugar, cualquiera, donde pudiera sentarse, comer y tomar un poco de agua, pero ella se soltó de mi mano y corrió al medio de la calle...

... en medio del camino de otro semirremolque. Giré sobre mis talones e intenté alcanzarla, pero perdí sus dedos por un centímetro. El camión sonó el claxon en una advertencia molesta y presionó los frenos. Brooke se paró frente a él, con sus brazos abiertos y los ojos cerrados. Corrí hacia ella, mirando cómo el camión giraba por el rabillo el ojo, con la esperanza de poder sacarla del camino, aún sabiendo cuál sería su nuevo destino. Choqué con ella en un tacle, la empujé al costado de la carretera, tambaleándome y luchando para mantenerme en pie, hasta que finalmente caímos en la cuneta del otro lado, y golpeamos contra un guardafangos oxidado al pasar entre dos autos. El camión pasó rugiendo, corrigió su dirección y evitó un choque por muy poco. Brooke estaba sollozando y la miré en busca de heridas; tenía raspones en sus brazos y un agujero en sus jeans, pero ningún hueso roto ni cortes que pudiera ver. Mi propio brazo derecho estaba cubierto de sangre y gravilla que sacudí con cuidado.

–¿Están bien? –preguntó alguien que pasaba mirándonos por encima de sus brazos cargados de cajas de cartón.

–Estamos bien –respondí, aunque mi brazo se sentía como si estuviera prendido fuego.

–Tienes que hacer que te vean eso –agregó, luego dudó, pero siguió caminando.

Problema de alguien más.

Brooke seguía llorando, hecha un ovillo en la cuneta. Puse mi mano sobre su brazo mientras miraba alrededor comprobando quién más, si es que había alguien, había notado nuestro inminente accidente. Si alguien lo había hecho, no estaba saliendo de su tienda para comentarlo. Quería gritarles, lanzar mi rabia contra todo el mundo por dejar que esa chica escuálida y destruida fuera olvidada e ignorada tan fríamente. Quería matarlos a todos. Pero ser ignorados era lo mejor que podíamos esperar y no podía arriesgarme a hacer una escena. Volví a enfocarme en Brooke.

–Está bien –dije suavemente–. Está bien.

–Me salvaste –respondió Brooke.

–Cada vez. Sabes que siempre lo haré.

–No deberías. No lo valgo.

–No digas eso –el cielo estaba oscureciendo; teníamos que encontrar un refugio y una ducha más que nunca y, probablemente, algún antiséptico para mi brazo. Aunque no podía arriesgarme a ir a una clínica; harían demasiadas preguntas e intentarían sacarnos información que no podíamos brindarles. Una farmacia, tal vez. Incluso un pueblo tan pequeño como ese debía tener una en algún lugar. *Y su letrero debe tener unas RX en él,* pensé. *Tal vez eso la anime.* Me puse de pie de a poco, ofreciéndole mi brazo sano, pero ella me tomó y me jaló de regreso a la cuneta, aferrándome en un triste y desesperado abrazo.

–Te amo, John –dijo sentándose y limpiando las lágrimas y suciedad de su rostro.

–Lo sé –intenté devolverle las palabras, siempre lo intentaba, pero no podía hacer que esas palabras salieran. Solo había amado a una persona, pero Nadie había poseído a Marci y la mató antes de pasar a Brooke, hacía casi dos años. El monstruo había ido tras ella y yo llegué una víctima tarde para salvarla. Al menos había salvado a Brooke.

Y supuse que seguiría salvándola hasta el día de mi muerte.

CA
PI
TU
LO
2

Desperté con la espalda de Boy Dog en mi rostro, caliente y con picazón. Su cuerpo se expandió lentamente mientras inhalaba, presionándose contra mi nariz y frotando sus pequeños cabellos por mi piel. Giré a un costado y sentí una dolorosa rigidez en mis músculos y una repentina sensación de desorientación ante el duro y plano suelo debajo de mí. ¿Dónde estaban los bultos y las raíces y...? Abrí bien los ojos. Estaba rodeado de oscuridad con, de alguna forma, una perfecta línea vertical de luz a un costado. Me enfoqué en ella y recordé las cortinas. Estábamos en un motel. Las cortinas estaban cerradas. Me senté, y Boy Dog se sacudió, sus gruesas piernas se movieron tres veces y luego volvieron a quedarse quietas. Estábamos en el suelo.

Miré la cama y vi a Brooke, las sábanas apartadas de su cuerpo y enroscadas en una pierna. Su pecho subía y bajaba, al igual que el de Boy Dog. *Cuánto mejor hubiera sido*, pensé, *haber despertado con eso apoyado sobre mí en lugar del perro.*

Me corregí inmediatamente: con *ella* contra mí. Y luego me corregí una vez más: no podía tocarla. Ella pensaba que me amaba, pero yo no podía corresponderle su amor. Yo le había fallado antes, al no poder atrapar al demonio llamado Nadie, y ahora eso era todo lo que podía hacer para no fallarle otra vez. Ella era mi responsabilidad, no mi novia.

Vi su silueta debajo de su ropa, el rastro de piel pálida en su cintura.

Fui al baño, dejé la luz apagada y lavé mi rostro en la oscuridad. Las toallas eran delgadas, como trapos de cocina. Observé mi figura en el espejo, un contorno oscuro no muy distinto de la habitación oscura detrás de mí. La esquina del vidrio estaba quebrada y la superficie del espejo estaba cayéndose.

Brooke y yo ya habíamos pasado siete meses en la ruta, cazando monstruos. Siempre los había llamado demonios, pero ellos se llaman a sí mismos Marchitos o Iluminados, dependiendo de si veían sus vidas como una maldición o una bendición. Ya había matado a uno por mi cuenta, hacía casi cuatro años. Y mientras intentaba mantener al resto del mundo fuera de eso, ese inframundo oscuro y oculto había comenzado a arrastrar a otros en él, matando o corrompiendo a todos los que conocía. A todo lo que tocaba. Mi mamá había muerto, y Marci; Brooke había sido salvada, pero solo por definición. Algunas veces me preguntaba si hubiera estado mejor muerta.

Volví a ver la silueta de su cuerpo, como una imagen grabada en mi mente, tan quieta y silenciosa sobre la cama.

Me senté en la vieja silla en una esquina de la habitación y me puse los zapatos mientras la madera crujía suavemente con cada leve movimiento. Había estado durmiendo frente a la puerta –porque Brooke solía caminar dormida–, así que Boy Dog también estaba allí, evitando que la abriera más que una hendija. Quité la cadena e intenté deslizarme por allí, pero Boy Dog despertó, se puso de pie y se sacudió haciendo tintinear su collar. Lo hice callar, poniendo una mano sobre su cuello, y me siguió afuera. La luz parecía enceguecedora, pero a medida que mis ojos se adaptaron, noté que aún era temprano en la mañana; todo estaba bañado del azul previo al amanecer. Estiré y froté mis brazos. Al otro lado del estacionamiento, alguien estaba arrojando una gran bolsa blanca a un bote de basura. *El* bote de basura, supuse. Así pensaban en él las personas que vivían allí: ese era su bote de basura. Su hogar. Para mí, ese era solo un lugar más, solo un estacionamiento, solo otra parada en el camino que nos estaba llevando… a algún lugar, estimaba. No teníamos planes específicos. Estábamos cazando Marchitos e íbamos adonde ellos iban y, quien fuera –o lo que fuera– que estuviera cazándonos, venía detrás. Teníamos que estar un paso adelante, o más si podíamos. Honestamente no sabía a cuántos pasos detrás nuestro se encontraban; si corres lo suficientemente rápido, te encuentras tan adelante que ya no tienes idea de quién viene detrás de ti.

Miré la puerta de la habitación; probablemente tuviera unos minutos antes de que Brooke despertara. Me aseguré de que estuviera cerrada y luego caminé hasta la recepción para pedir información de la iglesia; los conserjes de moteles no se escandalizaban ante los vagabundos, o ante nada, al parecer. Nosotros éramos unas de las personas más normales que veían.

El hombre del bote de basura volvió a entrar por la puerta trasera de cual fuera la tienda que estaba abriendo ese día. Una casa de empeños, tal vez. Era muy temprano para que se tratara de un bar. El pueblo estaba tranquilo, apenas amanecía, y me pregunté cómo sería vivir allí, echar raíces y quedarse por siempre. No muy diferente a Clayton, supuse. ¿Qué llevaba a las personas allí en lugar de a otro sito; o a otro sitio en lugar de allí? ¿Escogían vivir allí, o simplemente nacían ahí y nunca se movían?

La recepción tenía una campanilla en la puerta que tintineó cuando entré.

–Buenos días, señor –me llamaba "señor" a pesar de que solo tenía dieciocho años y lucía incluso más joven. Intenté dejarme la barba, con la esperanza de que eso me hiciera ver más adulto, pero crecía escasa y delgada (era tan evidente que quería parecer adulto que me rendí y la afeité). El hombre miró a Boy Dog, que me había seguido adentro–. ¿Esa habitación les ha servido bien?

–Estuvo muy bien –respondí–. Gracias por dejarnos tener al perro; muchos lugares son quisquillosos con las mascotas.

–No hay problema. ¿Qué puedo hacer por usted?

Necesitaba información, y me sentí tentado por la repentina necesidad de torturarlo para obtenerla; de atarlo y cortarlo en lugares estratégicos, solo un poco al principio, luego un poco más, hasta que me dijera todo lo que quería...

No. No tenía permitido lastimar personas. Respiré profundo y revelé la historia que había elaborado.

–Bueno, estoy buscando a mi hermana menor...

–¿Es la chica con la que estabas anoche?

¿Sospechaba que estábamos escapando? Más específicamente, ¿nos habría entregado? Le revelé un poco más de mi historia inventada, esperando que más información calmara sus sospechas.

–No, ella es mi esposa; nos tomamos un semestre libre de la universidad para buscar a mi hermana, lo último que supe de ella es que andaba por esta parte del estado. Algo perdida, ¿sabe? –hice un mohín, como si la idea me causara dolor–. Mi hermana es algo menor, sigue en preparatoria; escapó de la casa el año pasado.

–Eso es muy malo –dijo el hombre. Se apoyó en el mostrador, una señal de que había atraído su atención con mi historia. Debía tomarme en serio para ayudarnos realmente–. ¿Piensas que está en Baker? ¿Tienen familia por aquí?

–No, no tenemos –respondí–, pero escuché que… –me detuve, como si estuviera demasiado avergonzado para decirlo, pero él asintió y entonces supe que lo tenía. De pronto ya no era un forastero sospechoso haciendo preguntas sobre un culto local, era un hombre de familia preocupado, alguien normal, alguien con quien podía hablar de los raros de la granja. Miré por la ventana, vigilando a Brooke, pero la puerta seguía cerrada.

–El culto –dijo el empleado asintiendo–. ¿Del espíritu de la luz? ¿Crees que ha caído en él?

–Espero que no –respondí e hice un pausa antes de continuar–. Entonces, ¿es real? ¿En verdad están aquí?

–Tristemente –asintió–. Un amigo mío se unió a ellos hace unos años: un chico local. Pensábamos que sería más inteligente que eso, pero supongo que nadie se hizo rico sobreestimando la inteligencia de los campesinos. Los Iluminados por la Luz vienen al pueblo a comprar provisiones, medicina y esas cosas, lo que no puedan hacer en la granja, supongo, papel higiénico y cosas por el estilo; y entonces Nick comenzó a hablar con esta chica cada vez que la veía, embolsando sus cosas en la caja o lo que fuera. Todos le advertimos que la chica solo le causaría problemas y él insistió, lo juro por Dios, en que solo estaba intentando hacer que ella dejara el culto, no intentando entrar en él. La invitaba al Dairy Keen, al cine y cosas así. Ella siempre decía que podría ser, luego decía que no, hasta que finalmente, de pronto, vino el gran hombre: el Alto jefe Iluminado por la Luz, o como sea que lo llamen. El Mesías. No se lo ve muy seguido, pero viene algunas veces en busca de esto o aquello y, en cada ocasión, alguien lo sigue de regreso. Esa vez fue Nick. Ni siquiera había terminado su turno. Ahora es él quien viene al pueblo a comprar papel higiénico; le hablamos algunas veces... Él saluda, pero se ha ido: no queda nada en su mente más que canciones, historias y qué-grandioso-es-estar-vivos. Él sonríe, asiente y ni siquiera estoy seguro de que nos reconozca. Esto es solo una forma larga y deprimente de decirle que, si su hermana está allí, tiene un largo camino desierto por delante para sacarla de ahí y ese camino no tiene salida, así que sería mejor no tomarlo en primer lugar.

–¿Alguna vez alguien salió del culto? –pregunto–. Quiero decir, ¿voluntariamente?

–No que yo recuerde.

Hice la siguiente pregunta con cuidado, intentando sonar sorprendido por el misterio en lugar de desesperado por obtener detalles concretos.

–¿Alguna vez desapareció alguien? –si el líder del culto era realmente un Marchito, de acuerdo con los recuerdos de Brooke, debía estar asesinando a sus seguidores de algún modo. Descubrir cómo podía ser el primer paso para descubrir los puntos débiles de Yashodh.

–¿De Baker, quieres decir? –preguntó entornando los ojos–. Algunas veces, pero todos aparecen como Iluminados por la Luz, tarde o temprano.

–A la comunidad, me refiero –corregí rápidamente–. Los mismos Iluminados, ¿no están siendo... asesinados o algo? –volví a mirar afuera, Brooke seguía en la habitación.

–Créeme chico, no hay una sola persona en este pueblo que no conozca a alguien en esa granja –dijo negando con la cabeza–. Si estuvieran desapareciendo estaríamos allí afuera con antorchas y horquillas, pero no es la clase de culto del que la gente desaparece. Cada uno de ellos sigue allí, sembrando su propia comida, haciendo su propia ropa y rezándole a la deidad no cristiana que hayan decidido adorar. Ellos no mueren, no desaparecen, no... hacen nada.

–Gracias –me di cuenta de que estaba frunciendo el ceño, confundido ante la ausencia de muertes, así que cambié mi expresión por lo que pareció esperanza–. Al menos eso significa que sigue con vida.

–Si es que está allí –dijo el conserje.

–¿Cómo llegamos allí? –pregunté.

–No lo haces.

–Pero... obviamente las personas lo hacen –dije–. ¿Cuál es el camino? ¿Qué granja?

–No está escuchándome. Las personas que van allí no

regresan. Los del ayuntamiento, algunas veces, o la policía, pero ¿personas como tú? Es todo lo que los Iluminados por la Luz esperan que pase.

–¿Son tan persuasivos? –era interesante.

–Persuadieron a Nick, y él se había vuelto más temeroso de ellos que del coco bajo la cama.

–Gracias –respondí–. Tendremos cuidado –di un paso hacia la puerta, pero aún no sabía dónde encontrarlos. Miré hacia afuera, y como aún no había rastros de Brooke regresé al conserje–. ¿Qué hay de un puesto al costado del camino? Muchos lugares como ese venden queso, vegetales o lo que sea, ¿el Espíritu de la Luz lo hace? Tal vez puedo preguntar allí, ver si alguien conoce a mi hermana.

–Sal por la Ruta Estatal 27 –respondió el hombre–. Muchas personas les compran productos, es bastante seguro. Pero no tienes auto, ¿cierto?

–Solo el autobús.

–El autobús no va por ese camino, pero puedes intentar parar algún auto.

–¿No sería peligroso? –intenté parecer serio, ansioso por convencerlo de que éramos lo más normales posible.

–Están dirigiéndose a la parte más peligrosa de Baker. Si alguien los secuestra en el camino, sería algo bueno.

Le agradecí y salí, caminando fatigado hasta nuestra habitación. Era bueno tener información, pero en mayor parte me inquietaba. ¿Dónde estaban los muertos? ¿Yashodh estaba usando alguna clase de control mental? La mayoría de los Marchitos eran demasiado peligrosos para enfrentarlos frente a frente; teníamos que ir por atrás, descubrir todo lo posible hasta encontrar una debilidad que pudiéramos aprovechar. Este Marchito sonaba demasiado peligroso como para encontrarlo siquiera.

Me detuve frente a la puerta, pensando. ¿Y si simplemente nos marchábamos? Él no estaba matando a nadie, al parecer. No teníamos que matarlo. Tal vez no debíamos hacerlo. Pero no pude olvidar el tono en la voz del conserje al advertirnos, demasiado asustado para…

–*Sranje! Šta radiš ovdje?* –le puerta se abrió y Brooke se detuvo sorprendida de encontrarme de pie en silencio frente a ella.

–Español –le dije con cuidado.

–¿Qué idioma estaba hablando? –me miró, confundida, luego inclinó la cabeza hacia un costado y su sorpresa se transformó en curiosidad.

–No tengo idea. Lo has usado antes, creo, pero no reconozco las palabras –la esquivé para entrar y cerré la puerta detrás de mí.

–Pregunté qué hacías ahí, ¿estabas vigilándome? –caminó adentro y se sentó en la cama.

–No, solo perdido en mis pensamientos, parado en un lugar extraño –respondí mientras juntaba nuestras pocas posesiones y las volvía a guardar en las mochilas–. Háblame de Yashodh una vez más –los Marchitos tomaban identidades humanas, pero tenían sus propios nombres. Nadie, el demonio que había tomado a Brooke, se llamaba Hulla. El Alto jefe Iluminado por la Luz, como lo llamó el conserje, se llamaba Yashodh.

–Sabes que no me gusta hablar de Yashodh –dijo Brooke negando con la cabeza.

–Bueno, vamos a encontrarnos con él en algún momento, así que tendremos que superarlo –cerré uno de los bolsos y junté algunos calcetines sueltos para guardar en el otro. Tenía puesto el último par que me quedaba limpio, necesitaríamos ir a una lavandería pronto–. Sabías que este día llegaría. Hemos enfrentado a todos los Marchitos que pudimos encontrar, así que es momento de Yashodh.

–No hemos ido por Attina.

–Este está de camino a Attina –dije–. Lo hacemos ahora o lo hacemos en seis meses.

–Lo sé –respondió Brooke cayendo de espalda sobre la cama–. Es solo que… no lo sé. Puedo recordar a algunos otros –su memoria estaba plagada de huecos, pero era la única herramienta que teníamos para encontrar y cazar a los Marchitos. Apretó los dientes–. No lo conoces como yo.

–Entonces cuéntame de él.

–Ya te he dicho todo lo que sé.

–No pueden ser las dos cosas –insistí–. ¿Lo conoces o no?

–Él se odia a sí mismo –dijo Brooke–, incluso más que yo –la observé; la conocía el tiempo suficiente como para saber el verdadero significado de esa afirmación.

–Quieres decir "más de lo que Nadie se odia a sí misma" –la corregí con delicadeza.

–Yo soy Nadie –dijo Brooke. O Nadie, supongo.

Me encogí de hombros y cerré el segundo bolso; no mostraba señales de otro ataque expresivo, así que no valía la pena discutir.

–Todos los Marchitos renunciaron a algo –continuó Nadie, y su mirada adquirió esa expresión distante que solía tener cuando hablaba del pasado distante. Hace casi diez mil años, si la investigación del FBI había estado en lo correcto–. Yo renuncié a mi cuerpo –continuó– porque era horrible y lo odiaba. Yashodh renunció a sí mismo.

–Pero ¿qué significa eso? –pregunté–. Le hemos estado dando vueltas a eso por casi un año ya, intentando descubrir qué puede hacer. Nadie renunció a su cuerpo y ganó la habilidad de tomar los cuerpos de otros. ¿Yashodh puede tomar la "identidad" de otros? ¿Qué significa eso? Podría explicar el culto si él estaba subsumiendo sus individualidades en una especie de colectivo, pero ¿por qué? ¿Qué es lo que podría ganar con eso?

–Él es débil –dijo Nadie, con un tono de desdén en su voz–. Tiene suerte si obtiene algo, más si es algo que él quiere.

–Es un monstruo de diez mil años –respondí– que probablemente pueda ejercer el control mental. Mientras más lo analizamos más creo que él puede obtener *cualquier* cosa que desee.

–Y entonces ¿por qué está aquí en la mediocre Ciudad Basura? –preguntó Nadie–. Todos lo aman y él puede tener lo que sea y ni siquiera tiene que matar personas, y todo lo que hace es sentarse allí a picarse la nariz…

–Espera –dije poniéndome de pie de pronto–. Eso es nuevo; hemos estado hablando de Yashodh durante un año y es la primera vez que dices que no tiene que matar a nadie.

–¿Eso es nuevo? –abrió bien sus ojos y se miró a sí misma, como si esperara ver algo diferente. Casi de inmediato sacudió su cabeza y cerró los ojos, manteniéndolos cerrados mientras pensaba–. Algo nuevo… piensa… –presionó sus dientes por el esfuerzo–. Él no mata personas... no necesita matar personas...

–¿Ellos lo adoran? –pregunté. Si se había convertido a sí mismo en el mesías de un culto en las afueras del país, tal vez era la adoración en sí misma lo que lo mantenía–. Dijiste que todos lo aman, ¿cierto? ¿Ese es el medio para un fin o es el fin en sí mismo?

–Eso tendría sentido –respondió Nadie frotando sus dedos entre sí mientras hablaba, mirando la pared.

–Pero ¿es cierto?

–No lo sé –se quejó–. Estoy tratando de pensar –se concentró en la pared, como si fuera un portal al pasado–. Vamos cerebro, lárgalo. Él no necesita matar personas. Tal vez no desea matarlas. Tal vez no puede matar.

–Él renunció a sí mismo –repetí, intentando mantener sus pensamientos enfocados; proponer nuevas ideas no nos ayudaría, necesitábamos ir más profundo en las verdades que ya conocíamos.

–Él renunció a sí mismo –repitió Brooke–. Todos lo aman... porque renunció a sí mismo. Él los salvó.

–¿De qué? –eso sonaba mal.

–Del pecado –respondió Brooke levantando la vista hacia mí–. Él murió por nuestros pecados.

–¿Cuántas de tus personalidades son cristianas? –dije negando con la cabeza.

–No lo sé, muchas. Estoy hablando de Jesús ahora, ¿no es así?

–Yashodh no es el mesías –agregué–, pero tiene que convencer a las personas de que lo es. Por... algo.

–Para poder ser feliz –respondió.

–¿Solo eso?

–¿Qué quieres decir con "solo eso"? –Brooke me miró con el ceño fruncido–. Eso lo es todo.

–Los Marchitos no están intentando ser felices. Están intentando ganar... poder, dinero, algo. Están tratando de sobrevivir.

–Eso es la felicidad, John. Así es cómo sobrevivimos. Es el por qué.

–Como sea –suspiré y froté mi rostro con mis manos–. Podemos pensar en el camino –tomé mi mochila y miré a Boy Dog–. Lo siento, perro. Tienes una larga caminata por delante.

CAPÍTULO 3

–¿Cuál es tu canción favorita? –preguntó Brooke. Habíamos encontrado la Ruta Estatal 27 pero aún no habíamos conseguido que nos levantaran, así que solo estábamos caminando, lentamente, para que Boy Dog pudiera seguirnos.

–"Don't Stop Believin'", de Foreigner –respondí sin pensarlo.

–No, no es esa –Brooke se rio.

–Claro que lo es. ¿Por qué no?

–La cuestión no es por qué no –dijo ella–. Es por qué. ¿Qué demonios tiene esa canción que hace que te guste?

–Lo dices como si fuera imposible que a alguien le guste. Es una de las canciones más populares de todos los tiempos.

–¿Por eso la escogiste?

–La escogí porque me gusta –dije mirándola.

–Entonces cántala.

–¿Qué? ¿Ahora?

Brooke giró lentamente en la ruta vacía, mirando los amplios campos y los árboles grisáceos que nos rodeaban.

–¿Eres tímido? Podríamos cantar con todas nuestras fuerzas y nadie nos escucharía. Así que pruébalo, hombrecito: si "Don't stop believin'" es tu canción preferida, cántala.

–En realidad no canto.

–Entonces recita la letra –sus ojos brillaban con picardía.

–De acuerdo, en verdad no sé la letra –suspiré.

–Claro que no –dijo orgullosa–. Ni siquiera sabías quién la cantaba; era Journey, no Foreigner, y yo debo saberlo porque fui a sus conciertos. Muchas yo lo hicimos.

–Son la misma banda –dije frunciendo el ceño–. ¿O no?

–No son la misma banda, son muy distintas.

–No, de verdad, ¿no es como que cambiaron su nombre? Como Jefferson Airplane, que se convirtió en Jefferson Starship.

–¡Guau! –dijo Brooke–. Estás sumergido en el rock clásico, ¿no?

–¿Qué más voy a oír, música moderna? ¿Has *escuchado* música moderna?

–Más que tú –respondió Brooke–, ese es mi punto. Tú no escuchas nada; clásico, moderno ni nada. Supondré que alguien, probablemente tu madre, escuchaba rock clásico todo el tiempo, así que escogiste la canción más popular como una respuesta que diga "mira qué normal que soy" si alguien llegaba a preguntar.

–Bien, me atrapaste –suspiré y me encogí de hombros–. Y era mi papá, de hecho; gran fanático del rock clásico. No sé si lo recuerdo muy bien.

–Él se fue cuando éramos pequeños, ¿verdad? –Brooke había vivido a dos casas de la mía desde la primaria–. Me agradaba.

–A la mayoría de la gente le agradaba –admití–. Al menos a los que no vivían con él –escuché un auto detrás de nosotros y volteé hacia él, levantando el pulgar para intentar detenerlo. El auto nos ignoró, ni siquiera redujo la velocidad. Volví a mirar al frente, pero Boy Dog se había desparramado en la tierra al costado del camino, usando nuestra breve pausa como una excusa para descansar. Le di un momento.

»No sé por qué me molesto en seguir fingiendo contigo –dije con calma–. Sabes todo sobre mí.

–No creo que nadie sepa todo sobre ti –respondió Brooke.

–Pero tú sabes que soy... diferente –comenté. No sé por qué era tan difícil de decir; solía llevarlo como una insignia de honor–. Soy un sociópata. No siento las cosas como tú, como nadie más. Todo lo que hago es falso, para hacer que las personas crean que soy normal. Esta mañana le mentí al conserje del motel intentando convencerlo de que llegamos al pueblo en autobús. No le importaba cómo llegamos. Algunas mentiras fueron para ablandarlo y sacarle información, pero incluso cuando ya la había obtenido no quería que supiera que éramos vagabundos. Quería que él pensara que éramos normales.

–Tú solo quieres encajar –asintió Brooke–. Todo el mundo quiere eso.

–Yo no solía hacerlo.

–Las personas cambian –se encogió de hombros y comenzó a caminar otra vez. Boy Dog se puso de pie y empezó a seguirla. La alcancé en unos cuantos pasos largos–. Y las circunstancias cambian. Cuando eras niño vivías en una linda casa pequeña llena de lindas personas pequeñas, todo era lindo, pequeño y normal y tú querías sobresalir.

–Vivía en un apartamento sobre una funeraria –dije–. Mi papá nos golpeaba y luego nos abandonó.

–Entonces ¿por qué escogiste su música favorita?

–No lo sé –dije negando con la cabeza luego de pensarlo un momento.

–Como sea, tu antigua vida era demasiado jodidamente normal a comparación de tu círculo social actual: una chica poseída y un perro con el nombre más estúpido en la historia de los nombres de perros.

–Un demonio lo bautizó. Así que, para ser justos, ese nombre no es lo peor que ha hecho.

Brooke se rio y no pude evitar sonreír ante el sonido de su risa. Caminamos por un tiempo más, escuchando el viento que soplaba entre los árboles. Luego de un minuto o dos, Brooke volvió a hablar.

–¿Cuál crees que es mi canción favorita?

–No lo sé.

–¿Cómo puedes no saberlo? Fuimos vecinos por casi dieciséis años.

–Ya que estamos siendo tan abiertos y honestos, vamos a deshacernos de esto y admitir que, de hecho, te espié durante varios meses…

–Eso es extraño.

–¿En comparación a qué aspecto de nuestra situación actual?

–Buen punto –dijo Brooke. Dio unos pasos más y luego preguntó–: ¿Por qué yo te gustaba?

–Me decía a mí mismo que estaba protegiéndote.

–¿Y lo estabas?

–Bueno, no estás muerta.

–Aunque fui secuestrada por ti.

–Y rescatada.

–Y poseída.

–¿Vas a echarme eso en cara por siempre?

–Solo estoy molestándote –respondió Brooke–. Hay como un millón de chicas aquí, y tú solo arruinaste la vida de una de ellas.

–Escucha. Estoy haciendo todo lo que puedo para…

–¡Solo estoy bromeando! –dijo y se echó a reír–. Vamos, John, sabes que te amo.

–Y sabemos que eso es una de las peores cosas que te han ocurrido jamás.

–Tú eres mi mejor amigo. Eres literalmente la única persona que me conoce; a mi yo verdadero, actual quiero decir. Mi familia solo recuerda a Mary.

–Quieres decir a Brooke.

–Me refiero a todas ellas. Mary, Brooke, Katherine… honestamente, al menos cien Katherine. Todas se han ido, incluso Brooke, pero lo que sea que soy ahora, una especie de Voltron revuelto y emocional, hecho de antiguas hijas desechadas, tú eres el único que conoce a *ese* yo. Este. Y sé que no me amas, pero te agrado. Y eso… significa mucho.

–Bueno –dije, sin saber qué responder–. Ahí lo tienes.

–Muy romántico –comentó levantando una ceja.

–Pero mi punto es que a pesar de espiarte nunca presté atención a la música que escuchabas –hice una pausa–. Recuerdo haber escuchado una canción de Pink una vez.

–¿Qué es una canción de Pink?

–Pink era una cantante –respondí–. Bueno, aún lo es,

supongo. A veces siento que hemos salido del mundo, pero seguimos en él, solo que… en los márgenes.

–¿Cuál era el nombre de la canción?

–En verdad no sé de música –dije sintiéndome culpable por no poder responderle–. Lo siento.

–Sería lindo tener una canción favorita –comentó. Un momento más tarde señaló al frente–. ¿Eso es?

Miré por el camino; se veía poco a la distancia, pero definitivamente había algo. Personas y una gran figura negra que podría ser el puesto de productos.

–¿Caminamos todo el trayecto?

–Pobrecito Boy Dog –dijo Brooke mientras se agachaba para rascarle las orejas–. Sus piernas miden como quince centímetros de largo. Ha dado diez veces más pasos que nosotros.

–Tenemos que tener cuidado –advertí, observando cómo la figura negra de a poco tomaba forma a medida que nos acercábamos–. Yashodh puede controlar mentes y aún no sabemos cómo matarlo; tenemos que encontrar una forma de mantenernos lo suficientemente cerca de él para descifrarlo sin que nos laven el cerebro, y no será nada fácil.

–¿Cuál era el viejo truco que solían usar? –preguntó Brooke–. Cuando teníamos al equipo completo.

El primer año que Brooke y yo estuvimos en marcha, trabajábamos para el FBI y logramos matar a ocho Marchitos antes de que ellos comenzaran a contraatacar. Ahora todo el equipo estaba muerto, a excepción de nosotros dos, pero habíamos aprendido muchas cosas antes de que todo acabara. Uno de los trucos más simples era la prueba del reductor de velocidad: la mayoría de los Marchitos tenían increíbles poderes de regeneración, pero no todos, así que el segundo paso, luego de encontrar a uno, era hallar una forma de arrollarlo con un camión. Si se regeneraba, nos retirábamos y comenzaba un largo juego del gato y el ratón, para descubrir exactamente cómo matarlos y planear la manera perfecta de hacerlo. Yo era realmente bueno en esa parte. En cambio, si el camión funcionaba, todo terminaba ahí: el Marchito estaba muerto y nosotros pasábamos al siguiente.

–No sé si podremos realizar la prueba del reductor de velocidad –dije–. O al menos no podremos salirnos con la nuestra después de hacerla. Potash era un asesino con entrenamiento militar; yo solo soy un chico raro con un cuchillo.

–Y un arma –añadió Brooke.

–Y un arma –repetí. Ella sabía en qué lugar de mi mochila estaba, pero yo siempre mantenía las balas escondidas. No era bueno tener un arma al alcance durante uno de sus impulsos suicidas.

–¡Hola, viajeros! –una de las personas en el puesto estaba saludándonos con la mano, y nosotros saludamos también. Creo que esperaba verlos vestidos con batas blancas, o algo así, pero en cambio, lucían como si hubieran salido de una película de vaqueros: coloridos vestidos a cuadros hechos a mano, camisas de lino, sombreros que debían haber conseguido en alguna tienda. No eran hoscos, no parecían de otro mundo, solo eran… personas. Nos recibieron sonrientes y redujimos la velocidad los últimos metros, intentando medir el peligro. Boy Dog caminó directo hacia el triángulo de sombra proyectado por el puesto de productos y se desplomó en el suelo, jadeando exhausto. Uno de los miembros del culto tomó un plato cerámico que tenía zucchinis, los arrojó dentro de una caja amarilla de calabacines y colocó el plato vacío frente a Boy Dog, luego lo llenó con agua de una jarra plástica. Boy Dog la bebió con entusiasmo.

–Están muy lejos del pueblo –dijo una mujer.

–Sí. No hemos conseguido parar a nadie en toda la mañana –asentí, entornando los ojos por el sol.

–¿A dónde iban? –preguntó un hombre.

–Aquí –respondió Brooke. No era buena fingiendo.

–Estábamos buscando al Espíritu de la Luz –agregué, intentando completar la abierta confesión de Brooke con la misma historia que le había contado al conserje–. Mi hermana estuvo aquí hace unos meses. Pensamos que quizás puede haberse unido a su comunidad.

–¿La hermana Kara, tal vez? –dijo la mujer inclinando su cabeza.

–Su nombre es Lauren –la corrigió Brooke antes de que yo pudiera decir que sí. Me mordí la lengua, preguntándome cómo haría para hablar con ellos sin que Brooke arruinara todas mis mentiras, pero el hombre se rio.

–Todos recibimos un nuevo nombre al unirnos a la Luz –explicó–. No recuerdo el antiguo nombre de la hermana Kara, pero se unió a nosotros hace unos meses, así que puede ser ella.

–Ella no querrá irse con ustedes –agregó la mujer–. La hermana Kara es feliz aquí… todos lo somos –su expresión se suavizó y miró mi rostro con preocupación–. Tú no te ves feliz.

–Él nunca lo hace –coincidió Brooke y me miró con una expresión casi idéntica a la de la mujer–. Aunque es feliz algunas veces. Más a menudo de lo que puedes creer.

–¿Cómo lo sabes? –preguntó la mujer.

–El perro sigue con vida –asintió con sabiduría.

Me perturbaba cuán cercana parecía a las personas del culto; la forma escalofriante en que su actitud de animada inocencia coincidía con la vibra de sus mentes lavadas y vacías. Me había acostumbrado tanto a ella durante los últimos meses que había olvidado lo dañada que estaba en realidad.

–Es bueno escucharlo –respondió el hombre–. ¿No es increíble estar vivos?

–Esperábamos poder ir a su granja con ustedes –dije–. ¿Solo para ver si ella está allí? No queremos intentar llevárnosla, solo queremos asegurarnos de que realmente sea ella, asegurarnos de que esté a salvo.

–Te aseguro que todos en la Luz están completamente a salvo –respondió la mujer con firmeza–. Christopher se encarga de eso.

–¿Él es el líder? –pregunté.

–El Portador de la Luz –asintió la mujer–. Si quisieras conocerlo son bienvenidos a cenar con nosotros.

–Gracias –asintió Brooke–. Son muy amables.

–Toma un cajón de manzanas –agregó el hombre–. Tenemos un largo día hasta entonces. Coman unos tomates, son frescos, de la cosecha de esta mañana.

Agradecí asintiendo con la cabeza, aún cauteloso ante el vacío en sus ojos –¿o solo estaba imaginándolo?–, pero Brooke sonrió animada y se encogió de hombros, se sacó la mochila, se sentó en la sombra y aceptó un tomate alegremente. Luego de un momento también me saqué mi mochila, pero les dije que prefería mantenerme de pie y observé cómo llevaban su negocio de vegetales. Había cinco de ellos en el puesto: los dos que nos recibieron, la hermana Debbie y el hermano Stan, y detrás de ellos estaban la hermana Tracy, la hermana Molly y el hermano Zeke. Los nombres me resultaron extraños; no bíblicos ni de ninguna otra religión o tradición en la que pudiera pensar. Solo eran nombres, y el único beneficio de tener uno nuevo parecía ser perder el antiguo, un comienzo de cero de su antigua vida que los ataba a esa nueva comunidad solo por el hecho de que ya no estaban ligados a nada más.

Pasamos el día con ellos, en su mayoría hablando, porque el puesto no tenía mucho trabajo. Planeé cómo matar a cada uno si era necesario: una puñalada aquí, un corte allá y todo el grupo habría desaparecido antes de poder defenderse. Pero no podía simplemente matar personas. Había algo de tránsito en el camino, aunque no mucho, y los pocos clientes que llegaban parecían ser regulares; locales que conocían a los del culto por nombre y compraban zanahorias o patatas sin molestarse en preguntar el precio. Parecían nerviosos al vernos a Brooke y a mí, tal vez se preguntaban si podían salvarnos de cualquier tipo de adoctrinamiento que estuviera sucediendo. Pero no hacían nada, solo se alejaban en sus vehículos; nosotros mirábamos cómo el sol descendía con pereza en el cielo, llevándonos lentamente hacia el anochecer.

Resolví que yo no estaba imaginando el vacío. La hermana Debbie y los demás eran amigables, pero no había nada detrás; no había un interés real en nosotros ni en nada más, solo la repetición de memoria de conversaciones de rutina sin sentido. En algún momento de la tarde comenzaban de nuevo, repitiendo los mismos cumplidos, las mismas bromas, las mismas afirmaciones animadas que habían dicho durante la mañana, y mi sensación de intranquilidad se incrementaba. Brooke conversaba, como si no hubiera nada fuera de lo normal, y me pregunté cuántas personalidades habrían ido y venido durante el día, manteniendo la misma conversación una tras otra sin siquiera notarlo. Me enojaba –me enfurecía– pensar que esos cascarones vacíos de lo que solían ser personas pudieran ser la compañía perfecta para la única amiga que me quedaba en el mundo. Cerré los ojos y conté, repasando secuencias numéricas y viejas recetas, estimando cuántos tazones de sopa de vegetales podría preparar con los ingredientes que había en el puesto. Cualquier cosa que distrajera mi mente de Brooke y el infierno en el que la había puesto. Ella no merecía eso, una conversación banal de descerebrados. Ella merecía un hogar. Una cama en la que pudiera dormir más de dos noches seguidas. Una educación en matemáticas, idiomas y ciencias en lugar de aprender a lavar ropa en el baño de un parador de camiones. O cómo esconderse del ejército de demonios que estaba tras nosotros. Ella merecía un novio que correspondiera su amor. Estaba haciendo mi mayor esfuerzo para darle todo lo que podía, pero John Cleaver y Boy Dog son el premio consuelo de una familia.

Luego de matar a los Marchitos, pensé. *Una vida normal puede esperar, no te distraigas. No pierdas de vista por qué estamos aquí.* Los Marchitos eran asesinos, torturadores, eran monstruos sobrenaturales; todo lo que nunca quisimos creer que fuera real. Yashodh, fueran cuales fueran sus métodos, había robado las vidas de esas cinco personas tan definitivamente que ellos ni siquiera eran conscientes de ello; cinco cuerpos físicamente vivos pero mentalmente ausentes. Las personas que les hacían eso a otros debían ser detenidas. Brooke era el mejor recordatorio del por qué, y su memoria, defectuosa como era, también era mi único camino para encontrarlos. No los dejaría lastimar a nadie más como la habían lastimado a ella.

Pero ¿cuánto más estaba lastimándola yo en el proceso?

Ya casi había anochecido cuando un camión de plataforma se detuvo junto a nosotros y un hombre bajó y se nos presentó como el hermano Lance. Los seis comenzaron a cargar los vegetales, y Brooke y yo colaboramos; el viejo puesto de madera quedaba vacío hasta el día siguiente. Luego subieron al camión junto a las cajas de alimentos y yo subí a Boy Dog tras ellos. Nos aferramos con fuerza a los pasamanos mientras el camión daba la vuelta y luego tomaba la ruta de regreso por donde había llegado. Miré a Brooke, ella me miró a mí y nos miramos el uno al otro en silencio mientras el sol desaparecía de la vista y el claro cielo azul se volvía amarillo, luego naranja, luego de un azul tan profundo que todos los demás colores del mundo parecieron caer en él y desaparecer. El hermano Lance encendió las luces altas y tomamos un camino de tierra, pasamos por un portón sin letrero y seguimos camino hacia una vieja estancia blanca que parecía brillar al ser iluminada por los rayos de luz.

–De vuelta en casa –dijo la hermana Debbie, sonriendo con el mismo apacible vacío con el que había señalado a un ave volando sobre el puesto de vegetales.

El camión se detuvo y yo bajé de un salto antes de levantar a Boy Dog con un gruñido. Él investigó el camino de tierra, olisqueando las marcas de las ruedas y los penachos de césped, negros como la noche. Volteé para ayudar a Brooke, pero ella ya estaba abajo y puso una mano en mi brazo, acercándome para susurrarme al oído.

–Estoy triste.

De inmediato me preocupé por otro intento de suicidio, pero antes de que pudiera comenzar con el proceso de hacerla cambiar de opinión, ella negó con la cabeza, acercándose más y haciéndome dar unos pasos hacia un lado, lejos del alcance de las personas del culto.

–No por mí –dijo–. Por ellos.

–¿Piensas que están tristes? –miré a los seis granjeros descargando el camión, apáticos y animados al mismo tiempo.

–No creo que puedan estar tristes –respondió Brooke–. Así que estoy triste por ellos.

–¿Les importaría tomar una caja cada uno y seguirme a la casa? Puedo presentarlos con Christopher –el hermano Stan nos llamó, con sus brazos cargados de cajas de vegetales.

–Aquí vamos –le murmuré a Brooke–. No quiero que te asustes, pero necesito que estés lista para correr si es necesario, ¿sí?

–Sí.

–No sabemos con qué vamos a encontrarnos ahí dentro y no sabemos qué es lo que este Marchito puede hacer, así que solo… prepárate para lo que venga.

–No voy a asustarme –dijo ella deteniéndose para tomar una caja.

–Es solo que no quiero tomarte por sorpresa, ¿de acuerdo? Somos compañeros en esto –tomé mi propia caja y la seguí, diez o veinte pasos más atrás que el hermano Stan.

–Cuidaré de ti –respondió Brooke.

El hermano Stan nos esperó junto a la puerta, manteniéndola abierta con su pie. Tras un momento de terrible indecisión, entré. Me daba temor estar allí, tan lejos de la ayuda, tan lejos de todo, pero las luces estaban encendidas y podía escuchar voces alegres murmurando en una habitación cercana. La puerta nos condujo a una cocina y dejamos las cajas de madera en el suelo, donde el hermano Stan nos indicó.

–Iré a buscar a Christopher –dijo, y me resultó extraño escucharlo hablar de alguien, especialmente de un compañero del culto, sin la palabra "hermano" delante. Christopher vivía ahí, pero era esencialmente diferente a los demás. No sabía qué esperar. El hermano Stan nos dejó solos en la cocina y palpé el arma en la parte trasera de mis pantalones, escondida bajo mi camiseta. El cargador estaba escondido en una de las correas de mi mochila, en un bolsillo que había hecho rasgando el relleno. No había forma de que matáramos a un Marchito con algo tan simple como un arma, pero podía darnos el tiempo suficiente para escapar.

–El camino de tierra llega directo a la entrada –dije–. A unos cien metros como mucho. Si te digo que te vayas, lo haces, ¿de acuerdo? No me esperes, solo lárgate, y prometo que iré detrás de ti.

–No te preocupes –respondió ella–. Yo te protegeré.

–Él puede controlar la mente de las personas –le recordé–. No sabemos cómo, pero no queremos que tenga oportunidad de intentarlo. Solo...

–Cálmate –insistió Brooke–. Ya te lo dije. Yo me encargo de esto.

–¿Qué harás? –su seguridad solo me ponía más nervioso.

–Voy a evitar que controle nuestras mentes –dijo.

–Tú no tienes... poderes. Recuerdas eso, ¿cierto?

–Por supuesto que sé eso –murmuró Brooke–. Pero él no.

–Brooke...

Escuchamos fuertes pasos que se acercaban a nosotros por el corredor, y repasé mi historia otra vez, buscando formas de mejorarla a último minuto para crear la mentira perfecta que ayude a que seamos bienvenidos en su comunidad, que nos dé el tiempo para llegar a conocerlo, a descubrir sus debilidades, mantenernos en su radar hasta que llegue el momento perfecto para atacar.

Un hombre bajo de tez oscura entró en la habitación. Estaba quedándose calvo en medio de la cabeza y tenía el cabello largo y entrecano detrás de las orejas. Mediaba los cincuenta, estimé, con tez y facciones que sugerían una herencia del medio este. Sonrió al vernos, no como los miembros del culto, sino con una sonrisa amplia y genuina que pareció casi chocante luego de un día de tantas tristes imitaciones.

–Mi nombre es Christopher –dijo, su voz era aguda y firme–. Bienvenidos al Espíritu de la Luz. ¿Entiendo que están buscando a la hermana Kara?

–En realidad, lo estamos buscando a usted –yo abrí la boca para contestar, pero Brooke se me adelantó–. Ha sido un largo tiempo, Yashodh.

Me puse tenso y llevé mi mano más cerca del cargador de mi arma. ¿Qué estaba haciendo?

–¿Quién eres tú? –Christopher pestañeó, sorprendido, luego dio un paso atrás y nos miró con sospecha.

–Ese es el problema con estos cuerpos –dijo Brooke–. Nadie jamás me reconoce –dejó caer su mochila al suelo, abrió sus brazos, presentándose como una vieja amiga–. Soy yo: Hulla. Yo soy Nadie.

CAPÍTULO 4

Yashodh nos miró preocupado.

Mi mano ansiaba tomar el arma.

–Hermano Stan –dijo él–. ¿Puedes ayudar a terminar de descargar el camión?

–Por supuesto –respondió el hermano Stan, pasando junto a él hacia la puerta. Yo di un paso al costado para que nunca bloqueara mi visión de Yashodh. No sé qué llevó a Brooke a revelar nuestro secreto de esa forma, pero quería estar listo si todo se iba al demonio. El hermano Stan salió y la puerta se cerró de un golpe tras él.

–¿Con quién están? –preguntó Yashodh en voz baja.

–Uno con el otro –respondió Nadie.

–Me refiero a qué lado –explicó Yashodh–. Rack intenta crear un ejército. ¿Están aquí para presionarme para que me una a él?

–No –me apresuré a decir. Si él uso la palabra "presionar" fue porque no quería unirse al ejército de Marchitos en absoluto; necesitábamos vernos como sus aliados–. Intentamos mantenernos fuera de todo ese asunto, igual que tú.

Yashodh me estudió un momento, luego volvió a mirar a Nadie.

–¿Quién es él?

–Él es mío –respondió Nadie–, y tú no lo tocas.

–Es justo –asintió Yashodh–. ¿Y tú no tocas a ninguno de los míos? No ha habido una muerte en décadas; no quiero tener que explicar uno de tus suicidios la próxima vez que la policía venga para hacer una inspección.

–Sin escándalos de ninguna parte. Solo queremos hablar.

–Tengo una habitación privada, podemos hablar allí –asintió luego de observarnos por unos minutos.

Nos guio por la casa, pasando por una sala llena con una docena o más de seguidores cantando para sí mismos en voz baja. Se encendieron al verlo, murmurando su nombre en coro: "Christopher, Christopher, Christopher, Christopher". Él redujo la marcha y les hizo una seña, pero no se detuvo, nos llevó por las escaleras hasta una pequeña oficina con una vieja mesa de cocina como escritorio. Las sillas de madera no eran del mismo juego y la alfombra era una espiral tejida con viejos trapos y jirones de tela. Cerró la puerta detrás de nosotros y se sentó con un pesado suspiro.

–Sabía que solo era cuestión de tiempo –comentó–. Ya era malo luego de Fort Bruce, pero después... –negó con la cabeza–. Es horrible, el ver una masacre semejante y no poder decir quién ganó.

–Veintitrés humanos muertos –dije.

–Y ni una señal de Rack desde entonces –agregó Yashodh–.

Si esa fue una victoria para los Marchitos, sus esfuerzos por reclutar más seguidores habrían aumentado, no disminuido.

–¿Él vino a ti? –preguntó Nadie.

–Aún no –respondió él–. Pero tengo amigos que me han enviado información de sus planes. Aunque tampoco he escuchado de ellos últimamente.

–Nashuja –dije, arriesgando una opción. Nashuja había sido asesinada el mes anterior; era una mujer de cabello cano que se ganaba la vida como camionera de larga distancia. Levantaba autoestopistas y los asesinaba en paradas de descanso vacías, los abría quebrando sus huesos y succionaba los tejidos, llorando por las madres que nunca volverían a ver a sus hijos.

–Dag –aclaró Yashodh. Habíamos matado a Dag hacía cuatro meses–. No he escuchado de Nashuja en... cientos de años, al menos. No sabía que se mantenía en contacto con alguien.

–Kanta la encontró hace unos años –respondió Nadie–. Trabajó con él antes de que muriera.

–Kanta estaba del lado de Rack –agregó Yashodh, su voz sonó cansada–. Quería reunirnos a todos, como en los viejos tiempos, los antiguos emperadores por fin de regreso –señaló su oficina–. Aquí es donde estamos hoy. Esto es lo que somos. Ya no dioses, solo... –negó con la cabeza–. ¿Quieren reclutarme? ¿Quieren *esto* para su reino? ¿Cuarenta y seis pacientes en estado de coma, con la inteligencia suficiente como para arrancar mala hierba, coser algunas camisetas y... –hizo un gesto al aire, intentando encontrar las palabras–... saludarse entre ellos en la habitación de abajo? Yo sería inútil en una guerra.

Yashodh se odia a sí mismo, pensé. No era una gran debilidad, pero era un comienzo.

–Los planes de Rack son los que nos trajeron aquí en primer lugar –dijo Nadie–. Estuvimos bien por milenios, ocultos y sobreviviendo, y luego él intenta volver al poder y los humanos nos notaron. Contraatacaron. Rack mató a veintitrés en Fort Bruce, pero ellos mataron a cinco de nosotros y no podemos sobrevivir a estas circunstancias. Debemos volver a escondernos.

–Entonces ¿por qué estás aquí? –preguntó él–. Puedes ir adonde quieras y ser quien quieras, pero yo soy siempre yo. Siempre tengo un culto. No puedo sobrevivir en ningún otro lugar, ni de ninguna otra forma. Ellos me encontrarán, Rack o los humanos, o ambos. Y si están conmigo, los encontrarán a ustedes también.

Interesante. Él dijo: "Yo soy siempre yo". ¿Eso significaba que no puede cambiar de forma al igual que muchos Marchitos? El FBI sospechaba que los antiguos orígenes de los Marchitos estaban en Turquía durante el neolítico; lo que yo había visto como una apariencia vagamente del medio este bien podría ser turca. ¿Ese era en verdad el mismo cuerpo que Yashodh había tenido por miles de años? ¿Qué más decía eso acerca de él? Necesitaba que siguiera hablando sobre sí mismo, con la esperanza de que pudiera darnos algo útil sobre la forma en que funcionaban sus poderes. Pensé en una nueva estrategia y comencé a hablar.

–Fuerza en el número. El plan de Rack falló porque despertó al oso, causando problemas y haciéndose notar. Pero si nos mantenemos en silencio, si mantenemos un perfil bajo, entonces podremos sobrevivir en las sombras y ayudar a defendernos unos a otros de los seguidores de Rack. Sea cual sea el poder que tengas para defenderte, dos Marchitos son mejor que uno, ¿no es así?

–¿Quién es él, de todos modos? –Yashodh me miró por un momento antes de dirigirse a Nadie–. Sabe demasiado.

–Somos compañeros –respondió Nadie.

–Pero tú no eres así –insistió Yashodh–. Tú te unes a las mujeres porque quieres lo que ellas tienen, y algunas veces eso incluye a su hombre. Pero una vez que obtienes lo que deseas nunca estás satisfecha con eso. ¿Cuánto tiempo has estado con este niño sin un suicidio?

–Las personas cambian –dijo Nadie.

–Nosotros no –Yashodh negó con la cabeza–. Ciertamente tú y yo no. Somos los peores de ellos; los más bajos, los más débiles, los más repulsivos...

–Pero incluso un Marchito débil puede ser fuerte –afirmé–. Tienes que tener algo. Hulla ha matado a más chicas de las que puedas contar, pero todas fueron ella misma. Si el ejército de Rack sigue allí afuera y si vienen por nosotros, tenemos que defendernos. Necesitamos tu ayuda.

Yashodh mantuvo sus ojos sobre Nadie, estudiándola mientras yo hablaba. Luego de un momento hizo un mohín y continuó.

–¿Así que eso es todo? –preguntó–. ¿Has dejado de asesinar por completo así que ahora eres débil y crees que puedo ayudarte? Bien, déjame decirte algo, humano –giró a mirarme a mí–. Soy incluso más insignificante que ella. No puedo pelear, no puedo matar, no puedo hacer nada. Puedo hacer que las personas me amen, y si eso funciona entonces la vida es tolerable; pero si nadie me ama y no tengo nada, ¿cuál es el punto de vivir? Me mataría a mí mismo, al igual que ella. Solo que yo no regresaría –abrió sus manos en una repentina explosión–. *Puf,* desaparecí. Quieren que luche en una guerra, pero es todo lo que puedo hacer para estar a un paso del olvido. Estarán mejor sin mí, porque al menos ustedes están vivos; yo simplemente no estoy muerto aún.

–Tienes que tener algo –sentí que mis manos temblaban, *¿eso significaba lo que yo creía?*–. ¿Qué tan rápido puedes sanar?

–Me hice esto podando unos Espinos de fuego la semana pasada –levantó su manga y nos mostró un sarpullido enrojecido en su brazo, y luego lo volvió a cubrir–. Y cuando el ejército finalmente llegue causará heridas mucho peores que unos arbustos.

–Lo lamento –dijo Nadie–. No lo sabía –ella se había dado cuenta de lo mismo que yo. Una lágrima cayó por su rostro–. Lo siento mucho.

Busqué en el bolsillo de mi mochila, saqué el cargador de mi arma y luego tomé el arma de mi cinturón.

–Esperen –dijo Yashodh–. ¿Qué está pasando?

No podía simplemente matar personas. Excepto cuando sí podía. Coloqué el cargador en el arma, lo encajé en su lugar y le disparé en el pecho. El tiro resonó en mis oídos y Nadie cubrió los suyos, dándose la vuelta y llorando. Boy Dog aulló y se refugió en una esquina. Yashodh miró la herida de bala, moviendo la boca, pero no emitió ningún sonido. Levantó la vista, me miró como si buscara respuestas y luego su cuerpo se deshizo en una gruesa masa de cenizas grasientas. "Materia del alma", lo llamaban. En diez segundos había desaparecido, dejando nada más que fango acre oscuro con hoyos crepitantes sobre la silla y la alfombra.

–¿Qué fue ese sonido? –la puerta se abrió y la hermana Debbie miró hacia el interior.

–Nada –respondí–. Creí ver un insecto.

Nadie seguía llorando.

–¿Dónde está Christopher? –la hermana Debbie miró la grasa, luego a la habitación.

–Él se fue –expliqué. Saqué el cargador del arma, extraje la bala restante y lo guardé todo. Tendría que buscar otro escondite, ya que Nadie había visto ese–. ¿Quién está a cargo cuando él no se encuentra?

–Él nunca se va –dijo la hermana Debbie.

–Pero si sale por un tiempo –insistí–. ¿Si va al pueblo por provisiones? ¿Quién está a cargo?

–Él siempre está a cargo. Siempre y en todas partes, sobre todo lo que hay. Lo amo muchísimo –sonrió–. ¿No es increíble estar vivos?

–Estás preguntándoles eso a las personas equivocadas –dije haciendo que Nadie se pusiera de pie–. Es momento de que nos vayamos.

Tomamos nuestras mochilas y salimos de la casa. No nos siguió nadie. Salimos de la granja y continuamos por el camino hasta que ya no podíamos ver para seguir caminando, entonces nos recostamos juntos contra el tronco de un árbol con mi brazo rodeando los hombros de Brooke.

–No me gustó eso –susurró ella.

–A mí tampoco –quería que me gustara. Matar era algo importante; matar era necesario. Matar demonios hacía del mundo un mejor lugar y el propio hecho de matar, bien... Sabía que no se suponía que lo disfrutara, pero lo hacía. Normalmente. La fuerte emoción del hecho, el ver a una persona viva convertirse en una muerta. Había crecido en una funeraria, rodeado del trabajo de mis padres, sintiéndome más en casa entre los muertos que entre los vivos, pero los Marchitos no se convertían en cuerpos sin vida, solo se convertían en cenizas. Era todo lo que quería, solo que no obtenía nada de ello en absoluto.

Deseaba comenzar un incendio.

¿Realmente había sido tan fácil? ¿Yashodh realmente se había ido para siempre? Y todo lo que había querido era alguien que lo amara, porque él no podía quererse a sí mismo. Diez mil años evitando la muerte con una adulación a la vez, solo para acabar así. Con un disparo en su propia casa, de un extraño que pensó que era su amigo.

–Ya no quiero seguir haciendo esto –dijo Brooke.

–Solo quedan unos pocos.

–Siempre quedarán unos pocos más.

–Attina –dije–. Y luego... quien sea que esté tras nosotros.

–El FBI está persiguiéndonos –respondió Brooke–. Por favor, no los mates.

–Por supuesto que no voy a matarlos. Nunca he asesinado a un humano –bueno, nunca a uno bueno.

–Pero quieres hacerlo –insistió.

–Por eso sabes que nunca lo haré.

–¿Esto es todo lo que hay? –comenzó a llorar otra vez–. Tierra en las carreteras, bolsillos secretos llenos de balas...

–Quiero darte una vida real...

–Porque no puedo manejar esta –agregó ella, y todas las alarmas en mi cabeza se encendieron.

–Fuiste una superestrella en esto –le dije, intentando alimentar su autoestima–. Pudo habernos tomado semanas, tal vez meses descubrirlo, pero tú lo hiciste hablar en cinco minutos. En dos... Yo nunca le habría dicho quiénes éramos; eres brillante, Brooke.

–Mi nombre es Nadie –rugió su respuesta entre dientes.

–Eres brillante –repetí–. Dijiste que me protegerías, y lo hiciste. Compañeros hasta el fin. Nunca podría hacer esto solo.

–¿Piensas que eso me hará feliz? –preguntó. Se alejó violentamente de mí y pude ver su silueta en el polvo a medio metro de distancia–. Acabo de decirte que odio esto, que no quiero volver a hacerlo nunca, que no quiero ser una asesina ni ver a nadie morir, humano, demonio ni cualquier otra cosa, ave, insecto o bacteria en mi sangre, y todo lo que se te ocurre decirme es qué tan buena soy haciéndolo, lo responsable que soy de toda la sangre en nuestras manos...

–Eso no es lo que quería decir, y lo sabes. Tú sabes que esto es bueno. Viste a esas personas sin... sin un cerebro en su interior, y sabes que si Yashodh viviera se lo haría a más personas; que ya se lo ha hecho a decenas, sino cientos o miles de personas, una enorme procesión de nadies con el cerebro lavado extendiéndose hasta el origen de los tiempos, y acabó esta noche.

–Eso no es gracioso.

–No intento ser gr... ¿Qué tiene que ver la gracia con esto?

–Los llamaste Nadies con el cerebro lavado –dijo Brooke–. Yo no tengo el cerebro lavado.

–No estaba hablando de ti...

–¡No uses mi nombre! –gritó. Se puso de pie y yo me levanté con ella, aterrado por lo que podría hacer. No había camiones frente a los que pudiera saltar en esa ruta desierta, pero debía haber decenas de formas de quitarse la vida en el lugar–. ¡Yo soy Nadie! –gritó otra vez–. ¡Es mi nombre y mi trabajo y toda mi miserable vida! No puedo ser tú, John, no puedo solo… apagar mi corazón cada vez que duele.

–Yo tampoco puedo.

–Entonces ¿por qué no me amas?

Pensé que saldría corriendo, pero me sujetó de los brazos, presionando con sus dedos y sacudiéndonos a ambos.

–¡Porque soy tan horrible que no puedes amarme incluso cuando soy la única a tu alrededor, la única amiga que tienes, la última chica en todo tu mundo, y aun así no me amas!

La envolví en un abrazo, esperando que el contacto físico ayudara a que se recompusiera y se calmara. Presioné mi pecho contra el de ella, la sentí temblando y sollozando, sentí las lágrimas frías en su piel. La sostuve, la acallé y la calmé, intentando pensar en algo que pudiera hacer para hacerla feliz otra vez. Quería amarla –lo deseaba más que nada– pero no podía decirle eso. Hacerlo solo lo empeoraría.

–Soy terrible amando a las personas –dije finalmente–. Lo hice una vez, y ahora ella está muerta.

–Por eso no puedes dejarla ir –gruñó Brooke–. Un cuerpo es tu mujer ideal.

–Soy el perdedor más arruinado que podrías conocer. Mi mujer ideal es lo último que querrías ser.

–Un día lo haré –susurró–. Voy a matarme a mí misma y tú no estarás cerca para detenerme.

–Entonces bajaré al infierno y te traeré de vuelta.

Nos apoyamos contra ese árbol durante otra hora antes de que ella finalmente se durmiera. Observé el cielo despejado sobre nosotros. Ella dijo que ya no podía seguir haciéndolo y, honestamente, yo tampoco sabía si podía continuar. Necesitaba encender un fuego. La acomodé con cuidado, centímetro a centímetro, hasta que ya no estuve debajo de ella y la recosté con la cabeza sobre mi mochila. Ella se movió dormida, buscando una mejor posición, pero no se despertó. Me arrastré por la tierra con mis rodillas, juntando ramitas y piñas caídas de las ramas sobre nosotros, encontrándolas solo por el tacto en la oscuridad. Las apilé en forma de carpa, apenas del tamaño de mi puño, y tomé una caja de cerillas del bolsillo de mis pantalones. Encendí una y cobró vida, brillando en la oscuridad. La acerqué a la leña, pero no prendió, así que la arrojé sobre la pila y encendí otra, brillante y anaranjada, como un faro de vida en un mar de vacío. Protegí la llama con mi mano y la llevé al centro de la pila, y esta vez sí funcionó, el fuego se extendió lentamente de la cerilla al césped seco y a las ramas. Atendí la llama con cuidado, brindándole más combustible, observando cómo la madera se volvía negra y el césped se arremolinaba. Alcanzó el corazón de una piña y se quemó desde adentro hacia afuera, con trozos de madera y savia chasqueando y quebrándose por el calor. No era una gran fogata, pero no la necesitaba por el calor. Solo necesitaba el fuego. Lo observé arder y escuché su voz y, cuando se durmió, yo lo hice también, enrollado en el suelo junto a Brooke y a Boy Dog, mi pequeña familia desquiciada en medio de la nada.

Cuando desperté, Brooke seguía allí, respirando suavemente. Habíamos sobrevivido otra noche. Observé cómo el cielo se aclaraba, la oscura línea del horizonte se disolvía lentamente en una hilera de árboles al margen de un campo. Un cuervo se posó sobre el poste de una cerca, observándonos desde el otro lado del camino, luego graznó y se fue volando. Dejé que Brooke durmiera lo más posible, y cuando despertó me miró adormecida.

–¿A dónde ahora?

–Attina –respondí.

–Nadie ha escuchado de él en décadas, pero el último contacto fue de un pueblo llamado Dillon –dijo asintiendo.

–¿Qué recuerdas de él?

–Nada –respondió Brooke mirando el cielo, aunque no había nada en él–. No lo recuerdo de mi pasado, solo por las notas de Kanta; todo lo que recuerdo es una línea: "Visto por última vez en Dillon, Oklahoma. Probablemente inútil", no sé qué puede hacer, ni cómo, ni nada.

–No es mucho con lo que comenzar –comenté.

–Lo siento.

–No es tu culpa –me apresuré a decir–. Tenemos una ubicación, así que vamos allí a comenzar la búsqueda.

Avanzamos a pie por el camino durante una hora antes de llegar a la ruta de doble circulación, luego caminamos durante otra hora antes de que un auto nos levantara. Le dijimos al conductor que no nos importaba a dónde estuviera yendo, solo necesitábamos llegar a una ciudad, y nos dejó en una gasolinera en el límite de una ciudad llamada Forest Dell. Nos aseamos en el baño, nos vestimos con las prendas que se veían más limpias y gastamos algo de nuestro precioso dinero en dos bolsas de maní y un frasco de vitaminas. Bebimos un poco de agua de la manguera antes de que el dueño nos echara y, mientras esperábamos otro aventón, estudiamos el mapa que tenía en mi mochila. Dillon estaba relativamente cerca. Unos cuantos kilómetros, pero en mayor parte en un camino directo. Conseguimos a un camionero dispuesto a llevarnos hasta el cruce de carreteras, y desde allí otro aventón hasta las afueras de la ciudad. Brooke estuvo callada todo el día; no deprimida, sino solemne, perdida en sus pensamientos. Le di a Boy Dog carne seca de mi bolso y observé cómo pasaba el campo, amplio y chato.

Cuando llegamos a Dillon ya era de noche otra vez, el cielo estaba negro y las estrellas asomaban tras un velo de nubes. La luz de la luna las volvía de un color gris pálido y tan transparentes que parecían colgar detrás de ella en lugar de adelante, como el frío muro de pizarra de un universo cerrado. La conductora nos preguntó si teníamos dónde quedarnos y le aseguré que sí, porque lo último que necesitábamos era un buen samaritano llamando a los Servicios de Cuidado Infantil intentando "ayudarnos". Teníamos dieciocho años y éramos legalmente independientes, pero no lo parecíamos y no teníamos identificaciones para probarlo. La mujer se fue y miré alrededor a las construcciones cercanas: un viejo almacén, una barbería cerrada, un viejo autocine. Estaba cerrado por un alto cerco de madera, pero la pantalla de madera era más alta; sobresalía del resto del lugar como un pálido gigante. No estaban transmitiendo ninguna película, y el papel blanco colgaba en jirones arrugados.

–Podemos quedarnos allí.

Brooke estaba quieta, mirando sus brazos como si nunca los hubiera visto antes.

–Probablemente haya un puesto de comidas dentro –agregué–. O una cabina de entradas, al menos. Si no conseguimos entrar podemos dormir junto a la cerca; detendrá el viento.

–John –dijo ella.

–¿Sí?

–¿John Cleaver?

–¿Quién eres ahora? –la miré más de cerca.

–John, soy yo –sonrió, con una sonrisa más amplia de lo que había visto en semanas–. Quiero decir, no me veo como yo y no sé qué está ocurriendo exactamente, pero… soy yo en el interior –corrió hacia mí y me envolvió en un abrazo–. Regresaste –murmuró–. O yo lo hice.

–¿Quién eres? –sentí que una oleada de miedo me atravesaba.

–Este cuerpo tiene a todas las personas a las que Nadie ha asesinado. Todos los recuerdos, todas las personalidades, todas hasta que abandonó el cuerpo de Brooke. Este es el cuerpo de Brooke, ¿verdad? Ahora lo reconozco.

Sacudí la cabeza, viendo la realidad, sin saber si debía gritar de alegría o voltear y escapar por siempre.

Eso no. Era demasiado.

–Soy yo, John –dijo Brooke–. Soy Marci.

CA
PI
TU
LO 5

Me alejé de ella.

–Sé que esto es extraño –dijo Marci.

–Extraño es lo último de todo lo que está mal en esto.

–Es tan… oscuro allí –continuó ella–. Es decir, aquí; dentro de Brooke. Somos tantas, todas atrapadas, todas juntas, pero solas. Recuerdo cuando Nadie vino por mí esa noche…

–Por favor, no.

–Fue la noche del baile. Tú me llevaste a casa y me besaste otra vez y fue la noche más perfecta del mundo, y deseaba que nunca acabara, pero luego llegué a mi casa y allí estaba ella. Una especie de gran burbuja negra. "Materia del alma", creo que lo llaman. Estaba detrás de mí y luego a mi alrededor y luché con todas mis fuerzas, pero no pude hacer que se detuviera y no pude escapar…

–Por favor, no –yo estaba llorando.

–Entró por mi boca, mi nariz, incluso por mis oídos –continuó Marci–. Tú sabes cómo es, porque ella intentó tomar tu cuerpo antes de que tu mamá te salvara. Sé eso porque Brooke lo sabe. Yo no tenía a nadie allí para ayudarme, así que ella entró y... entonces ya no era yo. Solo era una observadora. Le tomó un tiempo tomar el control, pero yo ya estaba perdida. Desde el principio. Esa era la peor parte, en verdad; estar allí por días y escucharla hablar contigo y gritaba para advertirte, pero nada funcionaba y tú nunca lo supiste. Luego ella decidió que quería a Brooke y no hubo nada que pudiera hacer para evitar que nos matara –hizo una pausa–. Están todas ahí, tú sabes, solo así. Algunas pueden escucharnos, otras no. Tal vez Brooke esté escuchando...

–¡Detente! –grité–. Por favor, solo para. No quise lastimarte y no quería que murieras y siento no haberlo visto llegar antes, pero por favor solo... –no sabía qué decir. Marci era todo lo que siempre quise, pero se había ido, y su ausencia definía mi vida. Tenerla de regreso así, en el cuerpo robado de mi mejor amiga, era un giro tan doloroso como había sido perderla.

–Lo siento –dijo ella caminando hacia mí, acercándose para abrazarme. Me alejé, llorando con más fuerza y apartando sus manos débilmente... Pero cuando la toqué pensé en las manos de Marci y la paz que solía sentir cuando estaba tomándolas, cerré los ojos y me quebré en sollozos. El cuerpo de Brooke me levantó y me sostuvo, calmándome como yo la había calmado la noche anterior.

Boy Dog gimió mirando las estrellas y yo lloré hasta que mis lágrimas se secaron.

–Has cambiado –comentó Marci, dando un paso atrás para mirarme, pero sin dejar de tener mis hombros. Miré los ojos de Brooke y me pregunté cuántas chicas estarían mirándome detrás de ellos, intentando hablarme, gritando en la oscuridad. Y cuántas de ellas estarían simplemente perdidas, enterradas como había estado Marci, esperando despertar para mirar alrededor y preguntarse dónde habían estado.

¿Cuándo despertaría como una chica de mil años con la que no podría hablar y perdería a Brooke y a Marci por siempre?

–No solías llorar –agregó Marci.

–Tú hiciste eso –dije–. O mi mamá, supongo. Tú moriste y entonces me quebré y ahora siento las cosas de una forma diferente, pero yo… no soy realmente bueno en eso.

–Siento lo de tu mamá.

–Ella no… –entonces me invadió otra oleada de emoción–. Ella no está ahí también, ¿o sí?

–No –respondió Marci, negando con la cabeza de Brooke–. Nadie tomó a tu mamá luego de salir del cuerpo de Brooke; cualquier pensamiento nuevo que haya tenido en esos pocos segundos y lo que haya obtenido de tu mamá, todo se perdió en el fuego –colocó la mano de Brooke sobre mi rostro–. Lo siento.

Me aparté, más despacio que antes, pero aún con decisión. Seguía sin poder procesar todo eso: Marci, de regreso. Siempre había sido una posibilidad, por supuesto, pero nunca me atrevía a pensar en eso porque nunca me atreví a pensar en Marci. No había tenido una relación personal saludable en años, tal vez en toda mi vida, pero la tuve con ella y luego la perdí, y entonces tenerla de regreso de la peor manera posible…

–¿Tenemos un lugar donde quedarnos? –preguntó. Miró alrededor a la ciudad a oscuras; se podían ver luces de la calle a la distancia, más cerca del centro, pero allí alejados estaba vacío y sin vida.

–¿Cuánto sabes? –le pregunté–. Muchos de los recuerdos parecen fusionarse en Brooke; una personalidad domina por un tiempo, pero todas parecen compartir cierto... –pero luego tuve que detenerme porque supe que ella me dejaría otra vez–. ¿Cuánto tiempo estarás aquí?

–Todo lo que pueda –respondió.

–¿Cuánto tiempo es eso?

–No lo sé –habló con suavidad y volvió a mirar alrededor–. Pienso que es como tú dices: tengo algunos de sus recuerdos, pero nada concreto. Impresiones, más que nada. Lo último que recuerdo es el suicidio, cuando Nadie cortó mis muñecas. Pero no es como si hubiera saltado directamente de ese momento hasta ahora, ¿sabes? Soy consciente, de algún modo, de que el tiempo ha pasado y de que estoy en otro cuerpo y de que hay otras chicas aquí con nosotras.

–¿Tú... hablas con ellas?

–No funciona así –explicó Marci–, es más como... no lo sé. Pienso que era consiente de todo lo que Nadie hacía en mi cuerpo porque era mi cuerpo y yo aún estaba allí, pero ya no lo estoy... no soy yo, supongo. Son mis recuerdos. Tal vez en realidad soy Brooke y yo solo pienso que soy Marci, pero recuerdo todo, cosas que Brooke y Nadie nunca supieron, y me *siento* como yo. El cuerpo es extraño, te lo aseguro, nunca fui tan delgada, pero en verdad me siento como yo. Mi personalidad, mis hábitos, yo misma. Creo que me estoy contradiciendo, como cinco veces por minuto, pero... ¿esto tiene sentido?

–No –respondí rápidamente, luego sacudí mi cabeza y suspiré–. Pero nada de esto lo tiene, no lo ha tenido por años.

–Estamos cazando demonios, ¿no es así? –preguntó Marci.

–Así es, porque Brooke quería hacerlo. Si tú eres tú ahora…

–Vamos –dijo ella–, recuerda con quién estás hablando. La hija del policía y el hijo de la funebrera, juntos otra vez –levantó las cejas con una sonrisa pícara, luego se encogió de hombros–. Aunque así no es como imaginaba nuestra serie de televisión.

–Nada salió como queríamos –comenté.

Boy Dog caminó hacia nosotros, regresando de explorar los olores de la zona y yo lo señalé.

–Por cierto, él es Boy Doy. Boy Dog, Marci.

–¿Su nombre es Boy Dog?

–Yo no se lo puse.

–Obviamente, tú habrías escogido Harvey.

–Obviamente –ella me conocía mejor de lo que podía recordar. Se agachó, y Boy Dog se le acercó y lamió su rostro y sus manos.

–Buen chico –dijo rascando sus orejas–. Buen chico. Esto es… –su voz se disolvió y puso una mano sobre el asfalto.

Y la mantuvo allí, por segundos que se transformaron en minutos, con los ojos cerrados y simplemente… siendo.

–El camino está caliente –dijo finalmente–. Solo un poco, pero se puede sentir. El asfalto absorbe el calor del sol. Y la brisa es fresca y huele como a… vacas –se echó a reír, con los ojos aún cerrados–. Clorofila. Puedo oler césped recién cortado, aceite de motor y lilas. No he sentido el olor de las lilas en… ¿cuánto tiempo ha pasado?

–Dos años –susurré.

–Dos años –se puso de pie lentamente y abrió los ojos para mirar el cielo. Boy Dog se echó sobre su barriga, a los pies de ella en actitud protectora–. Dos años. Los gemelos deben tener seis años.

–No puedes regresar.

–Lo sé –su voz fue un susurro áspero. Miró el cielo por un momento más, luego me miró a mí y secó sus ojos–. Como sea. Estamos parados en medio del camino, en mitad de la noche, con bolsos que asumo que tienen todas nuestras posesiones terrenales. ¿Puedo suponer que acabamos de llegar aquí?

–Pedimos aventón –asentí.

–¿Y ahora qué?

–No puedo hacer esto –la miré con impotencia.

–¿Hacer qué?

–Tú sabes qué. Tú... –suspiré, sintiendo que cada palabra era una lucha–. No pude evitar que Brooke fuera dominada por un demonio, y ahora...

–Yo no soy un demonio.

Tú eres la única persona a la que he amado, pensé, pero no pude decirlo. Solo se lo había dicho a su cuerpo.

–Tú eres una de las personas más importantes en mi vida –dije finalmente–. Quiero que ella sea ella misma, pero te quiero a ti más que a nada y esto es... esto es demasiado.

–No estaré aquí por siempre –dijo Marci.

–¿Piensas que eso me hace sentir mejor?

–No podemos simplemente quedarnos aquí parados en medio de la carretera toda la noche. Supongo que no tenemos un lugar donde quedarnos, así que... ¿encontramos uno?

Buscamos un motel, comenzamos a tocar puertas...

–No podemos pagar un motel –dije rápidamente–. Nos quedamos en uno hace dos noches –ciento cuatro dólares con ochenta y seis centavos. El dinero que gastamos esa noche podría habernos alimentado por una semana. Me mordí el labio, dolido por la idea de que Marci durmiera en la tierra, e intenté convencerme de derrochar otra vez. Esa era una ocasión especial, ¿o no? Pero no, a la velocidad en la que Brooke cambiaba de personalidad, Marci podría no estar en la mañana. Froté mis ojos y señalé el autocine vacío–. Iba a intentar entrar allí, pero si quieres entrar en el pueblo quizás encontremos un... no lo sé. Una Asociación Cristiana de Jóvenes, o algo.

–¿En un lugar tan pequeño? Vamos, John. Soy la reina del camping. ¿Tenemos una carpa?

–Solo el aire libre.

–Lindo –dijo ella–. Hagámoslo.

Caminamos a la entrada del autocine y no pude evitar observar la forma en que se movía. ¿Caminaba como Marci? El ligero vaivén de sus caderas; ¿era Marci, o Brooke siempre había caminado así? En mis recuerdos, Marci se pavoneaba, sensual y confiada. ¿Eso había desaparecido, reemplazado por los movimientos corporales de Brooke? ¿O yo lo había exagerado en mi mente, recordando a una chica que nunca volverá a caminar a ningún lugar?

La entrada estaba cerrada y no era fácil de trepar, así que seguimos la cerca, buscando un mejor punto de acceso. A pesar de que Marci aseguró que estábamos en medio de la noche, eran apenas las 9:30 o 10:00 P.M., cuanto mucho; si el autocine hubiera estado funcionando habría una película en ese momento. Encontramos unas tablas rotas en el cerca de madera y nos escabullimos por ellas, para encontrar un amplio campo lleno de tubos metálicos de dos metros de alto con lugares para estacionar entre ellos. En la punta de cada uno había un parlante con un cable enroscado; o al menos solían estar cuando el autocine aún funcionaba; ahora la mayoría estaban rotos, colgando o desaparecidos por completo. El interior de la cerca de madera estaba cubierta de grafitis. No de murales ni símbolos de pandillas, solo nombres garabateados y palabras ofensivas. El suelo estaba cubierto de botellas partidas.

–Parece que ha estado abandonado por un largo tiempo –comentó Marci.

–Y no somos los únicos que lo usamos desde entonces –afirmé mirando la basura–. Esperemos ser los únicos en usarlo esta noche –había una construcción baja de ladrillos al fondo, cruzando la entrada, y caminé hacia ella–. Ten cuidado con los vidrios, Boy Dog –le dije. Caminamos en silencio, preocupados de no molestar a otros ocupantes, pero no imaginaba que un lugar tan pequeño como Dillon tuviera muchos. La construcción estaba cerrada y asegurada. Tenía una puerta metálica con un gran disco metálico con bisagras en la parte superior, que supuse que solía abrir la ventana del puesto de comidas. El muro corto más cercano a la entrada tenía la ventanilla de tickets; el vidrio estaba roto y la abertura estaba cerrada con barras metálicas. Sacudí los candados, pero eran fuertes–. Necesitamos…

–¡Uoooooo!

El fuerte grito resonó en el espacio vacío y levanté la vista justo a tiempo para ver cómo una botella de vidrio estallaba contra el suelo. Alguien la había arrojado sobre la cerca y una figura estaba entrando por el mismo hueco de la cerca por el que entramos nosotros.

–Silencio –dije, pero Boy Dog le ladró al intruso–. Maldición.

–¡Perro! –gritó una voz, y la figura junto al hueco se puso de pie abruptamente en busca del animal.

–¿Desde cuándo tienen un perro guardián? –preguntó otra voz y apareció otra figura por el hueco.

–Escóndete detrás de la construcción –susurré, pero la primera figura nos señaló.

–No es un perro guardián, solo son otras personas. ¡Hola, personas! –saludó con la mano y apareció otro más por el hueco–. ¿Tienen algo de alcohol?

–Los tres hombres –dijo Marci, aunque yo no podía ver a ninguno de ellos en la oscuridad–. Adolescentes, al parecer.

–Ten cuidado –le advertí al ver que las figuras se acercaban. Estábamos atrapados, aunque no parecían estar bloqueándonos el camino intencionalmente; tan pronto como mi paranoia pensó "alguien nos siguió", descarté la idea. Solo eran tres adolescentes que salieron a divertirse.

Aunque eso podía ser igualmente peligroso.

CA
PÍ
TU
LO
6

Boy Dog volvió a ladrar, y Marci murmuró:

–Esto no me gusta.

Los tres chicos se acercaron más, apareciendo de a poco a la vista. Supuse que rondaban nuestra edad, tal vez estuvieran en su último año de secundaria. Olían fuertemente a alcohol.

–¿Ustedes son de Cosby? –preguntó uno de ellos. Llevaba puesta una gorra de básquetbol, pero no reconocí el logotipo.

Recordé el mapa que había usado para encontrar el pueblo de Dillon; Cosby era el pueblo siguiente.

–Solo estamos de paso –respondí.

–Sé que la señora Glassman tiene familia en la ciudad –dijo el segundo chico mientras apartaba su largo cabello rubio de su rostro–. ¿Ustedes son sus nietos, o algo?

–Glassman no tiene hijos –replicó el de la gorra–. ¿Cómo va a tener nietos?

–Ella no tiene hijos legítimos, eso no significa que no tiene ninguno. Estamos en el siglo XXI hombre, sal de la edad oscura.

–Son vagabundos –dijo el tercero. No era una pregunta, sino una observación. A pesar del calor del verano llevaba puesta una chaqueta oscura, aunque no distinguía de qué color era.

–No somos vagabundos –respondió Marci cuidadosamente–, pero tienes razón en que no tenemos dónde quedarnos. ¿Saben de algún lugar aquí en la ciudad?

–Puedes quedarte en mi casa –comentó el rubio con una sonrisa malévola–. Hasta te dejaré dormir en mi cama.

Me imaginé apuñalándolo en el cuello, justo debajo de la barbilla, atravesándole el mentón, hacia el cráneo y al cerebro. Giré el cuchillo hacia un lado y sentí cómo se quebraban los huesos. Iba contra mis reglas tener ese tipo de pensamientos, y sabía que debía sacarlo de mi mente, pero ese momento era diferente; era una amenaza directa a Marci y a Brooke, las dos personas más importantes en mi vida.

–Estamos bien –dije. Pero dejé mi mano derecha floja a un costado, lista para ponerse en acción y sacar mi cuchillo de combate de donde lo tenía amarrado a mi pierna, debajo de los pantalones.

–¿Iban a dormir aquí? –preguntó el de la gorra–. Hombre, eso es... algo genial. ¿Son fugitivos o algo?

–Solo viajeros –respondí–. Nos graduamos de la secundaria el año pasado y aún no queríamos comenzar la universidad, así que solo estamos viajando por un tiempo.

–La mayoría hace eso en Europa –comentó el mismo chico.

–No me gusta volar –respondí.

–¡Es una locura! –dijo el rubio entre risas–. ¿Pueden imaginar ir de vacaciones al condenado Dillon? Esa debe ser la peor decisión que alguien pueda haber tomado –apuntó a Marci con el mentón–. El viaje no está resultando tan increíble como él dijo que sería, ¿cierto?

–En verdad Dillon fue idea mía –respondió ella sonriendo–. Lo escogí viendo el mapa. Pensé que se veía lindo.

–Lindo –dijo el rubio mirando al chico de la gorra–. Somos lindos –volvió a dirigirse a Marci–. No puedo decir que haya sido la mejor decisión de tu vida, pero puedo mostrarte los alrededores si lo deseas. Tenemos un boliche de bolos, el tipo no pide identificación para vender cerveza.

Había olvidado la habilidad que Marci tenía para manipular personas, especialmente muchachos. Sabía cómo funcionaba la interacción social de un modo que yo nunca comprendí y que aún no lo hacía; era tan buena fingiendo como Brooke era mala en ello. El rubio la miraba expectante. En una oración Marci había convertido su burla en una oferta de ayuda. Pero la ayuda del rubio era la última cosa que quería en el mundo.

–Estamos bien –repetí. ¿Cómo podíamos hacer que se fueran o irnos sin que nos siguieran?

–Mi nombre es Corey –dijo el chico de la chaqueta oscura. Señaló con el pulgar al de la gorra y al rubio–. Este es Paul y él es Derek –miró alrededor al lugar vacío, luego de vuelta a mí–. No tenemos muchos visitantes en la ciudad.

–Soy Marci –respondió ella–. Y él es...

–David –la interrumpí. No había problemas con el nombre de Marci, pero Brooke y yo éramos buscados por el FBI. David fue el primer nombre que me llegó a la mente, aunque casi de inmediato me di cuenta de que lo había escogido por David Berkowitz, el hijo de Sam. ¿Eso sería una pista demasiado clara?

Estaba siendo paranoico.

Mi mano ansiaba tomar el cuchillo.

–Entonces –dijo el de la gorra, Paul– esto me resulta fascinante. Están simplemente… ¿qué, recorriendo el país como autoestopistas? ¿Planeaban dormir aquí?

–Eso esperábamos –respondió Marci–, pero hay una terrible cantidad de vidrios rotos.

–Sí, perdón por eso –dijo el rubio. *Derek*–. Este es un lugar de reunión bastante común para los chicos de la escuela; algo escondido, desolado. No todos son tan buena onda como el tipo de los bolos, así que este es un buen sitio para embriagarse –miró lascivamente a Marci–. Muchos muchachos traen a sus novias también, es como nuestro lugar de encuentros sexuales.

–Ha sido un día muy largo –comenté, intentando sonar calmado–. ¿Les importaría…?

–El edificio está lleno de vidrios rotos también –añadió Paul caminando hasta la ventana cerrada–. Probablemente con unos centímetros de ellos; las personas rompen vidrios contra los barrotes todo el tiempo.

–Vamos –agregó Derek–, ¡es temprano! ¡Apenas son las diez! Corey tiene más cervezas en su bolso, ¡hagamos que esto sea una fiesta!

Miré a Corey, que estaba muy callado atrás, y noté que tenía una mochila que no había visto, estaba oculta en la silueta de su chaqueta. Dudó un momento, observándonos, luego se quitó lentamente la mochila y se la entregó a Derek. ¿Estaba mirándome a mí o a Marci? A quienquiera que fuera, sus ojos no se movieron por unos segundos.

–¡Cerveza! –gritó Derek y abrió una, succionando la espuma de la lata mientras burbujeaba.

Paul sacó otra lata de su mochila y se la ofreció a Marci, pero ella la rechazó. Me la acercó a mí y negué con la cabeza.

–Como quieran –dijo, y la abrió.

Derek estaba bebiendo su lata completa, la tenía en el aire sobre su boca. La bebió ruidosamente y, al terminar, bajó la cabeza para mirarnos con una amplia sonrisa. Luego soltó un eructo, lanzó la lata a un costado y buscó otra inmediatamente.

Tenía que recordarme a mí mismo una y otra vez que no querían lastimarme, que solo eran tres tontos adolescentes en busca de diversión en un pueblo pequeño. Yo había nacido en una ciudad pequeña y sabía qué tan aburridas podían ser. Beber cerveza robada en el viejo autocine debía ser la parte más interesante de toda su semana; o al menos lo habría sido si nosotros no hubiéramos estado allí. Éramos una novedad. Si les dábamos la oportunidad pasarían toda la noche con nosotros. No podía permitir eso, pero no sabía cómo evitarlo sin comenzar una pelea.

–No es divertido si no beben con nosotros –dijo Paul, bebiendo su cerveza más moderadamente.

–Pero no están con nosotros –replicó Corey. No parecía hablar mucho, pero cuando lo hacía era simple e iba directo al punto–. Solo están aquí, por pura casualidad, y mañana estarán en otro lugar.

–Más razón para que beban ahora –insistió Derek abriendo una segunda lata–. Hombre, desearía ser como ustedes; libre de ir adonde sea, hacer lo que sea, simplemente mandar al diablo todas las responsabilidades, todos los trabajos y cualquier otra maldita cosa en la que el resto de nosotros estemos estancados –dio un largo trago de su cerveza y me señaló con los dedos alrededor de la lata–. Apuesto a que roban cosas todo el tiempo, ¿no es así? Lo que necesiten, pasteles de las ventanas y Doritos de un aparador en las paradas de camiones, porque ¿quién va a encontrarlos? Levantan la vista y ya no están y nunca volverán a ver a esos idiotas.

–Y nadie lo vuelve a ver a él –dijo Corey–, o a ella.

No están aquí para lastimarnos, me volví a decir.

–Es un buen punto –asintió Paul con un tono ligeramente patinado. O ya había estado bebiendo antes o no toleraba bien el alcohol–. ¿Cómo funciona esto, mecánicamente? ¿Escogen a dónde ir? Darcy dijo que ella escogió este lugar…

–Marci –dijo Derek.

–Marci –Paul se corrigió a sí mismo–. ¿Por qué venir aquí en lugar de ir adonde los autos te lleven? ¿Cómo es que funciona ser autoestopista? ¿Les piden que los lleven a algún lugar?

–Bebe una cerveza –le ofreció Derek a Marci.

–No, gracias –repitió ella. Su voz era débil e irregular; estaba tan incómoda como yo.

–Vamos –insistió Derek–, una chica sexy como tú necesita soltarse un poco –dio un paso hacia ella–. Deja que te ayude a quitarte esa mochila, parece muy pesada.

Me adelanté rápidamente, interponiéndome entre ellos, y Derek se alejó, alzando sus manos en señal de inocencia.

–Lo siento, guau, toqué un nervio sensible por aquí. No era mi intención lanzarme sobre tu novia.

–Por favor –murmuró Marci y supe que me estaba hablando a mí. *No empieces algo.*

–¿Están en contacto con alguien? –preguntó Paul, obviamente ante la creciente tensión–. ¿Alguien sabe qué ruta están tomando? ¿Alguien siquiera sabe dónde están?

–Lo dudo –dijo Corey.

–Entonces ¿cuál rayos es su problema? –exigió Derek, repentinamente enfadado. ¿Ella no los había puesto de nuestro lado? ¿No estaban intentando impresionarla? ¿O ya se habían rendido y era momento de castigarla por no estar interesados?–. Un par de vagabundos inexistentes –dijo señalándonos con sus manos, incluyendo nuestras mochilas, nuestra ropa, todo lo que teníamos en el mundo–. Durmiendo en el condenado autocine Movie Time, ¿y creen que son mejores que nosotros? ¿No pueden beber una cerveza con nosotros, ni siquiera pueden hablarnos? Actúan como si no pudieran esperar a que nos larguemos.

–¿Puedes culparlo? –preguntó Corey y supe que estaba mirando a Marci.

Paul se rio y sentí cómo se erizaba el vello de mi nunca, reaccionando ante la alerta como lo haría por una brisa.

–¡Absolutamente! –gritó Derek, señalándome antes de beber otro trago de su cerveza–. No eres un cretino, solo intentas tener suerte. Esperabas acostarte con esta chica justo aquí en el autocine mientras tu condenado perro los miraba y ahora no puedes hacerlo porque nosotros estamos en su nido de amor –arrojó su segunda lata de cerveza y abrió una tercera.

–¿Qué nos darías si nos largamos? –preguntó Paul.

–¿Qué nos darías *tú*? –dijo Derek observando el cuerpo de Brooke.

–Creo que es momento de que se vayan –respondió Marci.

–Vaya, hombre –comentó Derek–. Ella también lo desea. No pueden esperar para estar solos. Tal vez nos quedemos por aquí a escuchar.

–O mirar.

Corey simplemente sonreía, sin decir nada.

Podía sentir cómo mi ira aumentaba mientras hablaban, furioso por la forma en la que miraban lascivamente a Marci y llenaban el aire de obscenidad. Deseaba lastimarlos, hacerlos gritar de dolor y terror, pero de pronto toda mi ira se había ido, reemplazada por una calma fría y clínica. Había asesinado a muchos Marchitos en los últimos años, pero solo a un humano. Había soñado con eso toda mi vida, o al menos desde que había hecho la conexión entre la muerte y los muertos. No siempre pensamos en esa conexión, aunque parezca tan obvia, porque la muerte es tan común en las películas, juegos y esas cosas, y tan estéril, pero es como la carne: llega un momento en el que te das cuenta de que el tocino, por ejemplo, es literalmente una feta de la carne de un ser vivo, de un animal que solía caminar, hacer cosas y disfrutar cosas, y que luego está muerto y tú lo cortas en pedazos. El cuerpo en el ataúd en el funeral de tu abuelo solía ser tu abuelo y no fue arte de magia sino que murió, porque algo, quizás la edad, el cáncer, un accidente de auto o un asesino, lo mató. Estoy fascinado por ese momento, ese acto en el que un cuerpo con vida se transforma en uno sin vida, y ocho meses atrás puede hacerlo y fue… todo y nada al mismo tiempo. Desilusionante e increíble. No lo que pensé que sería, pero no podía esperar a intentarlo otra vez. Dicen que la primera vez que tienes sexo es igual, pero no puedo imaginar que tenga el mismo nivel de intensidad. Las personas tienen sexo todo el tiempo, pero matar es… único. Hermoso, por un lado y sé cómo suena eso, pero piénsenlo. Es como alquimia, una transmutación mágica; no de materia física, sino de algo etéreo. Un espíritu o alma, convertido de… algo en otra cosa. No sabía lo que era ese algo, pero quería hacerlo. Me mantenía despierto algunas noches, la mayoría de las noches en realidad, pensando en eso, en cómo hacerlo, en cómo calmarme y hacerlo bien; y allí, en se momento, tenía a tres personas prácticamente rogando que lo hiciera. ¿Cómo sería enterrar mi cuchillo en el pecho de Derek? ¿Y abrir el corazón de Paul? ¿Quitarle la piel a Corey y observar cómo se mueven los músculos debajo de ella, estirándose y contrayéndose y brillando bajo la luz de las estrellas…?

–Presta atención cuando te estoy hablando –dijo Derek, yo enfoqué mi mirada y lo vi justo frente a mi rostro, tan cerca que podía sentir cómo me salpicaba la saliva mientras gritaba–. Somos tres contra uno –continuó. Su voz llegó a mí con una nube de cerveza y mal aliento–. ¿Cómo vas a evitar que obtengamos lo que queramos de tu pequeña chica?

¿Por cuál debía comenzar? Me agaché y tomé mi cuchillo, y los tres retrocedieron.

Sentí una mano en mi brazo y volteé para ver los dedos de Brooke, sucios por el viaje y frágiles.

–No eres Potash –dijo ella, ¿o fue Marci? ¿O era una de las otras? Pensar en ello me hacía enfadar, el no ser capaz de diferenciarlas. Di un paso al frente, deseando concretar las muertes.

–Es un maldito desquiciado –soltó Derek.

–No estás entrenado –murmuró, apretando mi brazo con más fuerza.

–¿Entrenado? –repitió Corey con los ojos bien abiertos.

Eso es lo que quería decir de Potash; no que yo no era un asesino, sino que no era un luchador entrenado. Ese era el cuchillo de Potash, y él podría haber acabado con tres tontos adolescentes sin siquiera sudar, pero yo no podía. Mi estilo era lento y metódico: esperar, encontrar una debilidad y luego aprovecharla sin advertencia y sin posibilidad de un contraataque. No podía ganar esa pelea con un cuchillo, y si usaba un arma yo no... Sentí que mi rabia se calmaba. Un arma no me daría la misma satisfacción, la emoción visceral que necesitaba sentir. Sentí cómo mis emociones retrocedían, regresando desde la calma, pasando por la rabia hasta volver a la normalidad. No iba a lastimarlos. Ella había dicho justo lo que necesitaba, en la forma exacta para que funcionara; sin quejarse, sin apelar a lo que es correcto o al honor, sino con una simple y pragmática declaración de mis habilidades.

–Gracias –le dije, y miré a los tres–. Ahora pueden irse.

–¿Qué pasa contigo? –preguntó Paul.

–Vámonos –dijo Corey, y los otros dos lo siguieron como perros fieles. Había asumido que Paul era el líder y Derek era su vocero, pero luego pude ver que Corey había estado a cargo todo el tiempo, manipulando silenciosamente todo lo que los otros dos habían estado haciendo. Me preocupaba no haberlo notado. Observamos cómo se marchaban, primero retrocedieron, luego voltearon y murmuraron entre ellos mientras caminaban hasta la cerca. Derek volteó y gritó un insulto final, maldiciéndonos mientras los demás atravesaban la cerca, luego los siguió.

–Vámonos –le susurré a Marci y salimos del lugar, alejándonos del portón de madera cerrado del que habíamos estado cerca. Como supuse, una lata de cerveza llegó volando sobre la cerca, luego otra, luego toda una lluvia de latas, rocas y gravilla, todo apuntando al lugar en el que habíamos estado parados. Luego de un momento, el bombardeo se detuvo y los escuché reír por lo bajo mientras se alejaban.

–Guarda ese cuchillo –dijo Marci. Noté que seguía sosteniéndolo, con mis nudillos blancos alrededor del mango. Lo miré, sin saber qué decir.

–Deseaba matarlos.

–Lo sé.

–Iban a lastimarnos y luego yo los mataría –añadí, aunque sabía que no era cierto. Protegerla había sido el impulso, pero luego el simple amor por la muerte había dominado y Brooke o Marci, o quienquiera que fuera había dejado de ser una razón para convertirse en una excusa. Deseaba matarlos, porque quería matar. Deseaba apuñalar, cortar y destruir.

–No podemos quedarnos aquí –dijo Marci.

–Tenemos que encontrar a Attina.

–Me refiero a este lugar –dijo ella señalando alrededor–, en el autocine. Podrían regresar mientras estemos durmiendo o incluso podrían ir a la policía.

–Los adolescentes ebrios no van a la policía –respondí, aún sintiendo una extraña agitación por la experiencia. Un aumento de la adrenalina que estaba descendiendo lentamente y que una parte de mí no quería dejar ir.

Los tenía justo ahí…

Necesitaba encender un fuego.

–Pero la policía puede encontrarlos a ellos –explicó–. Si los atrapan por ebriedad y desorden público o por perturbar la paz, o por cualquier otra razón por la que no quieren meterse en problemas, lo primero que harán será usarnos como distracción, y funcionará, porque dos forasteros invasores con un gran cuchillo aterrador es exactamente la clase de cosa que un policía perseguiría de inmediato.

–Si es que les cree –repliqué, aunque sabía que tenía razón.

–No somos la clase de historia que tres adolescentes ebrios inventarían –insistió Marci y asentí.

–Lo sé –guardé el cuchillo y comencé a caminar hacia la cerca–. Veamos debajo de qué podemos dormir. Otro árbol.

–¿Otro?

–Dormimos bajo un árbol anoche.

–Lo recuerdo –Marci asintió con la cabeza de Brooke, pero no pude decir si lo recordaba o no. Brooke trataba de ocultar los huecos en su memoria; tal vez Marci hacía lo mismo. Pasé agachado por el agujero y, en los breves segundos antes de que ella apareciera detrás de mí, apoyé mi rostro sobre la cerca, con los ojos cerrados, intentando saber qué hacer. Como si saber fuera un acto de voluntad. No podía entenderla, no podía ayudarla y ya ni siquiera podía protegerla; y si alguna vez lo hacía, esa protección causaría más problemas que cualquier peligro del que estuviera intentando salvarla.

Ella merecía más de lo que yo podía darle.

–¿John?

Me di la vuelta y ella estaba parada allí, lista para irse. Comencé a caminar y se apresuró para alcanzarme, buscando mi mano mientras caminábamos. Yo la evité y seguimos caminando en silencio. Luego de unas calles vimos una cerca baja de alambre que rodeaba un gran patio trasero y lo que parecía un huerto de vegetales. La trepé lo más rápido que puede, manteniendo a Marci y a Boy Dog a la vista, y recorrí los surcos en busca de comida. Robé un par de tomates y tres calabacines amarillos, y los comimos mientras seguíamos caminando en busca de un lugar seguro donde pasar la noche. Terminamos en un espacio angosto entre una cerca caída y un viejo cobertizo de madera; no en un lugar sin salida, porque odiaba estar atrapado, pero el suelo estaba cubierto de maleza descuidada así que estaba bastante seguro de que nadie se metería por allí en la mañana. No parecía haber huellas ni desechos de animales, así que asumí que los dueños tampoco debían tener una mascota. Acomodé mi mochila como apoyabrazos y me senté con la espalda contra el cobertizo. No tenía sueño, pero estaba exhausto; mi cuerpo, agotado, mi mente, demasiado agitada para relajarse. ¿Estaríamos a salvo allí? ¿Estaríamos a salvo en el pueblo siquiera? ¿Dónde estaba Attina, cómo lo encontraríamos y cómo haríamos para llegar a conocerlo lo suficientemente bien para asesinarlo? ¿Cuánto tiempo se quedaría Marci y qué me dolería más: que Marci se vaya o que Brooke nunca regrese? Tenía que cuidar de…

Marci se sentó a mi lado. No solo se sentó, se acurrucó, presionando su cadera contra la mía, su cuerpo contra el mío, levantó mi brazo para poder acomodar su hombro debajo de él y su cabeza en mi pecho.

–Te extrañé –murmuró.

–Yo también te extrañé –respondí. Podía sentir el calor de su cuerpo sobre el mío, totalmente consciente de la posición de cada parte de él: su mano izquierda sobre mi pierna, justo pasando mi rodilla, su brazo derecho en mi cintura, la curva perfecta de su cintura presionando contra mi pierna. Giró su cabeza y su pecho rozó el mío, su boca estaba a centímetros de la mía.

Se acercó más y sus labios acariciaron mi mentón.

Los labios de Brooke.

–No podemos hacer esto –di vuelta mi cabeza, apartándome de ella.

–No te he besado en dos años...

–No es tu cuerpo –dije. Mis brazos estaban temblando y cerré mis manos en puños intentando calmarlos–. No es correcto.

–¿Tú has...? –dejó salir un suspiro, largo, lento y triste–. Supongo que tiene sentido que me hayas superado después de dos años, ¿no es así? ¿Tú y Brooke, ahora, supongo?

–No es así.

–¿Alguien más?

–No es tu cuerpo. Eres tú en el interior, tal vez, pero es Brooke. Si te beso, estaría besando a Brooke.

–¿Y tú nunca la has besado?

–Por supuesto que nunca la he besado –respondí–. Ella es... no lo sé, ¿no lo ves?

–Tienes razón –dijo alejándose de mí–. Tienes razón, es como... violación o algo. Ella está inconsciente y estamos usando su cuerpo.

–Sí.

–Bien, esto apesta –llevó sus rodillas al mentón y las abrazó.

–Lo sé.

–He estado esperando este momento por dos años y ahora tú estás aquí, pero…

–Pero tú no lo estás –dije con cuidado–. No realmente.

–Esto es estúpido. Esto es estúpido y apesta y lo odio. Ni siquiera puedo… este no es mi cuerpo, estas no son mis piernas, estos no son mis brazos –liberó sus piernas, abriendo sus brazos ampliamente como si hubiera tocado algo repulsivo. Miró sus rodillas por un minuto y luego se puso de pie, sacudiendo sus manos adelante y atrás rápidamente–. ¿Cómo es que puedo caminar así? ¿Cómo es que siquiera puedo vivir?

–Lo siento.

–Lo sé y no es… –presionó sus manos contra su rostro y las apartó rápidamente. Estaba llorando–. No es tu culpa –dijo Marci. Permaneció en silencio un largo tiempo y yo me abracé a mí mismo para mantenerme caliente–. ¿Cómo haces para dormir, haciendo todo esto? ¿Sabiendo lo que sabes?

–La mayoría de las veces no lo hago –respondí encogiéndome de hombros y mirando la angosta línea de estrellas que se asomaba entre la cerca y el cobertizo.

CAPÍTULO 7

Dillon parecía más grande durante el día, tal vez porque la luz ayudaba a llenar el horizonte, con graneros y colinas a poca distancia, haciendo que todo luciera menos desolado. Las personas también ayudaban. No era exactamente una ciudad atestada, pero había autos en las calles y gente en las tiendas e iglesias. Me di cuenta de que debía ser domingo y me pregunté si Brooke insistiría en ir a la iglesia como hacía a veces. Mientras caminábamos por la única calle principal del pueblo pasamos por una iglesia con un estacionamiento que estaba llenándose de a poco. Brooke no dijo nada, entonces noté que debía ser otra persona.

–¿Quién eres? –pregunté.

–¿Te refieres a… filosóficamente? –dijo levantando las cejas.

–Quiero decir si eres Brooke o… Lucinda, o quien sea.

Una mirada de dolor pasó por su rostro, seguida casi de inmediato por un pesado abatimiento: bajó la vista, sus hombros cayeron y respiró lentamente.

–Lo siento, debí haber supuesto que esa era una pregunta normal, pero aún soy yo, Marci.

Sentí alivio, desesperanza y confusión, todo al mismo tiempo, e intenté ocultar mi expresión.

–Nunca has sido la misma persona por tanto tiempo. No desde Fort Bruce, quiero decir.

–El doctor Trujillo ayudaba a mantenerla centrada –dijo Marci, luego se quedó quieta en el lugar por un momento, frunciendo el ceño–. ¿Quién es el doctor Trujillo?

–Él era nuestro terapeuta en Fort Bruce –respondí–. Parece que están compartiendo recuerdos, como hablamos anoche.

No sabía cómo reaccionar a la idea de que Marci se quedara a largo plazo. Ya había sido suficientemente duro asumir su repentina aparición y, eventualmente, me había rendido y me concentré en problemas solucionables en su lugar: cómo entrar al autocine, cómo deshacernos de esos chicos, dónde encontrar un nuevo lugar, qué comer. Cuando Marci se durmió me quedé despierto por horas, apretando mis puños e intentando entender la situación, pero nada tenía sentido. No sabía qué quería, ni cómo obtenerlo; las cosas eran mucho más sencillas cuando lo único que tenía que hacer era planear el próximo asesinato. La muerte era tanto más fácil que la vida. Me hacía sentir débil preferir el camino fácil. Ni siquiera podía hacer un incendio para calmar mi tensión, porque no quería que esos chicos, la policía o el granjero vinieran tras nosotros. Ya era la mañana y tenía esperanzas de que el problema de Marci se hubiera resuelto a sí mismo, pero allí estaba ella, y yo me encontraba en guerra conmigo mismo. No podía vivir con ella pero nunca quería dejarla.

Y todo el tiempo Brooke estaba atrapada allí adentro, mirando.

Marci levantó la mano de Brooke ante una repentina brisa, sintiendo la oleada de aire mientras soplaba por nuestros rostros. No sería un día caluroso, podía verlo en el cielo, pero aun así la mañana era agradable.

–Me gustan los recuerdos de Brooke –dijo Marci y volvió a caminar. Yo seguí su ritmo, observando cuidadosamente el pueblo en busca de señales de peligro; lo último que necesitábamos era que Corey, Paul o Derek nos vieran. Marci reflexionó en voz alta–. Ella tuvo una buena vida, con una buena familia. Y, es decir, yo también, pero... ahora las tengo a ambas, ¿sabes? Ahora puedo recordar mi felicidad y la de ella sin deshacerme de ninguna de las dos. Es como... ver una película realmente feliz.

–La vida de Brooke no ha sido una película muy feliz –repliqué.

–No toda –asintió Marci–. Pero más de lo que tú crees. Tenemos dieciocho años, y ella solo ha sido acechada por demonios durante tres o cuatro de ellos. Y hay espacios entre medio en que las cosas fueron calmas y ella... podía estar contigo.

–No era mi intención arrastrarla en esto...

–Me gusta –dijo Marci buscando mi mano–. Yo solo te conocí, realmente te conocí, durante unos meses. Ella te ha conocido por años y ha pasado cada día contigo durante los últimos dos.

Nunca había sido una persona física, era reacio al contacto personal, pero cuando finalmente tomé la mano de Marci hacía unos años, fue una de las cosas más simples y más reconfortantes que había sentido. Miré su mano sobre la mía en ese momento e intenté invocar esas mismas sensaciones, pero aún se sentía mal, como la noche anterior. Aparté mi mano. Ella pareció triste, o pensé que lo hacía y me pregunté cómo me veía yo.

–Tenemos que encontrar una estación de autobuses –dije intentando ocupar mi mente con asuntos más urgentes–. Dudo seriamente de que haya una en un pueblo tan pequeño, pero nunca se sabe. Por lo general preguntaría en el banco, porque así hay menos repercusiones, pero nada estará abierto un domingo.

–Entonces preguntemos allí –volteó Marci para señalar la iglesia.

–No podemos simplemente preguntarle a cualquiera –dije, notando que tendría que explicar cómo era mi sistema–. Las personas en las ciudades pequeñas...

–Son amables.

–No con los de afuera.

–Las de la iglesia sí lo serán.

–¿Por qué? –pregunté–. ¿Porque están en una iglesia?

–¿Alguna vez has estado en una?

–Vivía sobre una capilla –dije–. Puedo citar la Biblia todo el día. Pero las personas no van a...

–Solo los versículos sobre la muerte –interrumpió Marci.

–¿Qué? –me detuve, mirándola.

–Solo puedes recitar versículos sobre la muerte –repitió–. Y asumo que sobre la resurrección, que en verdad es la misma categoría.

Quería discutírselo, pero por donde lo pensara descubría que me equivocaba antes de decirlo en voz alta. ¿Podía citar un versículo que no hablara sobre la muerte? No. ¿No eran esos los únicos versículos de la Biblia? Por supuesto que no; debía haber otros sobre otros temas, es solo que yo debía haber escuchado únicamente los que se usaban en funerales. *Porque se acerca la hora en que todos los que están en las tumbas oirán su voz y saldrán de ellas.* Muerte.

–Nunca pensé mucho en la religión para tomarla seriamente, pero no recuerdo que tú seas religiosa tampoco.

–En Navidad y Pascuas –dijo Marci–. Es suficiente para saber que las personas en una iglesia son buenas personas.

–Pero no van a la iglesia porque lo creen. Van porque alguien murió, o porque es un día feriado o porque son un pastor y es su trabajo.

–¿Es realmente tan difícil para ti creer que algunas personas creen verdaderamente en algo? –preguntó Marci–. Tú crees en cosas; cosas grandes alrededor de las cuales construyes tu vida. Crees en los Marchitos. Y en la muerte

–La muerte no es una religión.

–Lo es para ti.

–No has viajado por docenas de ciudades solo así –fruncí el ceño y cambié de tema–. Brooke y yo lo hicimos. Míranos: estamos sucios, olemos terrible e incluso esos idiotas de anoche pudieron distinguir que somos vagabundos, ¿qué dirá un adulto en el momento en el que nos vea así?

–Preguntará si necesitamos ayuda –insistió Marci.

–Y luego llamaría a un trabajador social –dije–. Lo que implica policías, informes oficiales y que el FBI nos encuentre.

–Tú simplemente no sabes quiénes son las personas correctas con las cuales hablar –replicó Marci, y me empujó atrás hacia la calle–. Vamos, John, es una iglesia. Ten fe.

La seguí despacio, decidido a correr ante la primera señal de peligro. Teníamos que quedarnos en el pueblo el tiempo suficiente para encontrar a un Marchito; teníamos que pasar desapercibidos y no causar sospechas, y yo ya había amenazado a tres tipos con un cuchillo. Necesitábamos tener contacto con las personas del lugar, pero ¿cuánto contacto podíamos permitirnos?

–No me gusta esto –dije.

–Confía en mí –pidió Marci.

–Desearía que me dejaras hacer esto a mi modo. Brooke hacía las cosas a mi modo.

–No hay dudas de por qué te enamoraste de mí en su lugar.

–No digas eso –dije deteniéndome en la esquina de la cerca.

–¿No lo hiciste? –volteó a mirarme.

No quería que ella lo supusiera, quería decírselo. Quería que ese fuera un *momento*. Pero solo se lo había dicho a su cuerpo, y decírselo a alguien que podía escucharme era algo para lo que no estaba preparado en absoluto.

–He creado un sistema –dije volviendo a cambiar de tema–. Exponernos así se siente mal.

–Eso es porque duele –respondió ella–. No estás acostumbrado a hacerlo. Es riesgoso y duele. Pero algunas veces lo más doloroso es lo correcto.

–Bien –suspiré.

–Entonces relájate –insistió–. Hablar es lo mío. No lo he hecho en dos años y muero por… Lo siento –sonrió con tristeza–. Mala elección de palabras.

Esperaba que me llevara directamente por el camino de entrada hasta la puerta principal, pero en cambio me llevó bordeando la cerca, atravesamos el jardín del frente y el pasillo angosto entre el muro lateral y la cerca. Llegamos al final y dimos la vuelta en la esquina, pasando por otra puerta, y llegamos al fondo del estacionamiento sin cruzarnos con ninguna persona. Entonces puso una mano sobre mi pecho, deteniéndome, y susurró.

–Espera.

Más personas llegaron en camionetas y autos pequeños: hombres con sombreros de vaqueros, niños con vestidos y camisas, con sus cabellos arreglados con fijador. No sabía qué era lo que Brooke estaba esperando, así que miré a la multitud y cómo se movía, la forma en que las personas les sonreían a sus vecinos o reprendían a un niño revoltoso.

–¿Y qué si no hay ningún Marchito? –preguntó en voz baja.

–Este es el pueblo al que Brooke dijo que fuéramos.

–¿Y siempre hay un Marchito cuando ella lo dice?

–Su información es vieja –respondí negando con la cabeza–. Algunos de ellos no han tenido contacto con otros por décadas. Incluso si Attina estuvo aquí alguna vez, puede que se haya marchado.

–¿Y entonces qué hacemos?

Observé a las personas entrando a la iglesia. ¿Él era uno de ellos?

–Nos marchamos –murmuré.

–¿Y a dónde vamos?

–No lo sé.

Pronto la multitud desapareció y asumí que el encuentro estaba comenzando temprano o que ya había comenzado y esos eran los últimos rezagados. Una señora mayor estacionó un amplio Sedán, con su cabeza elevada para poder ver más allá del tablero. Marci me sacó de las sombras.

–Aquí vamos –dijo–. No hagas nada extraño.

–Dame algo de crédito.

–Estoy bromeando –caminó hacia la señora mayor, alcanzándola justo cuando estaba bajando de su auto–. Déjeme ayudarla –dijo, y extendió su mano. La señora sonrió y la tomó con delicadeza, saliendo del coche con un quejido.

–Gracias, jovencita –la mujer era baja y robusta, el cabello mayormente blanco, manchado de gris aquí y allá. Se dio la vuelta para buscar su cartera y Marci mantuvo abierta la puerta del auto.

–Lamento molestarla, señora –dijo–. Pero acabamos de llegar al pueblo y realmente no conocemos a nadie.

–Bueno, querida –sonrió la señora–, han llegado en una hermosa época. Dillon en junio es adorable –cerró la puerta del auto y nos miró directamente, teniendo el primer vistazo real de nuestros rostros y ropas. Me preparé para enfrentar una mirada crítica seguida de un sermón o una despedida cortante, pero en cambio la mujer sonrió–. Mi Dios, ¡son tan jóvenes! Me alegra conocerte, querida, ¿cómo te llamas?

–Marci –respondió ella, y le devolvió la sonrisa.

–Todos aquí me llaman señora Potter, pero por favor solo llámenme Ingrid. No es mi nombre, pero me gusta mucho.

–Yo... de acuerdo –asintió Marci, aparentemente tan sorprendida como yo por el comentario. La señora se echó a reír.

–Por supuesto que es mi nombre, es solo una broma que me gusta hacer porque a muchas personas no les agrada. Yo siempre lo amé, pero es que me lo pusieron por mi abuela y siempre la amé a ella; y supuse que ningún hombre al que no le gustara mi nombre valía la pena de cualquier modo, sin importar qué tan bien se viera con su uniforme –volvió a reír y me miró–. ¿Y tú, jovencito, cómo te llamas?

–David –respondí, apegándome al mismo nombre que había escogido la noche anterior. Observé a la mujer sorprendido, preguntándome cómo había hecho Marci para escoger justo a la persona correcta para hablarle: era amable, aceptaba o de algún modo ignoraba lo sucios que nos veíamos y, con los últimos fieles entrando al edificio, estábamos prácticamente solos. Si Ingrid deseaba conversar podíamos obtener todo tipo de información de ella sin encender ninguna alarma ni banderas rojas.

–Como dije antes –continuó Marci–, somos nuevos aquí y no conocemos a nadie. ¿Le molestaría si nos sentamos con usted en la iglesia el día de hoy?

–No –dije–. No podemos...

–Él está un poco avergonzado porque no hemos tenido tiempo de asearnos –explicó Marci, haciéndome callar con un dedo sobre mis labios. Retrocedí ante el contacto, pero permanecí en silencio–. Normalmente no vendríamos a la iglesia sin vestirnos bien, él se ve tan apuesto con camisa y corbata, pero pienso que si nos sentamos con alguien agradable puede ayudarnos a sentirnos menos avergonzados.

–Ah, por amor de Dios –respondió Ingrid–, ¿eso es todo lo que les preocupa? La mitad de los chicos allí dentro ni siquiera se molestan en cortarse el cabello, ni mencionar en peinarlo. Estarán bien –tomó el brazo de Marci y comenzó a caminar hacia la puerta–. Quédense conmigo y si alguien quiere comenzar un pleito lo alejaré con un bastón.

–Usted no tiene un bastón –dijo Marci volviéndose para mirar el auto–. ¿Deberíamos regresar a buscarlo?

–Ah, no, no uso bastón. Pero nos sentaremos junto a Beth y el suyo tiene un gran mango en la punta. Se cayó sobre mi pie una vez y estuve rengueando todo el día.

–No podemos entrar –dije con la mayor firmeza posible–. Tenemos un perro.

–También el pastor Nash –insistió Ingrid–. ¡Vamos!

Apreté los dientes y las seguí con Boy Dog pisándome los talones. Eso era estúpido, imprudente, peligroso y completamente innecesario. Podríamos haber hecho todas las preguntas que necesitábamos justo allí en el estacionamiento y luego desaparecer por la calle trasera y no volver a ver a Ingrid nunca más. ¿Por qué exponernos de ese modo? Ingrid se dirigió a un banco cerca del fondo en el que estaba una mujer delgada y arrugada con un vestido azul y un sombrero haciendo juego. Incuso tenía una flor en él. Sostenía un bastón, así que asumí que era Beth; lo corrió para nosotros e Ingrid se sentó, arrastrando a Marci con ella. Me senté en el extremo del banco, me quité la mochila y Boy Dog se echó a gusto en el suelo.

–¿Qué estás haciendo? –me acerqué a Marci para murmurarle.

–Estaremos en Dillon por un tiempo, ¿cierto? Estoy estableciendo conexiones.

–Ellos no quieren conectarse con nosotros –dije–. Estamos sucios, somos extraños y estamos aquí para *matar a alguien* –susurré esa última frase en un volumen tan bajo que apenas yo pude oírla–. No creas que no he probado con iglesias antes; les pides información y te la dan porque son amables, pero luego llaman a sus amigos, y sus amigos llaman a sus amigos, y pronto todo el mundo sabe acerca de los extraños mendigos que vagan por la ciudad.

El hombre en el banco delante de nosotros volteó y nos miró; el pastor estaba hablando sin parar en el centro de la habitación. Volví a bajar la voz, asegurándome de que nadie más pudiera entender una palabra de lo que estábamos diciendo.

–Que nos eviten es el mejor pronóstico que tenemos ahora; el peor: que alguien haga una denuncia o nos busque en una base de datos de personas desaparecidas.

–No andes provocativamente por la ciudad –respondió Marci murmurando–, y la gente no tendrá nada que advertirles a los demás. Y si solo haces algunas preguntas y te largas, es lógico que las personas sospechen. La iglesia es una comunidad: si tomas algo de ellos se sentirán molestos, pero si participas, te protegerán. Ahora somos parte del grupo…

–¡Shhh! –levantamos la vista para encontrar a Beth con un dedo tembloroso sobre sus labios.

Muchas otras personas estaban mirándonos también; no podían escuchar lo que estábamos diciendo, pero no querían que estuviéramos murmurando. Asentí y cerré la boca, mirando al pastor pero ignorando sus palabras mientras analizaba la situación. Marci debía tener razón: si teníamos que quedarnos en Dillon por un tiempo, ser parte de la comunidad podría hacer que muchas cosas fueran más fáciles, incluso si nos exponía. En el pasado, siempre nos habíamos mantenido al margen, estudiando las cosas desde afuera, intentando asegurarnos de que nadie nos viera o escuchara lo suficiente como para pensar en nosotros dos veces. Pero esa estrategia implicaba que cuando *sí pensaban* en nosotros, siempre era malo. De este modo seríamos más visibles, estaríamos más presentes en la mente de las personas, pero serían más propensas a pensar bien de nosotros, como amigos o vecinos en lugar de viajeros sospechosos. Me ponía nervioso, pero en estos días todo me ponía nervioso. No podía cazar demonios, escapar de otros demonios, mantener un bajo perfil, sacarles información a las personas, conseguir comida, cuidar de un perro y de una chica desequilibrada, todo al mismo tiempo sin que me pasara factura. Incluso estar sentado allí, en un lugar con aire acondicionado, se sentía como un lujo y eso solo me ponía más nervioso. No podía permitirme relajarme; tenía que mantenerme enfocado. Por lo que sabía, el demonio estaba justo allí en esa habitación y más demonios se estaban reuniendo en el edificio. Tenía que mantenerme alerta y preparado.

Cerré los ojos, obligándome a ceder, solo por un momento, y relajarme. Yo no tenía que hacer todo, todo el tiempo, completamente solo. Marci estaba probando ser tan capaz como lo recordaba, tal vez incluso más, y hasta Brooke me había sorprendido con su astucia en la granja de Yashodh. Tenía que tratarlas… o tratarla… como una compañera y no como una carga. Tenía que liberarme.

Abrí los ojos y revisé las ventanas y las puertas con un rápido movimiento de la cabeza. Liberarme sonaba bien en teoría, justo hasta que fuéramos capturados o asesinados. Podría relajarme cuando nuestros enemigos estuvieran muertos.

El sermón duró alrededor de media hora, interrumpido por cánticos que sonaban tan lúgubres como los que se cantaban en la funeraria. Cuando la reunión terminó, nos dividimos en grupos, los niños fueron a una habitación de abajo y los adultos se agruparon para la escuela dominical. Incluso vi a Corey, pero si él nos vio no dijo nada. Nos quedamos con Ingrid y ella nos presentó con sus amigos, casi todos tan grandes como ella. El pastor también se acercó para darnos un apretón de manos y mantuvimos una conversación de mentiras por un minuto o dos mientras nuestros perros se olían el trasero uno a otro. Yo me quedé callado, hablando solo para responder preguntas directas y dejando que Marci encantara a la multitud con su ingenio y la inocente sonrisa de Brooke. La mayoría de las preguntas eran simples –de dónde éramos, por qué estábamos en la ciudad– y las respondimos con la misma vaga historia sobre tomarnos un año sin ir a la universidad. Luego el pastor hizo la pregunta que estaba temiendo:

–¿Tienen un lugar donde quedarse?

Eso significaba que había visto lo sucios que estábamos y había supuesto que habíamos dormido a la intemperie la noche anterior. Significaba que sabía que éramos vagabundos y que, a pesar de nuestras historias, estaba preocupado por nuestro bienestar. Incluso debía estar preguntándose si alguien nos extrañaba, si nuestros padres sabían dónde estábamos, si habíamos escapado de algo terrible y necesitábamos ayuda, o si habíamos escapado de algo bueno, porque éramos demasiado jóvenes y tontos para ver que era una bendición. Los adultos que me temían hacían mi trabajo más difícil, pero los adultos que querían ayudarme hacían mi trabajo casi imposible.

Antes de ir a Beker habíamos pasado dos meses en un pueblo llamado Bunnell, cerca de un parque nacional, así que tenía un área de camping en las afueras. Conseguimos una carpa en uno de los depósitos de Potash, la instalamos en el campamento y de ese modo explicamos nuestra larga estadía, y fue suficiente para que la mayoría de las personas nos ignoraran. Dillon no tenía nada parecido, y era mucho más pequeña que la mayoría de las ciudades que habíamos visitado, así que no creí que pudiera recurrir a la excusa de "nos quedamos con un primo". Todos en ese pueblo debían conocer a todos los demás.

–Solo estamos de paso –dije–. Estamos bien.

–¿No tienen dónde quedarse? –preguntó una mujer fuera del círculo–. ¿Eso significa que no tienen nada para comer?

–Estamos bien –repetí, sintiendo cómo un nudo se cerraba en mi garganta–. Gracias, pero estamos totalmente preparados y no tienen que preocuparse por nosotros en absoluto…

–Ridículo –replicó la mujer. Era más joven que las demás, con cabello negro que apenas comenzaba a tener canas, unos mechones plateados que sobresalían de los demás como un halo–. Hoy comerán en mi casa. Hice un pastel de tocino y nueces anoche, y sería una verdadera lástima tener que comerlo sola.

–Soy vegetariano –me apresuré a decir.

–Más para mí –dijo Marci, y se dirigió a la mujer–. Gracias, es muy amable.

–Es lo menos que puedo hacer por un hijo de Dios –respondió extendiendo su mano–. Sara Glassman, encantada de conocerlos.

–Ella es la bibliotecaria –explicó Ingrid–. Solía trabajar en la biblioteca, pero nadie en este pueblo lee libros, así que cerró hace cinco años.

–Eso fue cuando la nueva autovía nos encerró –dijo Beth–. Solíamos estar justo en...

–Eso fue hace cincuenta años –corrigió Ingrid–. Suele perderse en el pasado algunas veces.

–Sé cómo se siente –asintió Marci y me miró con los ojos bien abiertos y expresión de desesperación. Lucía asustada y supe en ese instante que había cambiado otra vez; Marci se había ido y una nueva personalidad había tomado el poder, completamente inconsciente de dónde estábamos o de lo que estábamos haciendo.

Marci se había ido.

La había perdido otra vez.

CA
PI
TU
LO 8

Marci se había ido.

Luché para encontrar palabras, triste y quebrado, furioso por tener que pasar por eso otra vez y sintiéndome más culpable de lo que podía soportar por el hecho de siquiera permitirme pensar en mí antes que en la chica que estaba de pie frente a mí. Estaba perdida y asustada, y necesitaba un amigo, necesitaba algún tipo de estabilidad, y yo estaba demasiado abatido por una ola de emociones para siquiera descubrir quién era ella. Odiaba demasiado las emociones –todo lo que hacían era meterse en el camino– *y mírenme, pensando en mí otra vez*. Tenía que ayudarla.

Era alguien que podía reconocerme, eso parecía claro. ¿Era Brooke? Estuve a punto de decir su nombre, pero me detuve. Las personas de la iglesia pensaban que era Marci, y no quería hacer que sospecharan.

–Marci, querida –comentó Ingrid–, ¿estás bien?

–Marci –dijo Brooke con sus ojos siempre fijos en mí,

pasando lentamente de una expresión de confusión a pena–. Ah, John, lo siento mucho.

Demasiado para evitar sospechas, pero al menos ya sabía que era Brooke; ella era la única de sus personalidades que sabía sobre Marci.

–¿Quién es John? –preguntó Ingrid. Yo negué con la cabeza.

–Ella necesita su medicina –dije tomando el brazo de Brooke. Una medicina era una buena excusa, ya que nadie la discutiría y pocas personas sabían lo suficiente sobre ella como para hacer preguntas insistentes. Explicaría su confusión, eso esperaba, pero mejor que eso, nos sacaría de allí; y yo tenía que salir de ahí *rápido*–. Gracias por dejar que nos sentemos con usted –murmuré–. Que tenga un buen día –no quería hacer una escena, pero no podía quedarme allí ni un minuto más. Necesitaba aire. Brooke me siguió sin protestar.

–¿Ocurre algo? –preguntó el pastor.

–Ella solo necesita su medicina –repetí–. Estamos bien, gracias.

–Calle Beck número 42 –dijo la señora Glassman–. El almuerzo estará listo al mediodía.

Me apresuré una vez que estuvimos fuera, apartándome del camino principal para intentar perderme en las calles laterales, para alejarme de todos tanto como me fuera posible. Paul estaba en el estacionamiento, recostado contra un auto. Nos miró sorprendido mientras pasábamos.

–Oye, Marci –dijo en el momento en que giramos por la cerca y salimos de la vista.

–¿Cuánto tiempo me fui? –preguntó Brooke–. ¿Todo el pueblo nos conoce?

–Sí –gruñí–. Fue estúpido entrar allí, fue estúpido conocerlos a todos, fue estúpido… –caminé más rápido, nervioso, asustado y enfadado, todo al mismo tiempo–. Todo es estúpido. Todo está mal y no sé lo que estoy haciendo y yo… –me detuve, con los ojos cerrados y congelado en el lugar. No podía hablar así; estaba hablando como Brooke antes de un intento de suicidio. Tenía que ayudarla, no alterarla.

Respiré profundo y volteé para encontrarla de pie detrás de mí, con una profunda preocupación reflejada en su rostro.

–Lo siento –le dije–, todo está bien.

–No estás bien.

–Solo estoy un poco exhausto, pero estamos bien. Tú estás bien.

–¿Cuánto tiempo fui Marci?

–Solo desde anoche hasta esta mañana –respondí intentando calmar mi respiración. Mis manos estaban temblando y apreté los puños–. Solo hemos estado en el pueblo por trece horas, como máximo. Estás bien.

–Pero tú no lo estás –insistió, se acercó a mí y tomó mi rostro–. Siempre supe que Marci podría aparecer y sabía que sería duro para ti…

–No me toques –dije alejándome de su mano–. ¿Por qué todas insisten en intentar tocarme?

–Porque eso es lo que hacemos los humanos cuando estamos tristes –respondió Brooke–. Nos consolamos entre nosotros.

–Solo basta… –cerré mis brazos con fuerza sobre mi pecho–… Deja de tocarme, no puedo manejar esto ahora, ¿de acuerdo?

–Tú me abrazas cuando lo necesito –dijo suavemente mientras volvía a acercarse–. Sabes que me ayuda con mis episodios que me abraces, que me toques o tengas alguna clase de contacto físico –llevó una mano a mi brazo–. Déjame hacer lo mismo por ti.

–No estoy teniendo un episodio –repliqué, alejándome de ella–. Solo estoy intentando… ¡No lo sé!

–¿Qué crees que es un episodio si no es esto?

–Se suponía que ella debía estar muerta.

Brooke me miró un momento, analizando el repentino cambio de dirección.

–La mayoría de la gente rogaría por tener una oportunidad de hablar con sus muertos.

–La mayoría de la gente no lo ha hecho.

–Pensé que la amabas.

–¡Deja de usar esa palabra! –grité. Miré alrededor, preocupado de que alguien pudiera escucharnos, de que las personas pudieran asomarse por sus ventanas a vernos, de que Paul diera la vuelta a la esquina y comenzara a hablarnos otra vez. Necesitaba correr, sin un rumbo, solo correr, tan rápido como pudiera. Apreté los brazos con más fuerza alrededor de mi pecho.

–Estás teniendo un ataque de pánico –dijo Brooke–. El doctor Trujillo me habló sobre eso. Respira profundo o puedes hiperventilarte.

–Hace una hora ni siquiera recordabas al doctor Trujillo.

–¿Se supone que eso me lastime?

–Por supuesto que no –le aseguré cerrando los ojos y agachándome en la acera–. No quiero lastimarte nunca. Lo siento, pero no puedo… –no sabía qué decir.

Escuché cómo los zapatos de Brooke se arrastraban contra el pavimento y sentí el suave ritmo de su respiración mientras se inclinaba a mi lado.

–¿No puedes qué?

–Nada en lo que puedas ayudarme.

–Solo decirlo en voz alta puede ayudar.

–Marci era lo más importante en mi vida –dije negando con la cabeza.

–Lo sé.

–Ahora tú lo eres –susurré.

–Lo sé –repitió tras una pausa.

–Y no puedo tener a una sin perder a la otra.

Escuché pasos, abrí los ojos y vi al pastor caminando hacia nosotros con mi mochila en una mano y la de Brooke en la otra. Las habíamos dejado en la iglesia. Me puse de pie, agradeciendo no haber estado llorando; y luego parte de mí se sintió alterada por no haber estado llorando y lo tomé como otra falla inhumana.

–Gracias –dije intentando evitar que mi voz temblara–. Acabábamos de notar que las olvidamos –no era verdad, era otra mentira automática. ¿Por qué hacía eso?

–¿Están bien? –preguntó otra vez–. ¿Hay algo que pueda hacer?

–No, gracias –respondí mientras tomaba la mochila. ¿Y si la había revisado? ¿Y si había encontrado el arma o mis notas sobre los Marchitos? ¿Y si había encontrado algo que pudiera relacionarnos con nuestras verdaderas identidades?

–Dijiste que ella necesita medicina –dijo con suavidad–, pero tú tampoco te ves bien.

–Yo solo estoy triste, eso es todo –eso era bastante cierto y noté que esa debía ser la primera vez que admitía ese sentimiento en voz alta–. Alguien muy cercano a nosotros falleció.

–Lamento escuchar eso –respondió el pastor–. ¿Es por eso que están... viajando? –dudó apenas un segundo antes de decir la última palabra. ¿Qué estuvo a punto de decir en su lugar? ¿Escapando? ¿Escondiéndose? Definitivamente había adivinado que nuestra historia no era cierta.

–David y yo... –Brooke dijo los nombres con cuidado, como si estuviera probando aguas extrañas con el dedo del pie–. Nuestro amigo murió hace una semana; mi amigo, su hermano. John.

–Algo de lo que dijo nos recordó a él –continué con la historia–. Eso es todo.

–¿Hay algo que pueda hacer para ayudarlos? –nos miró cuidadosamente–. ¿Incluso si es solo escucharlos mientras hablan de eso?

–"Porque se acerca la hora –cité– en que todos los que están en las tumbas oirán su voz y saldrán de ellas; los que hayan hecho el bien resucitarán para la vida y los que hayan hecho el mal resucitarán para ser juzgados".

–Juan 5 –dijo el pastor–, versículos veintiocho y veintinueve.

–¿Y si están atrapados? –pregunté–. ¿Y si no pueden resucitar para ir a ningún lugar?

Hizo una pausa por un momento, como si estuviera intentando descubrir qué estaba preguntando en realidad, la pregunta detrás de la pregunta.

–El mundo está lleno de cosas terribles –dijo finalmente–, pero nunca he visto nada tan terrible que pueda evitar que Dios salve a sus propios hijos.

–Seguramente lo ha visto –respondí pensando en el Marchito que se escondía en algún lugar de ese pequeño pueblo de ensueño–. Es solo que no lo ha reconocido.

–¿Dónde es la calle Beck? –preguntó Brooke, luego inclinó la cabeza hacia un costado–. ¿O ya sé eso?

Estaba volviéndose voluble otra vez, perdiendo conexión con el mundo real a medida que los recuerdos de las otras chicas salían a la superficie.

–Aún necesita esa medicina –dije, pero lo único que podía pensar era: *Él va a entregarnos. Está preocupado, piensa que estamos perdidos, enfermos y que huimos de casa y llamará a la policía.* ¿Cómo podía hacer para tranquilizarlo?

Asintió, mirándonos por un momento, luego señaló la calle a nuestras espaldas.

–Es esa calle que sigue; no tenemos muchas, así que es fácil encontrar la que buscan. Corre paralela a la calle Main, donde está la iglesia. Giren a la izquierda hacia el centro y la casa de Sara Glassman está a unas tres calles.

–Gracias –dije y miré al cielo–. ¿Apenas pasadas las once, al parecer?

–11:13 –sacó un teléfono para confirmarlo.

–Se me hizo tarde para hacer una llamada, entonces –comenté, elaborando una mentira que lo ablandaría–. Mi madre está algo nerviosa, con nosotros viajando así; quiere que la llame todos los días a las once para saber que estamos bien –los adultos normalmente no tomaban a los adolescentes en serio, pero a veces todo lo que hacía falta para calmarlos era mencionar a otro adulto. Respetaban a una autoridad imaginaria más a que a los niños que tenían justo frente a ellos.

–¿De dónde dijeron que eran? –preguntó el pastor. ¿En verdad intentaba recordarlo o estaba probándonos? Yo no había dicho nada, pero Marci sí. Stilton, o Stetson, o algo así. Solo había estado escuchando a medias.

–Stillson –respondió Brooke.

–Así es –dijo el pastor asintiendo–. Ahora lo recuerdo. Y no lo olviden, por favor: si hay algo que necesiten, estoy aquí en la capilla.

–Gracias –respondí, y lo saludé amablemente mientras volteaba para regresar a la iglesia. Su perro y Boy Dog se olisquearon como despedida.

–De acuerdo –dijo Brooke dirigiéndose a mí–. Hablemos de esto…

–No lo hagamos –le pedí poniéndome mi mochila–. Ya estoy bien.

–Pero necesitamos… –se quedó callada cuando yo volteé, ignorándola. No sabía si estaba aceptando mis deseos o si estaba demasiado intimidada para continuar.

Caminamos hasta la calle Beck y seguimos por ella lentamente, manteniéndonos a la sombra de los árboles de los jardines. No había acera allí, a solo una calle de la principal, así que caminamos por la gravilla al costado del camino, escuchándola crujir bajo nuestros pies. Identificamos la casa de Sara Glassman, pero seguimos de largo en busca de algún lugar donde matar el tiempo sin cruzarnos con nadie. Eso resultó ser casi imposible en un pueblo tan pequeño; había tan pocas personas que sobresalíamos adonde sea que fuéramos. Las pocas personas que veíamos nos saludaban y parecían bastante amigables, pero yo quería estar fuera de vista. Finalmente encontramos una alcantarilla junto a una extensión angosta de césped con un enorme sauce llorón, las ramas eran tan largas y pesadas que llegaban al suelo. Nos abrimos paso por ellas como si fueran una cortina de cuentas y encontramos un pequeño espacio en el centro que parecía aislado del resto de la ciudad.

–Oigan –dijo Derek, sentado en el extremo de la alcantarilla–. Ustedes otra vez.

CAPÍTULO 9

–Supuse que habían dejado el pueblo –continuó Derek.

Había algo en el modo en que lo dijo; no simplemente sorpresa, sino entusiasmo. Estaba emocionado por volver a vernos. Había estado buscándonos.

–Regresaste al autocine –arriesgué.

–¿Qué sucedió anoche? –preguntó Brooke.

Deseaba que no hubiera dicho eso, exponiendo su falta de memoria, pero Derek pareció malinterpretar el significado.

–Solo quería ver si seguían allí –dijo. Estaba sentado en la alcantarilla; una gran abertura de cemento que salía directo a la zanja. Tenía los pies sobre la rejilla metálica en la boca del hueco, pero mientras hablaba cambió su peso, inclinándose hacia atrás, hacia el espacio vacío que no podía ver al otro lado de la alcantarilla. Si fuera yo, tendría un arma escondida allí. ¿Él la tendría?

»Paul quería llamar a la policía –continuó–, pero es un idiota y una vez que lo convencimos de que estaba demasiado ebrio para hablar con un policía, lo llevamos de regreso a su casa y lo ayudamos a entrar por la ventana de su habitación. Corey me dijo que los dejara en paz, pero él siempre está diciéndonos qué hacer, así que al diablo con él. Para cuando regresé, ustedes ya no estaban.

–¿Qué es lo que querías? –pregunté.

Él simplemente sonrió y golpeó sus nudillos contra el cemento.

¿Qué tan rápido había regresado? Eso me diría todo lo que necesitaba saber; si había sido rápido, entonces esperaba encontrarnos antes de que nos fuéramos a dormir, o porque pensaba que estaríamos teniendo sexo o porque esperaba terminar la pelea que yo casi había iniciado. Y si había esperado algunas horas para regresar cuando estuviéramos durmiendo... Bueno, eso podría significar varias cosas, y ninguna era buena.

–Mi nombre es Marci –dijo Brooke, aunque no pude ni remotamente descubrir por qué. ¿Estaba intentando decirle que tenía problemas mentales deliberadamente? Dije lo primero que me vino a la mente para que dejara de hablar.

–¿Tenías un arma?

No respondió, y supe que la tenía. Había regresado a buscarnos, ebrio, enfadado y armado. Me vi a mí mismo apuñalándolo otra vez, como una imagen proyectándose en mi mente, y respiré profundo para calmarme. Puse una mano en el brazo de Brooke, guiándola sutilmente fuera del árbol.

–Vámonos.

–¿Quieres verla? –preguntó Derek.

Brooke se quedó helada y yo volví a mirar a Derek. Su culpable sonrisa de suficiencia se transformó en una sonrisita malévola, buscó detrás de la alcantarilla y sacó un rifle de caza; no una pistola de mano, sino un rifle de un metro de largo. Parecía una locura, pero supuse que era la única a la que tenía fácil acceso. Abrió el cerrojo, enseñando una larga y brillante munición dentro de la recámara, luego la apuntó hacia nosotros.

–Maté cuatro venados el año pasado; dos machos y dos hembras. Tuve que decirle al guardaparques que lo había hecho mi padre, porque es demasiado para una licencia juvenil, y apenas tenía diecisiete –lo miré a los ojos, preguntándome si sentiría la misma emoción por matar que yo sentía, pero lo que vi no fue nada más que enojo. Sus labios se curvaron con una mueca de desdén mientras hablaba, intentando aterrorizarnos con su monólogo–. Uno de los machos fue de cuatro puntos, pero el otro, de doce, un puntaje total de cuarenta y dos, no es nivel como para un trofeo, pero aun así lo colgamos en la pared. Los desollé yo mismo, y aún estamos comiendo su carne nueve meses después. ¿Alguna vez has desollado un venado?

–No –respondí simplemente.

–Hay mucha más sangre de la que esperas que haya –dijo–. Estaba bañado en ella. Así que, por favor, no asuman ni por un segundo que soy demasiado delicado como para presionar este gatillo justo ahora.

–Por favor, no lo hagas –pidió Brooke.

–No lo hará –me encogí de hombros.

–Te dije –continuó Derek enfadado– que no le temo a una pequeña porquería con un cuchillo.

Pensé en el cuchillo y en cuánto deseaba usarlo en ese momento, pero me tranquilicé. Asustarlo solo le daría la excusa que necesitaba para apretar ese gatillo. Si no le daba esa excusa, él nunca se atrevería. No quería matarnos, solo asustarnos.

Así que en lugar de asustarlo me burlaría de él. Y estaba listo para provocar algunos destrozos.

–No creo que tengas miedo de hacerlo –dije–. Por mucho que nos sorprenda a los tres escucharlo, creo que eres demasiado listo para hacerlo.

–¿Quieres repetir eso? –levantó levemente su arma, amenazante.

–Eres demasiado listo –repetí–. Tal vez no lo suficientemente listo anoche, ebrio, avergonzado y en medio de la nada, es por eso que tuviste suerte de que nos hubiéramos marchado, o habría policías recolectando evidencia forense en este momento, rastreando las balas de nuestros cuerpos directamente hasta tu rifle. Suerte para todos nosotros. Pero ahora, hoy, en medio de esta metrópoli atestada, a menos de veinte metros de la casa más cercana, incluso tú, entre todo el mundo, eres demasiado listo para dispararnos.

–Tú no sabes nada sobre mí...

–¿Qué? –pregunté interrumpiéndolo–. ¿Estabas a punto de discutir sobre cuán estúpido en realidad *eres*? Adelante, ansío escuchar esto. Cuéntanos cuán estúpido eres...

El arma disparó y mi coraje se convirtió en un absurdo terror en un instante, ensordecido por el estruendo. Tropecé hacia atrás, atravesando las ramas del sauce, mis manos y pies se enterraron en el césped mojado hasta el lodo. Brooke ya estaba fuera del árbol cuando salí corriendo para estar a salvo, pero volteó para ayudarme a ponerme de pie. Corrimos, demasiado asustados para detenernos y revisar si teníamos heridas, y todo lo que podía recordar era el rostro de Derek, riendo y riendo.

En retrospectiva, en verdad no pensaba que él fuera a perseguirnos. Disparó una vez para asustarnos, probablemente confiado en que sin cuerpos ni daños reales podría arreglárselas para liberarse de cualquier problema diciendo que solo había sido un accidente. O, tal vez, las personas disparaban armas todo el tiempo en ese pueblo y él no tendría ningún problema en absoluto. Pero, en el momento, estaba demasiado asustado para pensar con claridad, aun reponiéndome de la sobreestimulación emocional que había pasado todo el día, así que corrí directamente hacia el primer sitio seguro en el que pudimos pensar: calle Beck número 42.

–Espera –dijo Brooke desde la entrada, tomando mi mano. Estaba inclinada hacia adelante, con su otra mano sobre la rodilla, esforzándose por respirar. Yo tuve que detenerme y hacer lo mismo. Ella miró hacia atrás–. No está persiguiéndonos. Tomémonos un minuto.

–Haz silencio entonces –susurré. Analicé el frente de la casa–. Ella saldrá si nos escucha –odiaba tanto a Derek que podría haber gritado en ese momento.

Boy Dog se las había arreglado para seguirnos el paso y estaba merodeando de un lado al otro en el porche, gruñendo y girando la cabeza ante cualquier sonido. Estaba tan asustado como nosotros.

La casa era pequeña. Tenía un porche de madera de un tamaño suficiente para tener dos sillas mecedoras y una ventana a cada lado de la puerta. Había un auto en la entrada que no estaba allí cuando pasamos más temprano; era viejo y la pintura color café se estaba descascarando en un patrón que parecía sorprendentemente orgánico, como un monstruo alienígena que se escondía en las sombras.

–¿Es alguien de la iglesia? –preguntó Brooke.

–Sara Glassman. Ella... –hice una pausa, recordando algo de pronto–. Esos tres malditos mencionaron a una señora Glassman anoche; dijeron que tenía parientes en la ciudad.

–¿Entonces?

–Que hoy cuando nos invitó dijo que había preparado un pastel y que no quería comerlo sola. Si tiene parientes en el pueblo no está sola, así que alguien está mintiendo.

–¿Sobre un pastel? –dudó por un momento y negó con la cabeza.

–Estoy... solo estoy nervioso, eso es todo. Probablemente no sea nada, lo sé. Pero si me preocupo por suficientes fantasmas eventualmente me preocupará algo real y salvaré nuestras vidas.

–¿Por eso acabas de provocar a un bastardo con un rifle?

–¿Marci? –pregunté mirándola detenidamente.

–Aún Brooke –dijo negando con la cabeza.

–No hablas así muy a menudo.

–No me disparan muy a menudo.

–Teniendo en cuenta qué tan seguido nuestras vidas están en peligro, eso es bastante sorprendente.

–No regreses a lastimarlo –dijo ella.

–¿Qué? –me enderecé, finalmente respirando a un ritmo normal–. ¿Por qué regresaría?

–Porque él te lastimó –respondió Brooke–. Y no te agrada que las personas te lastimen.

No era de mí de quien me preocupaba, era de ella. Por haberse atrevido a amenazarla hubiera cortado a Derek en mil pedazos. Lo hubiera apuñalado, rebanado, picado y molido hasta que no quedara nada, nada reconocible como un mamífero, ni mencionar como un humano, pero…

… ¿luego qué? ¿Qué haría cuando su amenaza desapareciera y viniera otra para tomar su lugar? ¿Matar otra vez? ¿Y qué luego de eso? No podía simplemente abrirme camino a la paz cometiendo asesinatos. Siempre habría un nuevo peligro.

¿Qué daría solo por desaparecer de vuelta en el camino? Por levantar mi pulgar y marcharme otra vez, dejando tan solo un vago recuerdo de "esos chicos raros que fueron a la iglesia".

No tuvimos más que problemas desde que llegamos allí. Desde que Marci llegó allí. Respiré profundo, luego sacudí la cabeza.

–Es comida gratis –dije, expresando mis propias dudas en voz alta–. Tomaremos eso de donde podamos obtenerlo; no tiene sentido escapar. Y no puede ser peor que nada de lo que ha ocurrido el día de hoy.

–¿Qué clase de pastel? –preguntó Brooke tras asentir.

La puerta se abrió y la señora Glassman apareció en la entrada.

–¡Me pareció escuchar voces aquí afuera! Pasen, ¡me alegra que vinieran! ¡Ah y trajeron a su adorable perro!

–Gracias –dijo Brooke sonriendo amablemente. Entramos mientras la señora Glassman sostenía la puerta, la casa olía delicioso.

–¿Pudiste tomar tu medicina? –preguntó.

–Sí –respondió Brooke mintiendo mejor que de costumbre–. Me siento mucho mejor.

–¿Cómo es su nombre? –preguntó la mujer, agachándose para rascar la cabeza del perro.

–Boy Dog –dije–. No se lo pusimos nosotros.

–¡Ja! Pueden dejar sus mochilas sobre el sofá –señaló un sofá desgastado. Desapareció en la cocina y tuve oportunidad de examinar la habitación: pinturas en las paredes, en su mayoría escenas de la naturaleza y un par de viejas fotografías en blanco y negro colgando sobre la chimenea. No había otras fotos–. ¿Es alguna afección mental? –preguntó desde la otra habitación.

–Depresión –respondió Brooke–. Va y viene, pero estoy bien ahora.

–Lamento escuchar eso –afirmó la señora Glassman–. Mi tía lo sufría, pero fue en otros tiempos, cuando cosas como la depresión no se consideraban enfermedades. Solo era algo que sentías y que debías superar. Solo estoy suponiendo, por supuesto, pero desearía que hubiera tenido alguna medicina moderna como la tuya. ¿Coca o zumo de manzana?

–¿Qué? –entré en la cocina y la encontré poniendo la mesa con vajilla de cerámica gruesa.

–De beber –explicó–. Mi hermano siempre compra este zumo de manzana y aún tengo un poco en el refrigerador. Pero también tengo Coca si prefieren.

–El zumo suena bien –dijo Brooke.

–Solo agua para mí –respondí.

–Por supuesto –asintió la señora Glassman–. Pueden lavarse allí en el fregadero.

Obedecimos y, mientras nos lavábamos las manos, conté los lugares en la mesa: solo tres. Aun así no pude evitar mirar alrededor de la casa buscando más personas.

–Tomen asiento –dijo mientras pasaba alguna clase de vegetal verde de una sartén a un plato para servir–. Dijiste que eras vegetariano, así que preparé betabeles. Es una comida del sur que no hacemos mucho por aquí, pero solía tener familia allí así que aprendí algunas recetas –dejó el plato en la mesa y se sentó chupándose los dedos–. ¿Listos?

–¿Solo seremos nosotros tres? –pregunté.

–Solo nosotros. ¿Esperabas más gente?

–Uno de los chicos del pueblo mencionó que usted tenía familiares de visita.

–Hacen amigos rápidamente –comentó la señora Glassman–. Pero no te preocupes, Luke se fue ayer. Y es muy aburrido, así que son afortunados –comenzó a servir los betabeles, y Brooke hizo lo mismo con una ensalada de frijoles que estaba en el centro de la mesa. También había jamón (aunque no lo probé), pan caliente y ensalada de hojas verdes que parecía ser casi todo lechuga y pepino. Me pregunté cómo podía ser que el pan estuviera caliente, no había tenido tiempo de hornearlo desde que salió de la iglesia y me parecía extraño que hubiera horneado toda una pila solo para ella, antes de siquiera invitarnos.

–Marci –dijo la señora Glassman amablemente–. ¿Darías las gracias?

–Por supuesto –respondió Brooke, inclinó la cabeza y le pidió permiso y perdón a Dios o lo que sea que se supone que uno pida en una oración. La señora Glassman puso una porción de jamón en un plato para Boy Dog y luego comenzamos a comer, pero yo no podía concentrarme en la comida; todo lo que veía eran sus tenedores hundiéndose en el jamón, sus cuchillos cortándolo, la carne separándose bajo el filo, y pensé en Derek y en todo lo que quería hacerle.

Necesitaba incendiar algo. Esa era mi única válvula de escape cuando la presión se acumulaba de esa forma.

–Dillon es encantador –comentó Brooke.

–Gracias –respondió la señora–. La mayoría de los visitantes se quejan de lo pequeña que es, pero nosotros la amamos. ¿Qué más necesitamos de todas formas?

–Nosotros también venimos de una ciudad pequeña –dijo Brooke–. No tan pequeña, pero parecida. Cuando estaba en la escuela no podía esperar para salir de allí, pero ahora la extraño.

La observé mientras masticaba, intentando descifrar si estaba hablando de Clayton o de alguna ciudad medieval perdida en el tiempo.

–Las ciudades pequeñas son las mejores –asintió la señora Glassman–. Las grandes son ruidosas, están sucias y llenas de criminales –señaló cada palabra con un breve golpe de su tenedor–. Conduje por Tulsa una vez y sentía que iban a robarme en cada semáforo. Ni siquiera puedo imaginar ir a un lugar más grande, como Nueva York.

–No es tan mala como dicen –comentó Brooke–. Sí, lo es.

La volví a mirar, preguntándome si habría cambiado de personalidad en ese momento.

–¡Ja! –se rio la señora Glassman–. Sé cómo te sientes, yo discuto conmigo misma todo el tiempo. David, querido, ¿cómo estás con esos betabeles?

–Están deliciosos –respondí con sinceridad. O ella era una cocinera excelente, o yo estaba muriendo de hambre. Probablemente ambas. Tomé otro bocado, me sentía más hambriento luego de que mi cuerpo recordara lo que le había estado haciendo falta, pero mientras masticaba, preparé algunas preguntas. Por eso habíamos ido a la iglesia en primer lugar, y era momento de utilizar la buena voluntad que nos habíamos ganado para obtener algo de información–. Pero todas las ciudades son peligrosas –dije–. Incluso Stillson tenía problemas policiales.

–Dillon no –me contradijo Glassman–. El año pasado perdí la llave de la biblioteca así que no pude cerrarla y, tras enloquecer durante toda la tarde, decidí simplemente cerrar la puerta, fingir que ponía llave y tener esperanzas. No ocurrió nada. No recuperé esa llave hasta que el limpiador de alfombras movió mi escritorio tres meses más tarde; la puerta del frente estuvo sin llave por tres meses completos y no tuvimos ningún delito.

–¿Alguna vez alguien asalta una biblioteca? –preguntó Brooke–. Los libros son gratis, de todas formas.

–Y la mayoría del pueblo ni así se interesa en ellos –comentó la señora Glassman mientras cortaba otra porción de jamón.

El corazón de Derek, abriéndose en dos bajo la hoja de mi cuchillo…

–… pero le mencioné la historia a Bill Taylor, el dueño de Terryl, y me dijo que le ocurrió lo mismo el año pasado.

–¿Terryl es una… peluquería? –preguntó Brooke.

–El almacén –respondió la señora Glassman–. La misma historia: no le robaron ni una sola cosa. Ni una uva.

–Entonces ¿qué fue el disparo que escuchamos? –pregunté, aprovechando nuestro incidente para presionarla. Había un Marchito en la ciudad, o al menos solía haberlo y, aunque probablemente no se tratara de Derek, tenía que hacerla hablar de peligro. *Algo* allí era peligroso–. ¿Justo antes de que llegáramos? Sonó como un disparo de rifle.

–Ah, eso ocurre todo el tiempo –dijo ella–. Pero los hombres de aquí usan armas desde mucho tiempo atrás y saben lo que hacen. A excepción de esa ocasión, hace cinco años, en la que Clete Neilson se disparó en el pie, no ha habido ninguna herida de armas desde… bueno, desde el Viejo Oeste, supongo. Y Clete estaba ebrio, así que fue culpa de su propia estupidez.

–¿Y qué hay de problemas no relacionados con armas? –preguntó Brooke.

–Mi Dios, ustedes dos son macabros, ¿no es así? –dijo la señora Glassman riendo.

Brooke también se rio, lo que fue perfecto, porque la risa era exactamente lo que la situación requería y yo nunca podía hacer que pareciera normal. Necesitábamos seguir hablando de eso; ella estaba presentando a Dillon como una especie de paraíso de tranquilidad, donde nunca nada salía mal, pero eso no podía ser verdad si había un Marchito allí. Aún no sabíamos lo que Attina podía hacer, ni cómo ni por qué, pero incluso un Marchito que no cometía asesinatos –como Yashodh o Elijah– causaba problemas. Elijah era una buena persona e intentaba activamente ayudar a las personas y evitar problemas, pero igualmente no podía sobrevivir sin un constante caudal de muerte. Incluso si otras personas las provocaban, los Marchitos necesitaban muertes. Se alimentaban de nosotros como parásitos, pero Dillon parecía completamente saludable.

Habíamos llegado a Dillon porque los recuerdos que Brooke había obtenido de Nadie situaban a un Marchito allí hacía décadas, pero ¿y si se había ido? La autovía había atravesado la ciudad, al igual que con otras miles de pequeñas ciudades en el país, y la población se había reducido. No había forma en que la pequeña población de Dillon pudiera mantener un autocine. Así que las personas se habían marchado y los Marchitos se marcharon con ellas. Dillon ya no era una fuente de alimento viable.

–Este pan es delicioso –dijo Brooke–. ¿Acaba de salir del horno?

–Gracias, querida –respondió la señora Glassman–. Eres muy dulce. Lo amasé esta mañana y lo dejé levar mientras estaba a la iglesia. Luego lo metí al horno cuando llegué a casa, muy sencillo.

–Pero no sabía que vendríamos –dije–. No nos invitó hasta que estuvo en la iglesia.

–He preparado la receta de pan casero de mi abuela antes de ir a la iglesia cada semana desde que ella murió –explicó sonriendo–. ¿Por qué piensan que tenía el jamón listo o el pastel de carne y nueces? Confío en que el Señor pondrá a alguien necesitado en mi camino y, cuando lo hace, tengo un almuerzo listo para ellos.

–¿Eso ocurre muy seguido? –preguntó Brooke.

–Querida, si preparas un pastel y le preguntas a alguien si quiere comerlo contigo nunca tendrás que comer sola.

¿Dillon era realmente tan bueno? ¿Tan calmado y pacífico, sin nada bajo la superficie, sin secretos aterradores, sin asesinos ocultos?

Si era así, entonces yo era la peor persona en el lugar. Derek y sus amigos eran terribles, pero habían retrocedido; aunque eran tres contra uno, un simple vistazo a un cuchillo los había asustado. Eran inofensivos. Yo, por otro lado, ya ni siquiera estaba enfadado y aún deseaba cortar a Derek en pedazos, lento y con cuidado, hasta que sintiera tanto dolor que no pudiera ni siquiera gritar.

–¿Qué tan seguido fallecen las personas aquí? –pregunté. Los robos eran una cosa, pero necesitaba conocer las estadísticas reales.

–No –murmuró Brooke.

–Esa es… una pregunta extraña –dijo la señora Glassman.

–La última ciudad que visitamos tuvo una sucesión de muertes por cáncer que eventualmente atribuyeron a pruebas nucleares –comenté, inventando una historia mientras hablaba–. Estaba cerca de un sitio donde explotaban bombas en los años cincuenta, y la radiación aún contaminaba el agua. Cada ciudad que visitamos tiene una historia que contar y creo que cuando regrese para ir a la universidad me gustaría escribir un informe sobre ellas –miré a la señora Glassman con atención, intentando descifrar si estaba ocultándonos información–. Así que, ¿qué hay en Dillon? Suicidios, enfermedades inexplicables, un nivel extrañamente elevado de… no lo sé, ¿accidentes de pintores?

La señora Glassman levantó una mano en un gesto de rendición y observó la mesa mientras intentaba recordar.

–No tengo idea. Además del accidente con el pie de Clete y un chico que cayó en una aventadora de granos ese mismo año… no ocurre nada. Si no llevaran la ambulancia a la escuela cada primavera olvidaríamos que tenemos una.

Miré a Brooke y ella me miró a mí.

–¿Se quedarán mucho tiempo?

–No –respondió Brooke–. Creo que nos iremos más tarde el día de hoy.

CAPÍTULO
10

–G, H, I –dijo Brooke ahuecando su mano mientras la asomaba por el costado del camión para sentir el aire que soplaba–. Gasolina y Hotel.

–Dijiste que no podías deletrear las cosas que veías –le dije.

–Había un letrero –protestó Brooke señalando sobre mi hombro–. Tienes que voltear a verlo, estás perdiéndote la mitad de las letras.

–Técnicamente, yo no tengo ninguna letra.

–Gasolina tiene A, pudiste haber comenzado por allí. Además, estoy trabada en la J, así que tienes oportunidad de alcanzarme.

Noventa y nueve dólares con sesenta y un centavos. Habíamos comprado otro paquete de carne seca antes de salir de Dillon para mantener a Boy Dog alimentado en el camino. En un camión como ese probablemente podríamos haberlo alimentado con verdadera comida para perros, pero nunca sabes qué te levantará.

–Necesitamos una concesionaria de Jeeps –dijo Brooke–. O… una fábrica de gomas de jalea.

–¿Una fábrica de gomas de jalea?

–Tienen que venir de algún lado, ¿no? ¿Por qué no aquí, en este desierto de tierra perdida?

–Sí –dije, mirando las colinas bajas y vacías–. ¿Por qué no?

Con Attina fuera de escena, nos quedaba un Marchito del que teníamos una buena pista, pero no sabíamos mucho sobre él. Brooke lo llamaba Ron, a veces Rain, pero no podía imaginar que ninguno fuera su verdadero nombre. Brooke también le temía, intensamente, lo que hacía que obtener información sobre él fuera mucho más difícil de lo normal. Tenía alguna clase de poder sobre… algo. Aún no estaba seguro. Sobre la lluvia, tal vez, pero eso sonaba un poco obvio. Brooke había dicho dos cosas sobre el tema: una fue "Ron ayuda a las personas"; otra fue en inglés, "Run from Rain", *corre de Rain.* Ninguna tenía sentido. La segunda podría ni siquiera ser una advertencia, sino una descripción de cómo un nombre se había convertido en otro. ¿Quizás su nombre era Run? *¿Run, de Rain?* Interpretar los recuerdos de Brooke a veces era más difícil que encontrar a los mismos Marchitos. Tampoco sabía mucho de Attina.

¿Cómo se supone que los persiguiéramos entonces? Luego de Ron, asumiendo que Ron no era otro caso perdido, ¿a dónde iríamos? ¿Esos eran todos? Tal vez todos estaban muertos y nadie estaba tras nosotros, solo escapábamos de las sombras. No lo sabríamos hasta que nos atraparan, y entonces sería demasiado tarde. Tal vez podríamos tenderles una trampa; revelar nuestra ubicación, solo un poco, lo suficiente como para llamar la atención y ver quién aparecía. La llamada de un aullido demoníaco desde los arbustos.

–¿Dónde estamos? –preguntó Brooke.

La miré, otro cambio de personalidad, pero no parecía alterada. Era alguien que me conocía, al menos, y que sabía cómo viajábamos. Deseaba preguntarle quién era, pero no quería hacerla sentir mal.

–Autovía 287 –respondí–. Vamos a Dallas.

–¿Quién es Dallas?

–Dallas es una ciudad de Estados Unidos –debía ser una de las personalidades más antiguas.

–Sé eso –dijo con suavidad.

–Sé que lo sabes.

Tocó la cabeza de Boy Dog, no rascándolo, sino dibujando lentamente una línea con su dedo por el centro de su hocico, de la frente a la nariz.

–¿Estamos casados? –debía ser Lucinda seguramente, me preguntaba eso cada vez que aparecía.

–No lo estamos –respondí intentando recordar los detalles de la vida de Lucinda–. El nombre de tu esposo es Gaius, eso creo. Caius, tal vez.

–Caius –asintió–. Pero él está muerto, ¿no es así?

–Hace cuatro mil años.

–Y yo también.

Las luces de advertencia se encendieron, así que miré hacia la carretera, con la esperanza de encontrar algo que pudiera usar para distraerla.

–A –dije–. En la matrícula de ese auto.

–Esa es una N.

–¿Estás segura?

–John, tu vista es terrible.

–Allí hay otro cruce de caminos –dije señalando al frente–. Estación Chevron. Así que… A.

–¿En qué palabra? –ella se rio y me pregunté si el momento habría pasado; superado antes de volverse demasiado intenso.

–¿Estación?

–Nop –dijo ella, riéndose otra vez–. No puedes simplemente adivinar qué palabras hay allí arriba, eso es trampa.

–Entonces ¿qué hay de ese gran edificio? –pregunté. Junto a las bombas de gasolina había una gran construcción blanca, era mucho más grande que una gasolinera normal. Estaba demasiado lejos del camino para que pudiera leer claramente, pero obviamente era un restaurante. Di por sentado que lo diría en el letrero–. A: Restaurante.

–No dice "restaurante", dice Armadillo Grill.

–No dije que dijera "restaurante". Dije que era "un restaurante". Llamado Armadillo Grill, lo que tiene una A.

–Bien –dijo Lucinda–. Te concederé esa. Pero no más regalos.

–¿Qué quieres decir con regalos? Tuve que luchar por esa A.

–J –dijo ella triunfante–. Justo debajo de Armadillo Grill dice "Buster & Jackie", o "Bifes y jorobas", o algo así.

–Botas y jerséis –supuse–. B.

–Y también… K, L, M, N y O, y… –dijo mirando el letrero–. Maldición, solo llegué hasta ahí –me miró por el rabillo del ojo–. ¿Ves qué fácil es una vez que superas la J?

Parecía estar bien, distraída de su repentino momento de oscuridad, pero no me atreví a abandonar el juego por completo.

Si hubiera estado jugando en primer lugar, ella no habría comenzado a hablar sobre la muerte.

–El mismo letrero tenía C, D y E –dije. Una vez que pasamos el cruce, los letreros fueron más escasos, pero vi uno en el camino y lo señalé–. Ogle Cattle –no había notado que estábamos tan alejados de la civilización.

–No viste un letrero como ese realmente.

–Claro que lo hice.

–Decía Montague Jacksboro.

–No en el que yo estaba viendo.

Me dio un ligero golpecito, pero luego brincó de terror cuando el camión saltó y nos sujetamos de los costados, aferrándonos mientras nos elevábamos unos centímetros en el aire. Ella se echó a reír.

–Extrañaba esto.

–¿Había muchos camiones en el Imperio romano?

–Romano... ¿quién piensas que soy?

–¿No eres Lucinda? –¿había cambiado de personalidad otra vez?

–¿Quién es Lucinda?

–Eras tú, hace unos minutos.

–Eso debe ser muy desconcertante –dijo ella.

–No tanto como que te rehúses a decirme quién eres.

–Lo siento. Solo asumo que lo sabes.

–¿Nadie? –solo dos personalidades además de Brooke esperarían ese tipo de reconocimiento.

–Supongo que me equivoqué –dijo guiñándome el ojo–. Soy yo otra vez, cariño. Marci.

Toda la frivolidad desapareció.

–¿A dónde estamos yendo? –preguntó–. Y no digas "a Ogle Cattle".

–A Dallas –respondí. Marci había regresado. ¿Eso comenzaría a ocurrir todo el tiempo?

–¿Qué hay en Dallas? ¿Otro Marchito?

–Iremos a buscar otro escondite de provisiones.

–¿Alguien está dejándonos provisiones? –preguntó con mirada incrédula. Al parecer, ese no era uno de los recuerdos que se transfirieron.

–Uno de los agentes del FBI con el que trabajábamos solía ser un... algo. Agente secreto, Jason Bourne, alguna clase de hombre misterioso. Murió en Fort Bruce la noche en la que huimos y tomamos su bolso de viaje; tenía sus identificaciones y pasaportes falsos y cosas como esas. Había una lista con otras reservas alrededor del país, supongo que no una lista completa, con pequeñas cajas de provisiones para sí mismo. Las hemos estado recogiendo al pasar por donde están, y Dallas está de camino a Gartner, donde se supone que está el próximo Marchito, así que pasaremos por allí a ver qué hay en esa reserva.

–¿Qué suelen tener? –preguntó Marci pensando en ello.

–Más identificaciones, no tienes idea de la cantidad de identificaciones que tenía este sujeto, y algo de dinero. Es nuestra única verdadera fuente de ingresos. A veces hay una muda de ropa, que nunca nos queda, pero podemos empeñarla, y luego un arma con algunas balas y algunas otras cosas. El de Cincinnati tenía todo un equipo de supervivencia en la naturaleza: una pala, una carpa, algunas cerillas a prueba de agua y mantas de lana. Todo en un gran bolso de viaje.

–¿Qué ocurrió con todo eso?

–Aún tenemos algunas cosas. Pasamos lo que pudimos a nuestras mochilas; usamos la carpa un tiempo, pero tuvimos que abandonarla una noche que debimos escapar.

–¿Marchitos?

–FBI.

–Así que encontraron el campamento y saben que estábamos usando la carpa de un agente secreto –comentó luego de pensarlo por un momento.

–*Si* es que ese era un modelo de carpa normalmente utilizado por agentes secretos, no sé si existe tal cosa. Era una carpa muy buena, supongo; se hacía realmente pequeña al plegarla –dije y me encogí de hombros–. Pero no sé qué es lo que eso podría decirles.

–Mientras que no sepan dónde están las reservas de tu amigo, no les dice nada.

–Estarían esperándonos –admití. Era una posibilidad que no había considerado; Potash siempre había sido tan cuidadoso, no podía imaginar que siquiera sus jefes supieran dónde guardaba sus provisiones.

–¿Realmente somos tan importantes? –preguntó Marci–. ¿Por qué tienen tanto interés en encontrarnos? ¿Has cometido un crimen del que no me has contado?

–Solo si la ley protege a demonios ancestrales –respondí–. Supongo que el auto que tomamos de Fort Bruce técnicamente era propiedad del gobierno, pero lo abandonamos en el pueblo siguiente, así que probablemente lo hayan recuperado.

–¿Qué ocurrió en Fort Bruce?

–Nuestra guerra salió de las sombras –dije–. La única razón por la que no salió a la luz es porque todos los que la vieron están muertos: docenas de personas y un grupo de Marchitos. Brooke y yo fuimos los únicos que salimos con vida. Bueno y tú, supongo. Y Nadie. Los medios creen que se trató de crimen organizado, alguna clase de guerra mafiosa o algo, pero nadie sabe quién lo hizo ni por qué.

–Incluido el FBI –dijo Marci–. Tú eres el único que sabe lo que ocurrió.

–Ellos saben lo que estábamos haciendo y saben lo que estábamos planeando la noche en que todo salió mal. Pero luego nuestro equipo murió y, sin nadie que reporte lo ocurrido, el FBI no tiene idea de *cómo* murió. Al menos no en detalle. Por lo que sé, piensan que yo lo hice –me detuve–. Y yo maté a un humano, así que supongo que en parte tienen razón.

–¿Fue en defensa propia? –me miró por un momento, analizando mi rostro.

–Algo así –miré las colinas al pasar, césped oscuro, interrumpido por árboles aquí y allá–. Si no lo hubiera matado, yo habría muerto, así que decidí que se acercaba mucho. Pero no, él no estaba amenazando nuestras vidas activamente en ese momento.

Marci se quedó en silencio por un momento, pero no sabía si estaba mirándome a mí o no.

–¿Al menos era malo?

–¿Eso la haría mejor?

–No lo sé.

–Necesitaba su corazón –dije volviendo a mirarla. Había partes de mi vida que ella conocía tan bien, pero merecía saberlo todo–. El rey de los demonios venía por nosotros, y Nathan ya se había puesto de su lado, así que nos estaba reteniendo hasta que llegara. Sabía que podría matar al Marchito si tenía un corazón que pudiera envenenar, así que maté a Nathan y envenené el suyo.

Volvió a hacer una pausa, observándome mientras pensaba una respuesta. Eventualmente solo dijo: "Eso apesta". No sabía si se refería a la situación en sí misma o a lo que yo había hecho con ella.

–Tú nunca supiste quién era realmente –dije–. Tenía una fachada en Clayton y algunas veces aún la tengo, intento actuar y verme normal y finjo ser la persona que todos piensan que debo haber sido. Eso es lo que te gustaba, no yo –me encogí de hombros y volví a apartar la mirada–. No el verdadero yo, al menos.

–El John que me gustaba nunca era normal –respondió Marci–. Eso es lo que me gustaba de él.

–Él también era una mentira.

–Tal vez no eres tan bueno mintiendo como tú crees.

–¿Así que te enamoraste de un psicópata? –volví a mirarla, enojado por razones que no podía identificar–. De todos los chicos en la escuela yo era el único con esa mirada perdida, sin alma, y te dijiste a ti misma: "Quiero salir con un chico que podría matarme".

–Tal vez tampoco eres tan peligroso como crees que eres –dijo tras hacer un mohín.

–¿Quieres mi prontuario?

–Yo era una adolescente atractiva –replicó Marci–. Sin ofender a Brooke, creo que es hermosa, pero no soy arrogante al decir que muchos chicos me deseaban. Muchos hombres, también. Tal vez porque me crecieron los senos cuando era muy chica, tal vez porque mi mamá tenía un lindo trasero y la genética estaba de mi lado. Tal vez porque me gustaba llamar la atención algunas veces, así que aprendí a arreglarme el cabello y a usar la ropa correcta y a hablar con los chicos diciendo las palabras correctas justo de la forma correcta. Una vez en el séptimo año, yo tenía doce años, le entregué una tarea tarde al señor K y me dijo que me pondría la nota completa porque le gustaban mis ojos.

–Ya me diste este discurso antes –respondí–. Yo te gustaba porque no te miraba todo el tiempo como un repugnante. Bueno, no mirarte no cambia el hecho de que sea un pervertido; soy peor que un pervertido. No te miraba porque tenía reglas diseñadas para imitar el comportamiento de una persona normal y equilibrada. En verdad contaba las veces que te miraba por día: cinco veces tu rostro, dos veces tu pecho, una vez tus labios, una vez tus caderas. ¿Realmente esto es lo que quieres escuchar? Soñé con matarte a ti y a Brooke y a otra docena de chicas de la escuela. Sueños recurrentes en los que te cortaba y te escuchaba gritar. Me puse esas reglas porque si no me obsesionaría contigo y tal vez comenzaría a seguirte y luego, tal vez, comenzaría a pensar que estaría bien hacer realidad uno de esos sueños. No soy una buena persona y tú fuiste una tonta por siquiera considerarlo. Y yo fui un perverso por haberte hecho pensar que era diferente.

–No me dejaste terminar –dijo con suavidad–. ¿Recuerdas la primera vez que te llamé?

–Fue… durante el juicio –asentí–. Luego de que Foreman me secuestró a mí y a las demás, y Curt intentó convencer a todos de que yo era su aliado en vez de una víctima.

–Mi papá te escuchó atestiguar en la corte –dijo Marci–. Él me explicó lo que hiciste, que salvaste la vida de esas mujeres y que lastimaste al hombre que las lastimó a ellas. Brooke te dio la espalda, pero yo te llamé al día siguiente.

–¿Porque te gustaba el peligro? ¿La emoción de pensar que podría golpear y atacar a alguien que te lastime?

–Quizás un poco –admitió–. Tras todo lo que había tenido que pasar, admito que eso tenía su atractivo. Pero la realidad es que sabía que tú eras el chico más seguro en toda la ciudad.

–¿No has estado escuchando…?

–A todas las chicas las miran lascivamente –dijo Marci con voz firme, los ojos de Brooke prácticamente ardían con un fuego interior–. Todas las chicas son acosadas. En las escuelas secundarias de los Estados Unidos el sesenta por ciento de las chicas reciben proposiciones directas de algún acto sexual, hice un informe al respecto; y lo único sorprendente de esa cifra es que no sea mayor. Una de cada ocho chicas adolescentes serán manoseadas y una de cada quince serán violadas, normalmente por alguien que conocen y en general por un chico en el que confiaban lo suficiente como para tener una cita. Una de cada quince: eso es una chica de cada clase que hayas tenido en la secundaria. He escuchado a chicos jactándose de lo que les habían hecho a mis amigas, tan fuerte y descuidadamente que ni siquiera se fijaron quién estaba cerca para escucharlos –negó con la cabeza–. No salí contigo porque eras peligroso, salí contigo porque sabía que eras el único chico en la escuela que era *consciente* de que era peligroso y que estaba haciendo algo para evitarlo.

Volví a mirar atrás a la carretera sin decir nada más.

CAPÍTULO 11

Nuestro aventón nos dejó en las afueras de Dallas, luego giró y desapareció hacia los suburbios. Marci y yo nos quedamos en la entrada a la autovía por un tiempo con la esperanza de encontrar a alguien que nos adentrara más en la ciudad, pero nadie se detuvo. Ser autoestopista siempre era más difícil en las grandes ciudades, especialmente por la noche y, aunque aún no había oscurecido, el sol estaba bajando y estaban comenzando a encenderse las luces de la carretera. Las figuras que pasaban a toda velocidad junto a nosotros comenzaban a transformarse de autos y camiones a bultos y brillantes puntos de luz. La autovía se adentraba zigzagueante en la ciudad como si fueran dos amplios ríos, uno de luces blancas y otro de luces rojas, y nosotros estábamos en la orilla preguntándonos qué hacer. En una gasolinera pedimos indicaciones para llegar a la estación de autobuses más cercana, y luego caminamos casi un kilómetro para alcanzarla. Allí compramos dos boletos y nos sentamos en silencio bajo las luces incandescentes del autobús mientras nos conducía por la ciudad.

Noventa y cuatro dólares con sesenta y un centavos. No habíamos comido desde el día anterior, en la casa de la señora Glassman.

Las notas de la reserva de Potash en Dallas tenían una dirección y cuatro números, uno con cuatro dígitos y tres con dos dígitos. Asumí que se trataba del número de un casillero y su combinación, probablemente en una estación de autobuses, pero cuando finalmente llegamos luego de hacer dos trasbordos, nos encontramos con un edificio de depósitos: todos internos, cuatro plantas y cerrado después de las diez de la noche. Eran casi las once.

–Bien –comentó Marci–. ¿Cuáles son las probabilidades de que haya un autocine en el que podamos pasar la noche?

–Tenemos que evitar estar en las calles si es posible –dije, observando a algunos transeúntes que aún merodeaban por allí en la oscuridad. La mayoría lucían harapientos y sucios; vagabundos, adictos, o algo demasiado parecido como para notar la diferencia–. Todo es más peligroso en una ciudad como esta.

–Los Marchitos de ciudades pequeñas se sentirían ofendidos.

–Los Marchitos no tienen el monopolio del mal –dije, pensando en Derek y sus amigos–. Solo son los que hemos decidido que es correcto asesinar.

–¿Hacia dónde entonces? –preguntó Marci–. Si esto hubiera sido una estación de autobuses podríamos dormir en una banca adentro y estaríamos bien.

–Podemos buscar una –dije–. O tal vez un refugio para indigentes. Aunque tendríamos que encontrar uno que no separe a hombres y mujeres.

–Porque no sabes si seguiré siendo yo en la mañana.

Asentí. Eso ya había ocurrido antes.

–Además, voy a necesitar tampones. ¿Brooke tiene en su mochila?

–Solo protectores –asentí. Ya era tiempo de que eso volviera a ocurrir–. Los tampones alteran a la mayoría de las chicas mayores; a cualquiera que haya muerto hace más de cincuenta años, a decir verdad.

–¡Ah! –reaccionó Marci–. Apenas puedo imaginarlo.

–Esta es la vida que llevamos.

–De acuerdo –asintió mirando alrededor–. Tendremos que encontrar algún lugar donde pueda cambiarme en privado, mientras más pronto mejor.

–Nos queda media hora en nuestros pases de autobús –respondí–. O podemos buscar un restaurante de comida rápida que tenga sanitarios; la mayoría no cierra por la noche.

–Preferiría una cama a un reservado en un restaurante de tacos –dijo señalando al otro lado de la calle–. No creo que sea buena idea preguntarle a alguno de esos tipos por el refugio más cercano, ¿o sí?

–Preferiría no hacerlo –confesé–. No hay problema con la mayoría, pero los malos son demasiado malos y nunca sabes lo que pueden hacer.

Acabamos por caminar cuatro calles hasta una hamburguesería que estaba por cerrar, pero dejaron que Marci usara el baño luego de que le explicara la situación a la chica que atendía por la ventanilla. Mientras Boy Dog y yo esperábamos afuera le pregunté a otro empleado por un albergue. Me dio algunas indicaciones imprecisas, pero no sabía mucho. Marci regresó en unos minutos.

–Necesitaremos más protectores –dijo–. Solo quedan algunos, probablemente solo una reserva de emergencia hasta que consiga una farmacia.

–¿Puedes pasar la noche?

–Es probable que sí.

Anduvimos por lo que pareció la mitad del centro de la ciudad hasta que finalmente encontramos un refugio llamado Segunda oportunidad. Habían dejado de recibir personas a las siete, lo que me pareció ridículo, pero nos enviaron a un albergue que estaba abierto toda la noche. Caminamos otro kilómetro para llegar, solo para encontrarnos con que pedían identificación además de una exhaustiva ficha de ingreso. Quería mantenerme fuera del radar, y además no teníamos identificaciones de todas formas, así que nos largamos y seguimos caminando. Eventualmente nos agotamos y fuimos a un restaurante, uno de esos desayunadores de veinticuatro horas, así el cuerpo de Brooke podía ingerir algo de buena comida cuanto mucho.

–No puedo dejarlos entrar –dijo la mujer en la recepción. El nombre en su gafete era Delilah–. El encargado dice que no podemos recibir mendigos.

–Tenemos dinero –expliqué, pero ella negó con la cabeza.

–Son las reglas, lo siento, ojalá pudiera.

Un viejo pensamiento familiar resurgió, como una vocecita en lo profundo de mi mente: *solo mátala y podrás quedarte allí toda la noche. Mátala a ella y a la cocinera, luego cierra la puerta, come lo que puedas, duerme atrás y sal antes de que comience el siguiente turno de trabajo*. Era estúpido, además de perverso, así que aparté el pensamiento antes de profundizar en él. Y luego, mientras estaba allí de pie, se me ocurrió que debía estar profundizando en él; que *debería* molestarme, disgustarme o al menos preocuparme el haber pensado algo así. Y aun así no lo hacía. La necesidad de matar a cualquiera que se interpusiera en nuestro camino era tan normal, tan natural, que ya casi ni lo notaba.

Necesitaba ser mejor. Si eso significaba que tenía que sentir más dolor, más culpa, entonces eso es lo que tenía que hacer. Ya tenía sentimientos, ¿cierto? ¿De qué servían si no los usaba?

Encontré una solución a nuestro problema y una penitencia por mi frialdad en un simple gesto. Saqué de mi calcetín una reserva de billetes de diez dólares cuidadosamente doblados –ya nos habían robado antes, así que había decidido esconder nuestro dinero en pequeñas cantidades por todo mi cuerpo– y los sostuve en alto.

–Tengo treinta dólares –dije agitando los billetes–. Déjame dártelos ahora, por adelantado, luego nos cobras lo que te debamos y nos devuelves el resto –era un gran gasto, pero Marci necesitaba sentarse y ambos necesitábamos comer. Delilah nos observó un momento, luego suspiró y tomó el dinero.

–Supongo que si tienen dinero no son mendigos. Pero su perro tiene que esperar afuera.

–Está bien –dije. Muchos restaurantes tenían esa política, así que tenía una correa en mi mochila para momentos como ese. Llevé a Boy Dog afuera y lo até a un tubo metálico que delimitaba los sectores de estacionamiento para discapacitados. Le di lo que quedaba de la carne seca y luego Delilah nos guio a un reservado al fondo del restaurante, donde no seríamos visibles desde la calle o desde la puerta de entrada. Era la mesa que yo hubiera escogido de cualquier forma.

–No recuerdo cuándo fue la última vez que me senté sobre un almohadón –comentó Marci tras desplomarse en el reservado con un suspiro.

–Elige algo saludable –le dije ofreciéndole una carta–. Económico, obviamente, pero algo que le dé un poco de carne a tus huesos. O a los de ella –compré el menú más asequible de la carta, cuatro billetes por unos huevos, bocaditos de patata y algunas salchichas que le llevé a Boy Dog; yo era vegetariano, pero los huevos no contaban. Marci pidió un *omelette* con muchos vegetales y un jugo de naranja que terminamos compartiendo. Dieciséis dólares con cuarenta centavos, más un dólar con treinta y seis de impuestos y cuatro dólares de propina (un poco más del veinte por ciento, pero quería que Delilah estuviera conforme para que nos dejara quedarnos el mayor tiempo posible). Comimos en silencio, aunque no había nadie más en el restaurante. Delilah no retiró nuestros platos, fingiendo que aún no habíamos terminado, pero luego de un tiempo se acercó y se apoyó en la esquina del reservado.

–¿De dónde son ustedes?

–De una ciudad llamada Stillson –dijo Marci–. No te preocupes, nadie más ha escuchado de ella.

–¿Y qué los trae a Dallas?

–Solo viajamos –respondí. No tenía sentido intentar pasar por estudiantes universitarios itinerantes en ese momento; obviamente éramos vagabundos sin hogar, y ella lo sabía.

–¿De dónde sacaron ese dinero? ¿Trabajan?

Esa era una bandera roja, ¿pensaba que lo habíamos robado?

–Es lo que queda de mis ahorros –dije, bajando la vista hacia mi plato.

–Vendimos nuestros teléfonos –agregó Marci–. No queríamos hacerlo, pero tenemos que comer, ¿no es así?

–No es asunto mío –dijo Delilah levantando las manos como si quisiera apartar la idea de que estaba husmeando. Aunque no dio señales de acabar de hacerlo, y formuló su siguiente pregunta como una acusación disfrazada–. No muchos vagabundos tienen teléfonos –en otras palabras: *¿los robaron?*

Iba a responder, esperando crear una historia que la hiciera dejarnos en paz, pero Marci se me adelantó.

–No somos exactamente vagabundos. Solo estamos de camino a un nuevo hogar. Nuestro tío vive al sur de aquí.

Deseé que no hubiera dicho al sur; ahí era donde se suponía que vivía Rain y si quienquiera que nos siguiera lograba encontrar a esa mesera e interrogarla, ella les daría la dirección indicada a la que nos dirigíamos.

–¿Qué le ocurrió a su antiguo hogar? –preguntó Delilah y noté en el rostro de Brooke que Marci ya tenía lista una respuesta a eso. Estaba aprendiendo a hacerlo.

–Nuestra madre murió cuando éramos pequeños –dijo–. Y papá… supongo que comenzó a beber después de eso, pero

no lo recuerdo. Bebe demasiado ahora y solo está empeorando. Y las golpizas están empeorando, también.

–¡Eso es terrible! –exclamó Delilah.

–El tío Zach es hermano de mamá, no de él, así que estaremos seguros allí.

Odiaba usar una historia de fugitivos, porque normalmente hacía que los adultos llamaran a las autoridades, pero mientras miraba el rostro de Delilah sospeché que Marci la había descifrado bien; ella no era la clase de persona que nos delataría si pensaba que eso haría que nos regresaran a un hogar abusivo.

Marci le dio el toque final a la conmovedora historia tomando su mochila y saliendo del reservado.

–Momento de, em, visitar el baño de damas –dijo, lanzándole una mirada a Delilah–. ¿No tienes algo de ibuprofeno de casualidad, o sí? Tomé unos protectores cuando nos fuimos, pero olvidé los calmantes.

–Ah, por el amor de Dios –exclamó Delilah incorporándose–. ¿Todo ese asunto de tu padre y también es la semana del tiburón? Ve al tocador, veré qué tengo en mi bolsa –se apartó y Marci me guiñó un ojo.

–Ahora nos dejará quedarnos toda la noche.

–¿Semana del tiburón?

–No tienes idea de los nombres que tiene esto.

Marci se fue al tocador y en un momento Delilah regresó con algunas píldoras y una porción de pastel de chocolate.

–Esta es por mi cuenta –dijo–. Sin cargo –cuando Marci regresó, se tomó las píldoras y comió el pastel animadamente, me ofreció un poco, pero dejé que ella lo comiera todo.

–Duerme ahora mientras puedas –le sugerí–. Nos harán salir tarde o temprano –ella se enrolló en la esquina y asintió; yo intenté permanecer despierto, pero eventualmente también me dormí, cerca de las cuatro de la mañana. Me despertó un grito enfadado cuando el encargado llegó a las seis de la mañana y nos echó. Tomamos nuestras cosas mientras él gritaba y se quejaba de lo lentos que éramos y, cuando finalmente salimos, continuó gritándole a Delilah tan fuerte que podíamos escucharlo desde el estacionamiento.

–Deberíamos ayudarla –dijo Marci.

–Lo mejor que podemos hacer por ella es desaparecer.

Quedaban setenta y dos dólares con ochenta centavos. Esperaba que la reserva de provisiones de Potash tuviera más dinero.

Nos detuvimos en una farmacia de camino al depósito y dejamos a Boy Dog afuera otra vez. Ocho dólares con once centavos en protectores más seis con dieciocho en ibuprofeno. Marci volvió a cambiarse en su baño mientras yo fingía ver los aparadores del frente. Vi una camioneta negra afuera que no recordaba haber visto cuando llegamos unos minutos antes, lo que me pareció extraño, ya que nadie más había entrado a la tienda. ¿Por qué el conductor se quedaría sentado en el estacionamiento? Lo miré de reojo, mientras veía unos DVD en oferta junto a la ventana. Eventualmente entró una mujer a regresar una botella de shampoo, pero no supe si había bajado de esa camioneta.

¿Nos estaban siguiendo? ¿Cómo nos habían encontrado?

–Lista –dijo Marci detrás de mí.

–Mira esa camioneta –comenté fingiendo ver las ofertas de DVD–. No seas obvia.

–Ah –se agachó mientras yo tomaba una película y miró con perfecto disimulo al estacionamiento–. ¿Crees que nos están siguiendo?

–Creo que puede que tengas razón acerca de la vigilancia de los depósitos de Potash –respondí–. Pueden habernos visto anoche y nos siguieron hasta aquí. Deberíamos ir a algún lugar cualquiera y ver si esa camioneta aparece otra vez.

Ella asintió y salimos, buscamos a Boy Dog y pasamos junto a la camioneta como si no la notáramos. Había un hombre en el asiento del conductor, pero tal vez solo estaba esperando a la mujer de la tienda. Eché un vistazo a la matrícula; era de otro estado, de Iowa, pero no tenía insignias del gobierno: 187 RCR, Condado de Mills.

Caminamos algunas cuadras por calles principales, sin ser evidentes, solo fáciles de seguir. Dallas parecía tener muchos parques, nos detuvimos en uno y dejamos que Boy Dog bebiera de una fuente. Al parecer, sería otro día caluroso y el vidrio y el concreto de la ciudad solo lo harían peor. Brooke y yo ya estábamos bronceados por los meses que pasamos en la ruta y, mientras observaba a Marci jugar con Boy Dog, noté cuánto mayor lucía el rostro de Brooke, mejillas agrietadas y mechas desteñidas por el sol en su cabello ya rubio. Mientras más lo veía más me gustaba que lo llevara corto. O tal vez solo me gustaba cuando ella sonreía. ¿Brooke sonreía tanto, o todo era de Marci?

No apareció ninguna camioneta negra así que continuamos, cruzamos la calle en busca de algún camino angosto por el que pudiéramos perdernos; un área comercial sería ideal, incluso un callejón lo sería. Era momento de hacernos difíciles de identificar y, de ser posible, perder a cualquiera que tuviera que hacer un esfuerzo desesperado para seguirnos. Vimos un hotel y nos dirigimos a él.

–No les va a gustar que Boy Dog entre allí –dijo Marci.

–Tampoco les gustará que nosotros corramos. Pero al menos no estaremos allí por mucho tiempo –entrar en un edificio era arriesgado, porque solo tenían unas pocas salidas que pudiéramos usar para regresar al exterior; no hacía falta que nos siguieran adentro, solo esperar junto a la puerta y seguirnos cuando saliéramos. Pero si corríamos y llegábamos a la puerta antes que ellos, podríamos sobrepasarlos por completo y confundirlos. Caminamos con tranquilidad por el lobby con la mirada atenta en busca de empleados, y en la primera esquina tomé a Boy Dog y nos metimos en los corredores, que aún estaban prácticamente vacíos a esa hora de la mañana, en busca de la salida más cercana.

–¡No pueden correr aquí! –gritó una mucama alzando una mano para detenernos, pero la esquivamos sin detenernos.

–Estamos saliendo, de cualquier manera –le dije al pasar y, al doblar en la siguiente esquina, encontramos otra puerta de vidrio. Corrimos hacia afuera justo a tiempo para tomar un autobús. Pagué la tarifa mínima (nos quedaban cincuenta y dos dólares con cincuenta y un centavos) y nos sentamos al fondo, con las cabezas por debajo de las ventanas. Si no nos habían visto subir no tendrían idea de dónde estábamos. Luego de unas cuadras me senté derecho y analicé la calle en busca de alguna señal de persecución. Había muchos vehículos negros, incluidas varias camionetas negras, pero ninguna parecía estar siguiéndonos, aunque el autobús no tenía una ventana trasera, así que no podíamos ver directamente detrás de nosotros.

–Dos calles más –dijo Marci–, luego bajemos y subamos a otro autobús. Nos expondrá otra vez, solo uno minuto, y nos dará oportunidad de ver qué más hay allí afuera.

–Es una buena idea –asentí. Caminé al frente del autobús casi vacío y me tomé del tubo más cercano al conductor–. ¿Dónde queda la próxima parada principal de combinación?

–¿Qué línea necesitas?

–Solo una parada de autobús –respondí. El conductor miró sobre su hombro, vio mi rostro y mis ropas sucias y volvió a mirar al frente quejándose por lo bajo.

–Aquí –dijo. El autobús se meció suavemente hacia los costados mientras nos acercábamos a la acera y los frenos sisearon al detenernos–. Esos pases que tienen sirven solo por dos horas.

–Gracias –respondí y les indiqué a Marci y a Boy Dog que bajaran. Nosotros bajamos, muchos pasajeros subieron y luego esperamos. La parada solo tenía señales de tres líneas de autobuses; el conductor probablemente solo deseaba que bajáramos de su autobús. Observamos los autos que pasaban por la calle, pero no había ninguna camioneta negra.

–¿Y si alguien más está siguiéndonos? –murmuré–. ¿Y si pasamos todo este tiempo buscando una camioneta negra y en realidad se trata de… un Honda verde o algo?

–Una camioneta sospechosa es la única razón por la que piensas que nos están siguiendo en primer lugar –respondió Marci–. Si no son ellos, no es nadie.

–Sé que estoy siendo paranoico –dije sin quitar la mirada de la calle–. La paranoia es lo que nos mantiene con vida.

La mayor parte del tránsito era de camiones y furgonetas, casi todos en gamas de blanco, plateado, gris o negro. En verdad, los colores eran escasos –algunas camionetas utilitarias de color rojo– así que cualquiera que intentara pasar desapercibido los evitaría. En el semáforo había dos camionetas de doble cabina de color plata oscuro, una camioneta blanca, dos autos negros, una furgoneta gris, un auto deportivo de dos puertas, probablemente un Mustang o un Camaro (nunca pude distinguirlos, a pesar de que mi antiguo amigo Max había sido fanático del Camaro). Honestamente, no conocía la marca ni el modelo de la mayoría de los autos que estaba viendo. La luz cambió y los autos siguieron su camino, reemplazados por otros detenidos en la calle que cruzaba: más camionetas utilitarias, más furgonetas, otro auto color crema, un auto deportivo de color amarillo brillante que lucía tan nuevo que parecía casi alienígena.

–Los autos de la ciudad se han vuelto extraños mientras nos manteníamos alejados –comenté.

–Camioneta negra –dijo Marci. Seguí su mirada hasta la parte más alejada de la intersección y vi a la camioneta esperando el semáforo, dos autos detrás de la línea.

–No la mires directamente –indiqué. Volteé pero la mantuve en mi visión periférica–. ¿Qué tan lejos estamos de esa farmacia?

–Alguno kilómetros, tal vez –respondió Marci–. A menos que esté totalmente confundida, esa camioneta está yendo en dirección a la farmacia, no alejándose.

–Sí, creo que tienes razón.

–¿Y qué hacemos?

Pensé un momento, mi mente controlando el semáforo mientras pensaba en un plan.

–Hacemos la prueba del reductor de velocidad –dije finalmente.

–¿Qué es eso?

–La prueba del reductor de velocidad –repetí mientras caminaba hacia la esquina–. Así es cómo evitamos un largo y tedioso juego mental –caminé lentamente, observando cómo las luces cambiaban a amarillo, con cuidado de no correr ni llamar demasiado la atención. El plan no funcionaría si alguien estaba observándome–. Normalmente no lo usamos para saber si alguien nos sigue, pero servirá –llegué a la acera justo cuando los autos comenzaban a moverse.

–¿Cómo funciona?

–Es simple –respondí al ver cómo el primer auto pasaba junto a mí–. Vamos a atropellarlo con un camión.

–¿Qué?

–Tírame hacia atrás –el primer auto pasó y repentinamente me puse frente a la camioneta negra agitando los brazos en el aire. Marci tomó mi mochila y me lanzó hacia atrás, gritando mi nombre por el susto; la camioneta frenó de pronto, desviándose sin control hacia un costado, y el camión que tenía detrás la chocó y la aplastó contra otro que pasaba por el siguiente carril. La camioneta salió despedida hacia nosotros y volvimos a saltar hacia atrás; el camión también frenó de pronto, y los autos que tenía detrás se amontonaron con un coro de cláxones. Miré la matrícula de la camioneta:

187 RCR, Condado de Mills, Iowa.

–Corre.

Tomé a Boy Dog y corrimos entre la gente que estaba en la acera, transeúntes sorprendidos, detenidos de camino a sus trabajos, habían escuchado el accidente y querían echar un vistazo. ¿Cuántos de ellos habrían visto que yo fui quien lo provocó? Media docena, al menos. Escuché algunos gritos detrás de nosotros, pidiendo que nos detuviéramos, pero nadie intentó detenernos, así que corrimos dos calles hasta que Marci comenzó a frenar, se tomó el abdomen caminando con dificultad.

–¿Sientes dolor?

–Calambres –respondió entre dientes. Miré detrás de nosotros, pero no parecía haber nadie siguiéndonos. Ella señaló una cafetería cercana–. ¿Podemos detenernos solo un momento?

–Quiero salir de la zona.

–Eso es lo que asumirán que haremos –dijo intentando incorporarse. Hizo una mueca de dolor y continuó ligeramente doblada.

–Realmente correr es más seguro que intentar adivinar qué harán quienes nos persiguen –dije–. Al menos vayamos a la próxima parada de autobuses.

–Es fácil para ti decirlo –volvió a tomar aire con dolor y luego avanzó lo más rápido que pudo. Yo liberé a Boy Dog, lo dejé caminar detrás de nosotros y tomé a Marci del brazo para ayudarla.

–No me toques –protestó, y cuando me alejé negó con la cabeza, aún doblada hacia adelante–. Lo siento, no estoy molesta, solo...

–Hay una parada justo allí. Nos alejará del accidente y podremos relajarnos.

–Bien.

Fuimos a la parada lo más rápido que pudimos, pero tuvimos que esperar por tres minutos a que llegara un autobús. Nadie nos siguió. Enseñamos nuestros pases y nos sentamos atrás, exhaustos. Boy Dog jadeaba como nunca y deseé tener algo de agua para ofrecerle.

–No te preocupes –le dije jadeando también–, te conseguiremos agua en cuanto podamos.

–Ángeles del cielo –gimió Marci, prácticamente doblada en dos–. No me había dolido tanto desde que nació el bebé.

–¿Tuviste un bebé? –pregunté con los ojos bien abiertos. No conocí bien a Marci hasta que tuvimos dieciséis, ¿había estado embarazada antes? ¿Es por eso que era tan...? Pero no. Obviamente ya no era Marci.

–¿Qué quieres decir con "tuviste un bebé"? –gimió–. Él está justo aquí... –se detuvo abruptamente–. ¿Dónde está el bebé? ¿Dónde estoy? –me miró con expresión desesperada–. Tú no eres Anton.

–Mi nombre es John –dije con suavidad. Marci se había ido otra vez, y era una nueva personalidad que no tenía idea de dónde estaba ni de qué estaba ocurriendo. Algunas de ellas compartían recuerdos, y algunas no. Respiré profundo–. Me temo que tengo muy malas noticias para ti.

–Fui atacada –murmuró y tembló ante el recuerdo–. Una especie de... cosa negra. Como agua pantanosa, pero más espesa y... se movía por sí sola –comenzó a llorar–. ¿Qué me está ocurriendo?

–La cosa negra ya no está –dije. Quería ayudarla, pero no sabía qué hacer además de decirle la verdad. Rodeé los hombros de Brooke con mi brazo, con la esperanza de mantener a la nueva personalidad calmada y lejos de un intento de suicidio–. Ahora hay alguien más persiguiéndonos y yo intento mantenerte a salvo. Estamos a salvo, por ahora –deseaba que eso fuera cierto.

–¿Dónde está mi bebé?

–Dime tu nombre –susurré.

–Regina –dijo luego de dudar un momento–. ¿Por qué... siento que te conozco? ¿Por qué confío tanto en ti?

–Porque soy tu mejor y único amigo en todo el mundo, Regina –cerré los ojos, intentando convencerme a mí mismo de que todo estaría bien–. ¿Recuerdas en qué año estamos?

–Año del señor 1527.

–Regina –volví a respirar profundamente–, tu bebé tuvo una vida larga y feliz y murió hace más de cuatrocientos años.

Volvió a romper en llanto y se refugió sobre mi hombro mientras el autobús atravesaba la ciudad.

CAPÍTULO 12

Lo increíble del fuego es que no viene de ningún otro lugar; enciendes un trozo de madera y el fuego sale de ella. Enciendes un papel y el fuego sale del papel. Es como si el alma de un objeto estuviera atrapada en una forma física y, cuando la liberas, cobrara vida, elevándose hacia el cielo mientras que su antiguo cascarón se marchita y desaparece.

Un papel sin alma se ve como una hoja envenenada, arrugado, doblado y ennegrecido, tan débil que podría hacerse pedazos con un simple toque.

Tomé mi encendedor y encendí otro papel, observé cómo la llama danzaba mientras se retraía, desagradable y vacío.

–¿Qué estás haciendo? –preguntó Regina.

Dejé caer el papel cuando el fuego se acercó demasiado a mis dedos y observé las brillantes llamas anaranjadas caer lentamente al suelo por el peso del papel hecho cenizas, aún más pesado que el aire. Los tentáculos naranjas se elevaron, resplandeciendo en el cielo anaranjado y soltando pequeñas chispas en su vuelo.

–Estoy esperando –dije y arranqué otra página de mi periódico. El encendedor resplandeció, la llama se elevó y otra alma fue liberada.

–¿Esperando a qué? –insistió.

No respondí, porque no lo sabía.

El sol estaba bajando lentamente, dibujaba líneas de colores brillantes en el horizonte: rojo, naranja, rosa y amarillo, brillaba en el cielo y teñía las nubes. Más arriba el cielo estaba oscuro; no del azul profundo que veíamos en el interior, porque aún estábamos demasiado cerca de la ciudad y las luces lo apagaban. Solo un negro oscuro y opaco. Quizás más tarde veríamos el azul, cuando fuera realmente de noche. En ese momento estábamos sentados en una especie de media luz, donde todo era visible y oscuro al mismo tiempo.

–Ese edificio es horrible –dijo Regina–. Pero el cielo es hermoso.

Estábamos escondiéndonos al reparo de una pequeña colina en las afueras de la ciudad, frente a un parque de lo que asumí que era una refinería de petróleo. ¿Había refinerías de petróleo en Dallas? Tal vez era otra cosa, no lo sabía. Simples construcciones de metal, tanques redondos y chimeneas gigantes que se elevaban en la oscuridad; todas las superficies cubiertas de tuberías, puentes metálicos y brillantes letreros amarillos de advertencia. La mayoría de las chimeneas lanzaban enormes nubes de vapor, pero una de las pequeñas lanzaba una lengua de fuego hacia el cielo, al menos a seis metros de altura, brillante incluso en la tenue luz del día.

Habíamos caminado al menos medio kilómetro por la ruta más cercana, y el conjunto de árboles más próximo no tenía rastros de la basura que caracterizaba a un típico lugar de acampe de vagabundos. Nadie llegaba hasta allí y no era probable que nos encontraran, ni que nos vieran, incluso con mis pequeñas fogatas.

Encendí otro papel y lo observé consumirse.

–Deberías haber visto a mi bebé –continuó Regina–. Lo llamamos Anton, como su padre, y era la cosa más hermosa que haya visto jamás.

–Estoy seguro de que lo era –arranqué otra página y, por capricho, la enrollé formando un cono para ver si las llamas viajarían por el centro antes de que todo el papel se encendiera.

–Su cabello era oscuro. La mayoría de los bebés tienen tan poco cabello, pelados, como pequeños hombrecitos, pero mi Anton era peludo como un buey y fuerte como uno, también. Estoy segura de que creció para convertirse en un gran hombre, un soldado tal vez.

Boy Dog gimió y levanté la vista. Seguíamos estando solos, hasta donde podía ver. Miré a Regina y la vi acunando algo imaginario entre sus brazos, un pequeño bebé hecho de recuerdos y de aire. Ya estaba sintiéndose mejor, tan sorprendida por la rápida acción del ibuprofeno como lo estuvo del autobús sin caballos, de los rascacielos de vidrio y acero y del constante vaivén de los aviones sobre nosotros, yendo desde y hacia el aeropuerto. Ella no tenía idea de lo que era una refinería de petróleo y yo eventualmente me di por vencido en mis intentos de explicárselo; ella lo llamaba "esa cosa horrible", y yo no podía discutirle la descripción. Cuando dejamos de correr, sus calambres se calmaron y había logrado descifrar cómo funcionaban los protectores cuando llegó el momento de cambiarse. Estaba segura de que nunca podrían absorber lo suficiente, pero al parecer la tecnología absorbente había avanzado mucho en quinientos años.

Se había tomado el salto en el tiempo bastante bien, considerando las circunstancias. Pensé que algunos recuerdos de Brooke estaban filtrándose, o de Marci, haciendo que Regina sintiera que su situación no estaba "bien", pero al menos era normal.

Eso nos colocaba en una ridícula escala de normalidad, ¿no es así? Tal vez "comprensible" era una palabra más adecuada, pero no, ¿"tolerable" tal vez?

"Soportable". Estábamos pasando por ella, sobreviviendo y esperando que en algún momento mejorara.

Encendí mi cono de papel y observé las llamas crecer y dispararse, arder y morir.

–¿Cómo es ella? –preguntó Regina. Volví a mirarla y vi que su rostro ya estaba oscuro; la noche estaba cayendo y pronto estaríamos perdidos en la oscuridad. Observé la columna de fuego, feroz y aterrador incluso a la distancia.

–¿Quién?

–Brooke Watson. La chica cuyo cuerpo estoy... compartiendo, supongo. Tomando prestado.

–Ella es... amable –respondí. ¿Cómo podía definir a una persona por completo?–. Ella es muchas cosas, pero esa es la que siento que debería decir primero. Amable. Ella es mi amiga ahora, porque tiene que serlo, somos las únicas personas en la vida del otro, pero ella era mi amiga antes, también. Ella vio algo... –me detuve–. No lo sé.

–¿Al monstruo? –preguntó y se acercó unos centímetros por el césped–. ¿Ella te salvó de él?

–Eso no es lo que quiero decir.

–Me habría gustado ser una heroína, incluso si fuera en el cuerpo de otra heroína –dijo con un suspiro.

–Ella es una heroína –admití y me recosté en el suelo con la cabeza sobre mi mochila. El césped duro y seco raspaba mi cuello. El cielo estaba nublado y sin estrellas, como un manto que lo cubría todo–. No quería decir que ella vio a un monstruo, pero supongo que lo hizo. Ella me vio, primero como a una buena persona, luego como a una mala persona y luego... como lo que realmente soy. Supongo.

–Una buena persona otra vez –dijo Regina.

–No –negué con la cabeza, apenas unos milímetros a cada lado.

–Estás ayudándola. Por supuesto que eres bueno. Estás ayudándome a mí y a todas las otras chicas –le había explicado la situación lo mejor que pude y ella la había entendido con tanta facilidad y naturalidad como todas las otras personalidades que habían surgido en la mente de Brooke: aceptaban la cruda realidad de su existencia compartida. En algún punto les parecía bien, incluso en un caso como ese, en el que ningún recuerdo se había transferido. La realidad lo había hecho. Supongo que en un nivel subconsciente habían tenido siglos para aceptarlo.

Yo no.

–No ayudo a Brooke porque soy bueno. La estoy ayudando porque todo es mi culpa. No puedo hacer que desaparezca, así que hago lo que esté a mi alcance para hacer que sea... soportable –era la única palabra que funcionaba.

–¿Así lo ve ella? –preguntó alzando las cejas.

–Ella está quebrada por dentro. No puede verlo por lo que es.

–No le das el crédito suficiente.

–No sabes de lo que hablas –dije mirando al cielo. Quería que asomara una estrella, solo una estrella. Ninguna lo hizo.

Regina volteó, girando para mirarme y obligando a Boy Dog a levantarse y reacomodarse en un nuevo lugar, con su cuerpo presionado contra las piernas de ella.

–¿Cómo puedes pasar tanto tiempo con la mujer que amas y saber tan poco sobre ella?

–Yo no la amo.

–Ella te ama a ti.

–Pensé que no podían hablar entre ustedes.

–Yo te amo –dijo–. Y no te había conocido hasta esta mañana. ¿De quién más puede ser ese sentimiento?

–No quiero hablar de esto –respondí cerrando los ojos.

–¿No están casados?

–Por supuesto que no estamos casados.

–No es correcto que pasen tanto tiempo solos, entonces.

–Ah, por favor –protesté y cerré los ojos con más fuerza.

–Estás compartiendo tu vida con ella. ¿Cómo puedes hacerlo tan… fríamente?

–Porque yo soy frío –respondí y volví a abrir los ojos pero con cuidado, evitando mirarla–. No logro conectarme con las personas, y con las que lo hago están muertas.

–Esa es una contradicción.

–¿Cómo es que siquiera conoces esa palabra?

–No cambies el tema.

–¿Cómo es que sabes español?

–Estamos hablando francés –dijo Regina–. Ahora: dices que no te conectas con las personas y luego dices que lo hiciste. Solo porque las personas con las que lo hiciste están muertas no significa que no puedas volver a hacerlo.

–Tú no me conoces...

–¿Estoy equivocada?

Me detuve, no me atrevía a responder. Ella tenía razón, al menos en parte; todas las personas con las que había tenido una conexión estaban muertas.

–¿Lo estoy? –insistió.

–Es más que eso –dije–. Es como... –hice una pausa, intentando encontrar las palabras–. Bien, imagina que quieres hornear una hogaza de pan. Has horneado pan, ¿verdad?

–Todo el tiempo.

–Y tienes... no sé qué clase de recursos tenías. Un mercado o algún lugar donde pudieras comprar harina, levadura y esas cosas.

–¿Qué es levadura?

–Lo que lo hace crecer. Se llama... fermento.

–Sí –asintió–. Comprábamos todas esas cosas en el mercado.

–Entonces imagina que todos en el pueblo pueden simplemente ir al mercado, comprar todo lo que necesitan y preparar su pan, todo sin problemas. Todo el pan que deseen, todo el tiempo. Pero tú no puedes. Tú tienes que arar tu propio campo, sembrar tu propio trigo, cosecharlo, molerlo y luego construir tu propio horno de piedras, arcilla o de lo que sea que construyeran sus hornos, y luego tienes que plantar tus propios árboles, cortarlos para obtener leña y luego obtener tu propio fermento de... donde sea que provenga...

–Moriríamos de hambre.

–Lo harían. Pasarías toda tu vida preparando solo dos hogazas de pan, solo dos hogazas, y ellas lo serán todo para ti. Todo el esfuerzo que te tomó prepararlas, todo el tiempo, las dificultades y el pensar que sería imposible, viendo cómo todos a tu alrededor preparaban pan todos los días, todo el tiempo, como si nada, y tú te sientas en soledad preguntándote cómo es que algo de eso puede tener sentido, pensando que tal vez todos están mintiéndote, como si fuera una gran broma que el mundo está jugándote y luego, un día, finalmente lo haces. Horneas tus dos hogazas de pan. Y luego... –era demasiado, y me detuve.

Regina asintió con voz suave. Acariciaba la cabeza de Boy Dog mientras hablaba.

–Y luego preparas otra hogaza y es más fácil que las primeras dos y se siente mal y no te atreves a tocarla porque las primeras dos eran especiales y si tratas a la nueva de la misma forma harías que las dos primeras parecieran menos especiales.

–Sí –miré al cielo, en busca de estrellas que nunca aparecieron.

Ella se quedó en silencio por un momento y miramos juntos las nubes pasar lentamente sobre nosotros, figuras oscuras sobre el cielo oscuro.

–¿Quiénes eran tus hogazas? –preguntó.

–No quiero hablar de eso.

–Es justo. ¿De qué quieres hablar?

–De nada.

–Bien. Entonces, ¿de qué quiero hablar yo?

–¿No lo sabes? –dije mirándola.

–Por supuesto que lo sé, ¿y tú?

–De tu hijo, ¿tal vez? No lo sé.

–Entonces descúbrelo.

–Bien. ¿De qué quieres hablar? –suspiré y volví a descansar la cabeza sobre mi mochila.

–Podrías ser menos directo al respecto.

–¿Quieres que te persuada de que me digas de qué quieres hablar?

–Quiero que tengamos una conversación. No solo que tú me hables a mí o que yo te hable a ti. Hablaremos el uno con el otro.

–Las otras chicas nunca causan tantos problemas.

–¿Las otras chicas están casadas?

–Hasta que tú apareciste, pensé que ninguna lo estaba –respondí–. Nadie siempre estaba en busca de la perfección, de la chica más hermosa, con la mejor vida.

–¿Y de algún modo eso significa que ninguna de ellas estaba casada?

–Ella deseaba... novios. Buenas ropas. Muchos amigos. Deseaba un sueño.

–El sueño de muchas personas *es* estar casadas –dijo Regina.

–Tal vez ella no deseaba estar atrapada.

–Tal vez ella deseaba una buena relación con alguien que la amara. Esa no es una trampa.

–A veces lo es –dije pensando en mis propios padres.

–Y algunas veces se mete una piedra en tu zapato. Eso no significa que todos los zapatos están llenos de piedras.

–Yo... supongo que no he pensado en eso.

–Parece que hay muchas cosas en las que no has pensado –dijo sonriendo.

–No todos logran pensar en lo que quieren pensar.

–Ese es un punto interesante –respondió Regina incorporándose–. ¿En qué piensa John Cleaver cuando nadie más lo está obligando a pensar en otra cosa?

–¿Honestamente?

–A las chicas les encanta que les mientan –dijo.

–¿En verdad? –la miré entornando los ojos.

–Por supuesto que no –respondió con una mueca–. Dime honestamente.

Me encogí de hombros, aunque recostado en el suelo fue más como una sacudida que otra cosa, y volví a mirar al cielo.

–Pienso en el próximo Marchito en nuestra lista y en cómo matarlo.

–Eso no cuenta –dijo Regina–. La misión en la que te encuentras está llevando todos tus pensamientos en esa dirección. Ve más allá de eso, solo a tu propia mente: ¿en qué piensas cuando no tienes nada más en qué pensar?

Pensé en mi antigua vida, en mis momentos de tranquilidad, los momentos entre el terror, el dolor y la pérdida, en los que podía ser yo mismo, sin nadie ni nada más, y… eso era en realidad, ¿o no? Era en eso en lo que pensaba. Solo en mi habitación, o en la sala de embalsamamiento, en alguna esquina silenciosa.

–Pienso en la paz –respondí.

–¿Tu país está en guerra?

–No en esa clase de paz. En paz y tranquilidad. En la ausencia de ruidos, conflictos y problemas.

–Piensas en los momentos felices que has tenido –dijo Regina, pero yo negué con la cabeza.

–La felicidad es tan mala como la tristeza. La mayor parte de mi vida ni siquiera supe qué era la felicidad, ni la alegría, ni nada más. Los sentimientos eran difíciles para mí, buenos o malos, y era más sencillo simplemente no sentir nada para evitar las complicaciones.

–¿Y entonces qué más hay?

–Yo… –me detuve–. No puedo hablar de eso contigo.

–¿Conmigo?

–Con Brooke o cualquiera de las mentes dentro de ella.

Regina asintió con la cabeza de Brooke y miró el suelo por un momento. Luego de un tiempo volvió a hablar, y las palabras fueron casi inaudibles.

–Eso significa que es la muerte.

–Sí –admití. La muerte era la mayor paz que había conocido, la mayor calma que había sentido, los cuerpos sin vida eran silenciosos, inmóviles y perfectos. Nunca me sentí más a gusto, más en paz, que cuando todo a mi alrededor estaba muerto–. Entiendes por qué no puedo hablar de esto con Brooke, ¿cierto?

–Porque ella se suicidaría –dijo Regina.

–Ella se ha suicidado cientos de miles de veces. Es parte de ella, tanto como respirar.

–Recuerdo cuando Nadie me mató –asintió–. Estaba convencida de que otra chica de la aldea era mejor; más feliz, más bonita, esa clase de cosas. De que su bebé no lloraba y que su esposo hablaba más.

–Ella quería que su vida fuera perfecta –repetí–. Vivió cientos de miles de vidas y nunca lo fue.

El cielo estaba casi negro, profundo como un pozo sin fondo sobre nosotros, y sentí un momento de vértigo, pensando en que tendría que aferrarme al césped para evitar caer hacia arriba, despegándome de la Tierra, hacia la vasta inmensidad de la nada. Parte de mí deseaba irse, estaba preparado para el remolino de viento, la velocidad y el miedo. No me aferré a nada, pero no caí.

–Todas sus vidas fueron perfectas –dijo Regina–. Es solo que ella nunca lo vio.

–Perfectas hasta que ella apareció.

–No. Eso no es lo que quiero decir. Todas las vidas tenían problemas antes de que ella llegara y todas tendrían problemas en el futuro. Lo que quiero decir es que la vida es trabajo, dolor, pruebas, y eso es lo que hace que valga la pena vivirla. Lo único que estaba mal en Nadie era que ella no quería admitirlo.

–No creo que nadie quiera admitirlo.

–Todos tienen que hacerlo, tarde o temprano. Así es cómo crecemos.

Volví a mirar al cielo, en busca de alguna luz, pero todo lo que veía eran las luces en las puntas de las chimeneas de la refinería, encendiéndose y apagándose, parpadeando como pequeños ojos blancos. Una a una fueron apareciendo más luces, a lo largo de las chimeneas, brillando en las tuberías, resplandeciendo desde cada rincón de cada estructura y cuadrante y camino. Brillaban en la oscuridad como una ciudad hecha de estrellas.

–Es un castillo encantado –susurró Regina. Las miles de lucecitas se reflejaban en los ojos de Brooke y tuve que apartar la vista.

–Hace diez minutos era la cosa más horrible que hubieras visto –comenté.

–Siento pena por ti, de que vivas en un mundo tan hermoso y de que todo lo que veas sea lo malo que hay en él.

–Es una refinería de petróleo.

–Y es hermosa –insistió–. Las cosas pueden ser más que una sola cosa.

Observé las torres de luces, brillando como joyas, blancas y amarillas, alguna roja aquí y allá, agujas, balcones y extensas arcadas contra un fondo tan oscuro que parecía como si el mismo metal hubiera desaparecido y las luces estuvieran flotando mágicamente en el aire.

–Desearía que Marci estuviera aquí para ver esto –suspiré.

–¿Quién es Marci?

–Ella es… –me detuve, intentando pensar en cómo responder–. Una de mis hogazas.

–Atrévete a decirlo –dijo con suavidad–. Está bien.

–Ella era alguien a quien amaba –admití con un susurro.

CAPITULO
13

Regina se había ido a la mañana siguiente, y Brooke despertó con los ojos empañados, preguntando dónde estábamos. Le conté todo mientras Boy Dog olfateaba, resoplaba y merodeaba por nuestro campamento artesanal, masticando y orinando cosas para sentirse en su casa. Pero no íbamos a quedarnos lo suficiente para que nada de eso importara.

–¿A dónde iremos después? –preguntó Brooke.

–Gartner –respondí–. Rain es el único de los que queda que sabemos dónde encontrar. O al menos dónde comenzar a buscarlo –conté el dinero mientras empacaba mis cosas, frunciendo el ceño ante la escasa suma–. Desearía poder regresar por esa reserva de provisiones.

–Probablemente Iowa siga vigilándola –dijo Brooke. Cuando le conté acerca de la camioneta, ella decidió que debía tratarse del FBI, pero yo no estaba seguro de eso; no sabíamos lo que los Marchitos podían hacer, así que era totalmente posible que uno de ellos estuviera rastreándonos de algún modo.

Además, si me quedaba con una opción estaría ignorando la otra, así que prefería temer ambas y estar preparado para lo que fuera.

–Háblame de Rain –le pedí.

–*Run from Rain* –respondió Brooke automáticamente, como si fuera una reacción instintiva. Era lo mismo que había dicho antes, y lo dijo de la misma manera.

–¿Rain es tan aterrador?

–Sí. No sé por qué, solo sé que estoy asustada. Como si fuera parte de mí, en mi interior.

Del mismo modo en que Regina sabía que me amaba, pensé. Las personalidades compartían sentimientos y conocimientos centrales mejor de lo que compartían pensamientos específicos o información sensible. Tal vez podía usar eso.

–¿Qué clase de temor es ese? –pregunté–. Cuando piensas en Rain, ¿te sientes atrapada? ¿Te sientes en apuros, como si alguien te estuviera persiguiendo? ¿Te sientes sola, desamparada o… no lo sé, disgustada?

Pensó en eso por un momento, golpeteando su mochila a medio empacar. Luego de un momento, respondió:

–Me siento pequeña.

–¿Así que Rain es grande?

–O es solo que yo soy pequeña.

–Podría ser –bajé la vista a mi propio equipaje y volví a doblar la manta que había usado como bolsa de dormir. Estábamos en el extremo noroeste de Dallas, si es que había interpretado el mapa correctamente, lo que significaba que conseguir aventón hasta Gartner sería difícil sin volver a pasar por el centro de la ciudad. Si sabían de dónde veníamos, ¿sabrían a dónde íbamos? ¿Estarían vigilando las carreteras para ver hacia dónde íbamos? Y éramos demasiado evidentes; demasiado sucios como para sobresalir en una multitud, con un perro totalmente reconocible y ese tipo de imagen de "todas nuestras posesiones se encuentran en estas mochilas" que hace que los vagabundos sean fáciles de identificar. El FBI estaba buscándonos, probablemente los Marchitos y también la policía luego de que causara ese accidente automovilístico el día anterior. Necesitábamos cambiar nuestra imagen y nuestros métodos.

Con cincuenta y dos dólares y cincuenta y un centavos.

–¿Recuerdas esa parada de camiones que pasamos justo antes de la refinería? –preguntó Brooke.

–¿Tú sí? –pregunté con el ceño fruncido–. Ni siquiera eras tú cuando pasamos por allí.

–No en realidad. Pero sé que pasamos por una –dijo sonriendo–. Dijiste algo lindo sobre ella, ¿qué fue?

–No lo recuerdo, pero solo estaba pensando...

–Algo sobre el nombre –dijo Brooke–. Fue como un juego de palabras, realmente gracioso. No lo entendí entonces, porque yo no hablaba español, pero ahora sí. ¿Era una TA?

–Era una Flying J.

–¿Estás seguro?

–Quiero regresar allí y tomar una ducha –dije–. Incluso tienen una lavandería, así que no tendremos que lavar nuestra ropa en el fregadero.

–Eso suena costoso.

–Diez dólares cada uno –respondí–. Más dos por la lavadora y dos por la secadora. Pero tenemos que asearnos, o nunca llegaremos a ningún lado.

–Así que eso dejará –puso los ojos en blanco mientras hacía la suma mentalmente– como veintiocho dólares de sobra –levantó las cejas y me sonrió.

–¿Cómo demonios sabes eso?

–Hablas dormido –respondió–. Esperaba que fuera algo escandaloso, o al menos algo extraño, pero al parecer solo cuentas dinero.

–Estoy lleno de sorpresas –terminé de empacar mis cosas y me puse de pie. Boy Dog se levantó conmigo.

–Podríamos ahorrar diez dólares si nos duchamos juntos –dijo con una sonrisa pícara.

–No.

–Estoy bromeando. Estoy bromeando totalmente. Pero pones esa graciosa expresión en tu rostro cada vez que hablo sobre sexo. Es fantástico.

–El sexo está intrínsecamente ligado con la violencia en la mayoría de los asesinos seriales…

–Uf –dijo Brooke mientras terminaba su propio bolso y se ponía de pie–. Por favor, cuéntame más acerca de tu perfil psicológico cuidadosamente controlado.

–Estoy intentando mantenerte a salvo.

–No siempre quiero estar "a salvo" –respondió.

–Más razón para que te proteja.

–Gracias por mantenerme con vida. Sabes que realmente aprecio eso, ¿cierto? ¿Más allá de las bromas?

–Lo sé. Gracias.

Probablemente apreciaría más no haber sido poseída en primer lugar, pero así eran las cosas.

Caminamos de regreso a la carretera y luego diez kilómetros

más hasta la parada de autobuses. No quería gastar dinero para ducharnos, pero lo necesitábamos y nos ayudaría a viajar. Dejé que Brooke lo hiciera primero y, mientras ella estaba en la ducha, metí todas nuestras ropas en la lavadora más grande que había y luego escribí una breve carta para que leyeran las otras personalidades de Brooke si alguna aparecía mientras yo estaba en la ducha:

Mi nombre es John y tú me conoces. Estoy en la ducha ahora y nuestra ropa está en la lavadora. El Baset hound que ves rondando por allí se llama Boy Dog y no, yo no lo bauticé, pero él es nuestro y es muy importante que tú te quedes con él y con la ropa. Saldré tan pronto como pueda. Eres increíble y estoy ansioso por volver a verte.

Esa última frase era para prevenir un suicidio, solo por si acaso; el resto era para que no anduviera merodeando. Solo se había ido una vez en un año, en una estación de autobuses en alguna parte de Nebraska, y apenas había logrado encontrarla deteniendo autos frente a la estación. Estaba a punto de subirse a un camión cuando corrí hacia ella, a medio vestir y aún con el jabón de mi ducha sin enjuagar. Esos eran los únicos momentos en los que nos separábamos realmente y no quería que se confundiera y escapara otra vez, así que comencé a dejarle cartas. No había vuelto a huir, así que suponía que funcionaban.

Pensé en su cuerpo en la ducha, desnudo y mojado... *No.*

Salió luciendo fresca y satisfecha, aunque seguía vestida con su vieja ropa sucia, porque todo lo demás estaba en la lavadora. Hablé con ella solo lo suficiente como para asegurarme de que siguiera siendo Brooke y de que supiera lo que estábamos haciendo allí, luego le di la carta y le pedí que la tuviera en la mano sin importar lo que sucediera. Me metí en el cubículo de la ducha por el que había pagado y me bañé lo más rápido que pude, lo que resultaron ser ocho minutos completos hasta que estuve convencido de que había lavado todo el polvo y la tierra de mi cabello. Estaba largo, necesitaba cortarlo otra vez para que fuera más fácil de mantener aunque sea. Volví a ponerme mi ropa sucia y regresé, aliviado de ver que Brooke seguía esperándome.

–Eso fue rápido –dijo–. El mío duró como... casi el doble.

–Pagamos por él –respondí–. Tú bien puedes sacarle el mayor provecho posible.

–¿Y tú no?

–Yo estoy bien –afirmé, y analicé rápidamente el lugar para asegurarme de que aún tuviéramos todas nuestras cosas.

–La lavadora aún está funcionando –dijo, y señaló la sala de lavado en el corredor–. ¿Cuánto más crees que tarde?

–Diez minutos, tal vez. Luego otra media hora para la secadora.

–Podríamos comer –dijo.

–No en el restaurante –negué con la cabeza, pensando en el dinero.

–¿La hamburguesería?

–La fuente de nutrientes más rentable en una parada de camiones es el aparador de bocadillos –dije–. Podemos comprar pretzels, semillas de girasol y algunas zanahorias en la sección de heladeras, si es que tienen una. Podemos beber del bebedero.

–Tú sí que sabes cómo hacer que una chica la pase bien.

–¿Qué? –exclamé, incorporándome ante mi fingida ofensa–. ¿No encuentras el ahorro emocionante?

–No tan emocionante como el despilfarro.

–Vamos entonces –le dije–. Podemos ver cómo algunas de las personas ricas comen sándwiches.

Diez minutos más tarde estábamos de regreso en la sala de lavado, abriendo semillas de girasol y mirando las noticias en un televisor de una esquina. Cambié la ropa limpia a la secadora y metí ocho monedas de veinticinco centavos. Diecinueve dólares con treinta y dos centavos. El dinero estaba gastándose demasiado rápido y, si no podíamos confiar en las reservas de Potash para reponerlo, probablemente estaríamos completamente quebrados en unas pocas semanas. ¿Qué haríamos después?

–Le han disparado a alguien –dijo Brooke apuntando al televisor con el mentón.

–Eso pasa –comenté, pero no estaba prestando atención realmente. ¿Y si Rain era el último Marchito? No sabíamos con seguridad cuántos de ellos había y pensábamos que algunos de ellos estaban persiguiéndonos, pero no estábamos seguros. Y Brooke no podía encontrar a ninguno más en los recuerdos de Nadie. Si podíamos matar a Rain en menos de cuatro semanas, podríamos continuar y quedarnos sin dinero y luego solo... ¿qué? ¿Nos estableceríamos en algún lugar? ¿Nos entregaríamos? No podríamos seguir así por siempre.

–Redada por drogas –comentó Brooke.

–Las ciudades apestan.

–No es una ciudad –dijo riéndose–. Es como... un pueblo. Mira ese lugar, es más pequeño que Clayton.

–Las ciudades pequeñas también apestan –comenté mirando el televisor. Era algo acerca de una comunidad en Kentucky.

–Todos los lugares apestan –soltó Brooke hoscamente mientras mordía una zanahoria–. El mundo entero es basura –la miré, preocupado ante su lenguaje depresivo, pero estaba sonriendo y se volvió a reír cuando me descubrió mirándola–. Grrr, oscuridad, dolor, grrrr –y volvió a reír.

Puse los ojos en blanco en un gesto lo más dramático que pude y regresé a pensar en mis planes. ¿Sería tan malo entregarnos? ¿Una vez que todos los Marchitos estuvieran muertos y pudiéramos regresar a una vida normal; lo que fuera que eso significara? ¿Podríamos simplemente dejar que los que nos estuvieran siguiendo nos atraparan? ¿Podríamos ir a una estación de policía y decirles quiénes éramos? Incluso si yo tenía algunas garantías, lo que dudaba, acabaría de regreso en el FBI. Ellos sabían de dónde venía y entenderían que solo había estado haciendo exactamente lo que me habían dicho que hiciera. Luego de reprenderme un tiempo por haberlo hecho sin ellos, se aplacarían y me dejarían continuar con mi vida. Tal vez. O quizás acabaría en prisión por el resto de mi vida, y Brooke en un manicomio. No podía dejar que eso ocurriera. Ella me necesitaba.

Y, para ser honesto, creo que yo la necesitaba a ella. Sentados allí, hablando, bromeando, me sentía más normal de lo que me había sentido en años. Eso era mucho. Ella era una amiga como nuca antes había tenido, no solo un pariente, alguien que me gustaba o un conocido por conveniencia, sino una verdadera amiga. Alguien con quien podía compartirlo todo y que compartía todo conmigo. Sentado allí, pensando en perderla y que todo aquello acabara, me di cuenta de que no deseaba que eso ocurriera. No me gustaba quién era yo sin ella.

Ella hacía que tuviera menos miedo de mí mismo.

Pero ¿yo era tan bueno para ella como ella lo era para mí?

Teníamos que regresar a la ruta, de alguna forma en la que no pudieran seguirnos. Detener autos no estaba funcionando, pero no podíamos pagar otra cosa.

–Ataque con cuchillo –dijo Brooke.

–Así que alguien está divirtiéndose más que yo –comenté.

–No –continuó, y algo en su voz sonó diferente–. John, mira.

¿Una nueva personalidad? La miré y vi que tenía el ceño profundamente fruncido. Algo andaba muy mal. Levanté la vista hacia el televisor y vi unas imágenes nocturnas de algunos policías entrando y saliendo de una casa pequeña. De ladrillos con paneles de madera. Había una camioneta gris en la entrada.

–Es Dylan –dijo ella–. El chico de… del arma.

–Dylan –miré la pantalla, intentando leer los titulares al pie–. Dillon –dije al reconocer la palabra–. La ciudad de la que acabamos de salir. El chico del arma era Derek.

–Él está muerto –señaló Brooke y apareció una nueva imagen en la televisión; no de un cuerpo, solo una habitación regada de sangre, el suelo, las paredes y todo lo demás, algunas partes estaban cubiertas con sábanas o marcadas con señaladores forenses. Lo que hubiera pasado, fue brutal.

–¿Derek? –pregunté y luego las noticias mostraron una fotografía de su rostro. Definitivamente era él.

–Alguien lo cortó en pedazos. El mensaje al pie decía que fueron cientos –comentó, con el rostro pálido.

Derek estaba muerto. Nos habíamos convencido de que

Dillon estaba limpio, de que no había Marchitos allí; pero entonces Derek estaba muerto. El primer asesinato que ese pequeño pueblo había tenido en...

No.

–Alguien nos siguió –dije.

–¿Cómo salimos de aquí? –Brooke prácticamente saltó del banco y giró para mirar a la puerta.

–No aquí. O al menos no aún –respondí señalando el televisor–. Esto ocurrió anoche, así que quien lo haya hecho no ha llegado tan lejos.

–Entonces tampoco fue Iowa.

–Iowa probablemente sea el FBI, como tú dijiste –asentí–. Este fue un Marchito.

Ella miró la secadora, solo había funcionado unos minutos. Tragó saliva y volvió a sentarse.

–¿Cuál de ellos?

–Tú dímelo.

–¿Por qué no estás aterrorizado?

–Lo estoy –afirmé–. Solo que mi reacción es diferente. Necesitamos descubrir qué está ocurriendo y cómo reaccionar antes de hacer algo temerario.

–¿Temerario? –preguntó, demasiado fuerte. Éramos las únicas personas en la sala de lavado y, cuando miré la puerta, no vi a nadie observándonos. Su voz tenía un tono de preocupación–. ¿Qué clase de palabra es "temerario"?

–Mantén la calma –dije. Lo último que necesitábamos era otro episodio de inestabilidad mental. Coloqué mi mano sobre su brazo–. Busca en tu memoria. Despierta a Nadie si es necesario. Este Marchito acaba de cortar a un muchacho en mil pedazos: ¿a quién te suena eso? ¿Qué sabemos sobre ellos?

–Suena como tú –respondió Brooke.

–Nunca he cortado a nadie en pedazos –dije al salir del asombro.

–Pero quieres hacerlo. Me lo has dicho.

–Te dije que tengo sueños al respecto. No quiero hacerlo realmente.

–¿No?

–Concéntrate –le pedí–. Alguien está siguiéndonos, y necesitamos descubrir quién es.

–Lo sé. Solo estoy asustada, es difícil pensar.

Mi estómago se revolvió por su acusación, no porque me ofendiera sino porque era tan real: no solo había soñado con cortar personas, había fantaseado con cortar al mismo Derek. En convertir esa mirada lasciva en gritos mientras desgarraba músculos, tendones y separaba los huesos como un carnicero. Y alguien realmente lo había hecho. ¿Cómo se había sentido? ¿Cuánto tiempo le había llevado?

Estaba pensando en las cosas equivocadas; necesitaba concentrarme en los detalles del asesinato que nos ayudaran a descubrirlo.

¿Por qué un Marchito había cortado a Derek en pedazos? No mataban por simple enfado, al menos no hasta donde habíamos visto. Lo hacían porque algo les faltaba; porque necesitaban algo que solo ese asesinato podría proporcionarles. ¿De qué se trataba en esa ocasión? ¿Información? Si algo estaba rastreándonos, ¿podría tomar la memoria de sus víctimas como si fuera carne?

¿Eso habría ocurrido en cada ciudad que habíamos visitado?

–Sube el volumen –dije mirando el televisor–, ¿han hablado sobre ataques similares? Si esto ha ocurrido antes pensarán que se trata de un asesino serial, abriéndose paso con su cuchillo por los Estados Unidos.

–La noticia ya ha terminado –respondió Brooke.

–Maldición –exclamé, frotando mis ojos mientras tenía otra revelación–. Si el FBI nos siguió deben saber dónde hemos estado; y si hay asesinatos en cada sitio pensarán que los asesinos somos nosotros.

–Esto ocurrió anoche –me recordó–. Tú mismo lo dijiste. Iowa nos ha visto en Dallas ayer por la mañana, así que saben que no lo hemos hecho.

–*Si* es que es del FBI –dije negando con la cabeza–. Estamos haciendo demasiadas suposiciones. Necesitamos *saber*. Necesitamos descubrir cuántas otras veces ha ocurrido algo así; debe haber más información sobre asesinatos anteriores porque han tenido más tiempo de investigarlos.

–Hay un cibercafé en el restaurante –señaló Brooke.

–Bien pensado –respondí, y me puse de pie–. Quédate con... no, ven conmigo.

–Muy cierto, iré contigo.

Tomamos nuestra comida y nuestras mochilas semi vacías y dejamos la ropa en la secadora; nos quedaban otros cuarenta minutos al menos hasta que terminara. Respiré profundo para tranquilizarme y seguí a Brooke hacia el cibercafé, lo que resultaron ser tres computadoras de escritorio en un mostrador bajo. Cada teclado tenía un lector de tarjetas de crédito así que dejé caer mi mochila por la decepción.

–Maldita sea.

–Quizás están... –Brooke movió uno de los mouses y leyó la pantalla–. Sí, solo tarjeta de crédito.

–Tal vez puedan hacer algo adelante –dije. Fuimos al mostrador de la tienda, que funcionaba como el centro de todo el lugar, y esperamos mientras el hombre frente a nosotros pagaba por su soda. El cajero era un hombre bajo y robusto, con un gafete con el nombre Carlos, y pareció sorprendido al vernos sosteniendo la comida que le habíamos comprado hacía apenas diez minutos.

–¿Hay algún problema?

–¿Hay algún modo de acceder a Internet sin una tarjeta de crédito? –pregunté.

–Lo siento, así funciona.

–¿Usted tiene un tarjeta? –preguntó Brooke.

–Todos tienen una tarjeta de crédito –dijo Carlos.

Podría matarlo, tomar su tarjeta y...

Detente.

–Acabamos de ver un informe en las noticias sobre un amigo nuestro –dijo Brooke, y pensé: *¡No nos relaciones con Dillon!,* pero al parecer ella ya lo tenía todo planeado–. Había una redada de drogas y la casa vecina era la de mi amiga Rachel. Necesito saber si ella está bien, pero no tenemos un teléfono ni una tarjeta de crédito.

–Hay teléfonos en el corredor junto a la sala de juegos –señaló Carlos.

–Aun así tendría que buscar su número –explicó Brooke–. ¿Cuánto cuesta una sesión de Internet? ¿Cinco dólares?

–Cuatro dólares por media hora de banda ancha de baja velocidad. Diez por películas y esas cosas.

–Si le damos los cuatro dólares en efectivo, ¿podría usar su tarjeta para conectarnos? –preguntó Brooke.

–No van a buscar pornografía ni nada extraño, ¿cierto? –dijo Carlos, mirándonos con los ojos entornados–. Me meteré en problemas si relacionan esas búsquedas conmigo.

–Solo noticias y sitios de búsqueda –respondí y saqué una de mis reservas de dinero. Conté cuatro billetes y se los entregué–. Cuatro dólares.

–¿Por favor? –dijo Brooke.

Carlos la observó por un momento, luego puso los ojos en blanco y tomó el dinero. Después volteó mientras salía del mostrador.

–Carla, regresaré en treinta segundos.

–¿Carlos y Carla? –preguntó Brooke.

–No es gracioso –lo seguimos hasta las computadoras, donde él pasó su tarjeta y comenzamos nuestra breve sesión–. Esto los largará en treinta minutos exactos, sin advertencia ni nada, así que controlen el reloj de la esquina inferior. Y nada de pornografía.

Asentimos y él regresó a la tienda. Me senté, Brooke acercó una silla y buscamos "Asesinato en Dillon".

–Tomas Dillon –dijo Brooke, leyendo el enlace de Wikipedia–. ¿Un asesino serial?

–Él cazaba personas como venados –comenté, recordándolo de algún programa de reconstrucción de crímenes–. Le disparó a cinco hasta donde sabemos –pasé eso por alto, en busca de enlaces que parecieran tan recientes como para hablar sobre el asesinato de la noche anterior. Intenté con una nueva búsqueda, "noticias de asesinatos en Dillon" y obtuve una nueva página sobre Thomas Dillon y algunas más acerca de un asesinato en el condado de Dillon, pero no parecía ser el mismo lugar y tenían al menos un año de antigüedad. Volví a intentar con "Derek asesinado en Dillon" y encontré algo. Clickeé el enlace y leí el artículo, pero era solo un anuncio del mismo programa de noticias que habíamos visto en la televisión, sin información nueva. El asesinato era demasiado reciente como para que alguien supiera mucho sobre él.

Cuatro minutos perdidos de nuestra sesión.

–Derek Stamper –dijo Brooke mientras leía sobre mi hombro–. Nunca supe su apellido. Dice que era hijo único.

El artículo no decía nada sobre otros asesinatos similares, así que seguí buscando otras ciudades en las que habíamos estado: "asesinato en Baker", "cortado en pedazos en Baker". Intenté con todas las combinaciones que se me ocurrieron para cada una de las ciudades en las que habíamos estado o por las que habíamos pasado hasta regresar a Fort Bruce. No fue sorpresa que "asesinato en Fort Bruce" tuviera cientos de resultados, pero todos eran sobre las muertes que ya conocíamos. Al parecer, no había nuevos asesinatos que encajaran con el perfil, o con ningún perfil, en ninguno de los lugares que habíamos visitado. Dieciocho minutos. Busqué la frase "cortado en pedazos" para ver si arrojaba algún crimen similar, pero todo lo que encontré fue un blog de costura y algunos asesinatos en otros países.

Veintidós minutos.

–No hay nada –dijo Brooke.

–O nada de lo que las personas estén enteradas. Tal vez esconde los cuerpos.

–Derek fue asesinado en su comedor diario –comentó negando con la cabeza–. Estuvo allí por al menos una hora hasta que sus padres llegaron y lo encontraron. Eso es tiempo más que suficiente para que el asesino escondiera el cuerpo si quería hacerlo, pero no lo hizo.

La observé, sorprendido. Normalmente Brooke no hablaba tan tranquilamente sobre cuerpos sin vida.

–¿Por qué tantos pedazos? –pregunté volviendo a mirar a la pantalla. Cerca de cien estimaban las noticias, pero el equipo forense aún estaba trabajando en el lugar–. Tal vez el asesino tomó algunos.

–Grotesco –comentó Brooke.

–No sabremos si algo falta hasta que hagan una autopsia completa y traten de… volver a reunir las partes.

–Busca personas desaparecidas. Si los otros cuerpos fueron escondidos, las historias que buscamos serán sobre fugitivos, secuestros o algo así.

Asentí y busqué desaparecidos en todos los sitios en los que habíamos estado, pero ninguno tenía reportes de personas desaparecidas.

Tres minutos.

–Esto no tiene sentido –dijo Brooke.

–Entonces pensemos qué lo tiene. La ciudad de Dillon no tiene crímenes violentos, no tiene muertes inexplicables y tampoco ha tenido ninguna clase de problemas por décadas. Algunos chicos de la secundaria embriagándose en un boliche de bolos, algunos grafitis en un autocine abandonado y eso es todo. Y luego, dos días después de que nosotros aparecimos, alguien resulta brutal y terriblemente asesinado.

–Así que somos el factor detonante.

Volví a mirarla; estaba hablando con más coherencia de lo normal y el terror que había demostrado anteriormente había sido reemplazado por un calmo profesionalismo. ¿Brooke se había ido otra vez? ¿Quién había aparecido en su lugar? Y ¿cuánto tiempo me había tomado notarlo?

–Quedan dos minutos –agregó–. Busca... "Asesinato en Dillon" en Facebook.

–¿Por qué? –pregunté, aunque ya estaba tipeándolo. Los resultados cargaron y Brooke tomó el mouse de mi mano para revisarlos.

–Porque si el asesino no nos siguió a Dillon, pero nuestra presencia precipitó el asesinato, entonces la única explicación que tiene sentido es que el asesino ya estaba en la ciudad antes de que llegáramos, adormecido. No podemos encontrar evidencia de un crimen similar porque el Marchito al que estamos buscando no ha asesinado a nadie en años.

–Así que, ¿qué es lo que encontraremos en Facebook?

–Eso –señaló mientras clickeaba un enlace. Corey Diamond, uno de los amigos de Derek del autocine, había cambiado su estado justo después de la medianoche:

Ya comenzó.

–No puede ser –dije.

–Tenemos que regresar a Dillon –afirmó Brooke–. Se nos escapó un Marchito.

–¿Quién eres? –pregunté, volteando para mirarla a los ojos.

–¿Quién crees que soy? –respondió y sus ojos mostraron señales de decepción–. Soy Brooke.

CA
PÍ
TU
LO 14

No queríamos que volvieran a seguirnos, lo que implicaba que no queríamos encontrar a algún conductor amigable que pudiera ver una fotografía y decir: "Sí, recuerdo haberles dado un aventón". Incluso si no nos recordaban a nosotros, recordarían al perro.

Volví a pensar en deshacerme de Boy Dog, en dejarlo allí, o mejor, libre en el campo. Era demasiado reconocible y eso hacía que fuera una enorme carga. Pero yo tenía reglas y no me permitían lastimar animales, aunque fuera por descuido. Esas reglas me hacían quien era. Si perdía a Boy Dog, perdía mi alma, así que vino con nosotros.

Tampoco podíamos robar un auto, por razones obvias. Eso haría que atrajéramos más atención, no menos. Así que nos sentamos escondidos tras la pared de la parada de camiones, viendo los vehículos llegar y esperando al indicado. Cuando llegó, tomamos nuestras mochilas con la ropa recién lavada y nos preparamos para correr. Una vieja camioneta utilitaria que llevaba un sofá en la caja, sujeto con cuerdas y cubierto con una lona. Venía desde la ciudad, lo que significaba que estaba saliendo de ella. Observamos al conductor detenidamente; salió de la camioneta, la dejó junto a la bomba de gasolina y entró al edificio, probablemente para usar el sanitario. Corrimos por el espacio abierto, subimos a Boy Dog a la caja, junto al sofá, subimos detrás de él y nos escondimos debajo de la lona lo mejor posible. Si el conductor nos veía haría un escándalo y probablemente hasta llamaría a la policía; si no lo hacía, nos alejaría y estaríamos libres.

Eso esperábamos.

Estaba presionado casi pecho contra pecho con Brooke, con Boy Dog recostado sobre nosotros como un muñeco de felpa de cien kilos. Jadeaba intensamente mientras se movía para buscar una posición más cómoda, pero no ladró. Brooke levantó su mano, lo dejó que la lamiera y susurro *shhh*, casi en silencio. Revisé nuestros pies otra vez, asegurándome de que estuvieran cubiertos por la lona, y luego cerré los ojos y escuché. La ruta rugía como el océano. Unos frenos chirriaron. Un motor se encendió y se alejó. Una madre llamó a su hijo: "¡Toma mi mano, Noah, hay autos aquí!".

Algo presionó contra mi rostro: labios; la mínima sensación de un beso junto a mi nariz. Abrí los ojos y encontré a Brooke mirándome también, sus ojos como dos húmedos espejos en la luz tenue bajo la lona.

–Lo siento –dijo–. No pude contenerme.

Nunca había considerado eso como una buena excusa.

Volví a cerrar los ojos y escuché el viento soplar por los extremos de la lona que nos cubría, otro motor que salía, un par de pasos firmes que resonaban contra el concreto. El cuerpo de Brooke se tensó y supe que también los había escuchado.

–Shhh –susurró, y Boy Dog lamió su mano.

La puerta se abrió. El camión tembló, inclinándose ligeramente hacia un lado mientras el conductor subía. Observé a Brooke.

–Aquí vamos.

–¿A dónde?

El motor se encendió con una violenta explosión y el camión comenzó a moverse.

–No importa a dónde –respondí–. No pasará mucho tiempo hasta que esta vieja camioneta necesite gasolina, así que solo esperaremos hasta que se detenga, veremos si podemos bajar sin ser vistos, y luego comenzaremos a pedir aventón otra vez, de regreso a Dillon. No sé cómo nos está rastreando el FBI, pero si no pueden hacer la conexión entre Dallas y el lugar aleatorio al que estemos yendo, podremos perderlos.

–Y luego los volveremos a encontrar en Dillon –dijo Brooke–. Estarán investigando este asesinato.

–Tal vez –asentí. Se hacía difícil escuchar a medida que avanzábamos en el camino y el viento golpeaba la lona como si fuera un tambor–. Pero es como tú dijiste: saben que no fuimos nosotros, porque estábamos en Dallas cuando ocurrió.

–Eso no significa que no estarán investigándolo –respondió con una sonrisa burlona–. No sabemos con qué nos encontraremos allí.

–Si tenemos suerte, lo que sea que encontremos no sabrá sobre nosotros tampoco.

Su rostro estaba frente al mío, apenas a unos centímetros. Podía sentir sus caderas y sus piernas; sus pies y los míos estaban casi entrelazados en ese espacio reducido. Incluso con Boy Dog durmiendo encima de nosotros, estábamos demasiado cerca, necesitaba moverme. Cerré los ojos y repasé mi secuencia numérica: 1, 1, 2, 3, 5, 8, 13, 21, 34, 55, 89, 144, 233, 377…

Brooke exhaló y sentí su aliento en mi rostro, cálido y reconfortante, como una almohada de aire. Respiré profundo, luego moví mis piernas y me esforcé para sentarme, levantando a Boy Dog conmigo. Él se agitó débilmente en mis brazos, sin luchar, simplemente buscando una nueva superficie para reemplazar la anterior. Logré acomodarlo en el lugar del que yo acababa de salir y me moví al fondo de la camioneta en busca de aire fresco.

La ruta estaba llena, pero no atestada; los autos, camiones y acoplados se movían a cien o ciento diez kilómetros por hora al menos, pero se veían casi inmóviles entre sí. Había más vehículos viniendo hacia nosotros por un costado; otra ruta combinándose con la nuestra, y observé cómo un camión de un naranja brillante se acercaba a nosotros, haciéndose cada vez más grande a medida que se acercaba, hasta que los caminos se unieron y estuvimos a la par, apenas a un metro de distancia. Podía ver los finos rayones en su pintura y leer las pequeñas letras de las señales y notas adheridas al costado. Detrás de nosotros, la ruta se extendía hasta el horizonte, miles de autos en una línea perfecta.

Una hora más tarde, todos habían desaparecido por desvíos o salidas y nos encontrábamos solos.

El camión anduvo cerca de cinco horas sin parar, adentrándose cada vez más en Arkansas. Cuando volvió a parar para cargar gasolina y usar los sanitarios bajamos y nos escondimos, asegurándonos de que no nos viera, solo por si acaso. Luego de que se fuera, hicimos nuestra parada y llenamos unas viejas botellas de agua en los bebederos junto a los sanitarios. Esperé mientras Brooke iba al baño y luego regresamos a la salida norte de la autovía, con la esperanza de poder regresar a Dillon. Nos mantuvimos en los caminos alternativos y pasamos la noche en un pueblo llamado Longbend, en algún lugar cerca de la frontera de Missouri. Llovió toda la noche, así que nos acurrucamos juntos dentro de un viejo vagón de tren, cubiertos con nuestras finas mantas y dormimos de a ratos, cuando el cansancio lograba ganarle a nuestra incomodidad. Pensé en nuestras duchas de esa mañana, toda esa limpieza y esa imagen no amenazante perdiéndose en la gravilla del camino. Al menos aún teníamos nuestra ropa limpia empacada; me aseguré de mantener las mochilas secas.

Aunque, después de todo, suponía que eso no tenía importancia. Las personas de Dillon ya nos habían visto, si no en nuestro peor estado, bastante cerca. ¿Qué dirían cuando nos vieran? ¿Qué diríamos nosotros al verlos? *Hola, vimos al chico muerto en la televisión y vinimos volando, solo en caso de que no tengan suficientes sospechas.* Teníamos una coartada perfecta –el hombre de la estación de gasolina nos había visto comprar bocadillos y luego salir de la ciudad el día antes del asesinato–, pero ¿eso sería suficiente? ¿Nos interrogarían de todas formas? Si nos pedían identificaciones y, tal vez incluso si no lo hacían, descubrirían que éramos fugitivos. Si llegaban tan lejos como para pedirnos huellas digitales, yo ya estaba en el sistema. Regresar en esa situación amenazaba con destruir todo rastro de confidencialidad e independencia que habíamos logrado conseguir.

Pero mantenernos al margen implicaría dejar que un Marchito siguiera asesinando. Los policías locales estarían a la deriva; ya lo habíamos visto una y otra vez. Asesinar a un Marchito requería una aproximación diferente, cuidadosa y por la tangente, observando desde las sombras hasta descubrir sus secretos y atacar. De alguna forma habíamos incitado a que ese Marchito asesinara luego de pasar años adormecido y, a menos que pudiéramos encontrar alguna manera de volver atrás, debíamos asumir que seguiría asesinando. Un ser con sed de sangre tiende a seguir sediento de sangre. Primera ley de Cleaver.

No me agradaba ser la causa por la que habían matado a Derek. Y me rehusaba a ser la razón de que asesinaran a nadie más.

–¿Crees que podamos hacer todo el camino hasta allí para mañana? –preguntó Brooke.

–Lo siento –le dije, alejándome un poco para no molestarla–. No quería despertarte.

–Ya estaba despierta –respondió–. Regresa aquí, me das calor.

Solo me había alejado medio centímetro, pero volví a acercarme, tan agradecido como ella por el calor corporal compartido. Apretamos más la manta alrededor de nuestros hombros y escuchamos cómo la lluvia tintineaba contra el vagón sobre nosotros.

–Creo que podremos llegar en un día –agregó–. Si recuerdo bien el mapa, no estamos muy lejos.

–Aunque estamos un poco aislados. Pero probablemente tengas razón.

–¿Cuál es tu plan?

–Si Attina está caracterizado como Corey Diamond, tendremos que idear un plan para hablar con sus amigos –ya había estado pensando en eso.

–¿Te refieres a los que amenazaste con un cuchillo?

–Sus padres, entonces. O sus maestros; alguien que lo haya conocido por algún tiempo. En algún momento de su pasado, probablemente en los pasados tres o cuatro años, debe haber una ruptura en su comportamiento, cuando el verdadero Corey murió y un Marchito cambia-forma tomó su lugar. Para ser honesto, probablemente sea más sencillo para el Marchito tomar las vidas de adolescentes que de adultos; las preferencias y hábitos de la persona real no han sido establecidos aún, así que cualquier inconsistencia puede atribuirse a la pubertad.

–Eso nos ayudará a descubrir si Corey es realmente Corey –dijo Brooke–. ¿Cómo descubrimos de qué forma matarlo?

–Una prueba del reductor de velocidad, si podemos hacerla sin que nos atrapen. Más allá de eso, solo tenemos que... llegar a conocerlo muy bien.

–Yo no lo conocí. Pero tengo sentimientos realmente desagradables sobre él.

–Él era bastante... desagradable. Se quedó atrás, analizándonos mientras sus amigos hacían bromas. Honestamente, me recuerda un poco a mí.

–Eso sería darle demasiado crédito.

–Hablar con otras personas primero nos dará una idea de cómo acercarnos a él –dije–. Pero ¿cómo nos meteremos en su círculo íntimo habiendo empezado con el pie izquierdo?

–Esta será una misión de las largas, ¿cierto? –preguntó Brooke–. Necesitaremos un lugar donde quedarnos.

–Estamos casi en la quiebra.

–Deberíamos regresar a la casa de la señora Glassman.

–¿Crees que volverá a alimentarnos? –pregunté alzando las cejas.

–Pienso que nos dejará quedarnos.

–Estás bromeando.

–¿Por qué no? –dijo–. Tiene toda esa casa vacía y nos adoró.

–A ti, tal vez.

–A ti también. Eres más encantador de lo que piensas.

–No soy encantador.

–Encantador es la palabra equivocada –asintió y me miró rápidamente de reojo–. Es más una... imagen de solitario melancólico.

Comencé a quejarme, pero luego me reí con fuerza.

–¿Quieres que nos ofrezca una habitación o que se lance sobre mí?

–Solo estoy diciendo –se encogió de hombros–. Le agradamos y es una buena persona. Querrá ayudarnos. Y sabemos que tiene una habitación de invitados porque tuvo a un familiar quedándose con ella justo antes de que llegáramos.

–Supongo –asentí e imaginé a Brooke en la ducha otra vez, desnuda y mojada. Cerré los ojos e intenté deshacerme de esa idea. Involucrarme con Brooke sería como... una traición, a ella y a Marci–. ¿Crees que tenga dos habitaciones de invitados?

–Estás olvidando nuestra historia. Todos piensan que somos una pareja.

–Genial –dije. Pensé en su cuerpo junto al mío y comencé a contar otra vez. 2, 3, 5, 8, 13, 21, 55...

Conté toda la noche.

Por la mañana nos vestimos lo más limpios que pudimos, intentando lucir lo más normales y seguros posibles. Vigilé mientras Brooke volvía a cambiarse su protector otra vez; dijo que el flujo casi había desaparecido y que pronto habría terminado por completo. Le di a Boy Dog el resto de la comida que guardaba para él y caminamos el resto del camino para esperar un aventón. Nos tomó casi una hora hasta que un auto pequeño se detuviera; una mujer joven sonrió detrás del volante. Lucía apenas unos años mayor que nosotros. Se estiró y abrió la puerta del acompañante.

–¿Qué tan lejos van?

–Lo más lejos que puedas llevarnos –respondí mientras tenía la puerta para Brooke.

–Eso es bastante lejos –dijo la chica. Brooke cerró su puerta y yo subí atrás con Boy Dog–. ¡Lindo perro! ¿Cómo se llama?

–Boy Dog –dijo Brooke.

–¿Qué? –reaccionó la chica.

–Ese es su nombre –respondió Brooke–. No me preguntes. Yo no se lo puse.

–Me lo regalaron a mí –dije–. Estamos yendo al este de Oklahoma, pero puedes dejarnos donde sea, gracias.

–Puedo ir al este de Oklahoma –respondió la chica mientras volvía a avanzar–. Soy Kate. ¿Les importa si enciendo la radio?

–Lo que tú desees –asentí mientras abrochaba mi cinturón–. Gracias otra vez.

–¿Kate por Katherine? –preguntó Brooke.

–Katelynn. Con dos N. Lo odio, así que solo llámenme Kate, por favor.

–Yo soy Brooke. También con dos N –frunció el ceño, con expresión confundida–. Es decir…

–¿Por Brooklynn? –preguntó Kate.

–No –respondió Brooke. ¿Estaba cambiando de personalidad o simplemente había surgido una, deletreado su nombre y desaparecido otra vez?

–Es solo una broma –dije, con la esperanza de calmar la preocupación de Brooke–. Hablando de dos N, soy Johnn –arrastré la N, y Kate rio–. Encantado de conocerte.

–¿Qué tan dentro del este de Oklahoma van? Voy hasta California; un nuevo semestre, saben cómo es. ¿O no? ¿Siquiera van a la universidad?

–Estamos tomándonos un año libre –explicó Brooke.

–Suena divertido –dijo Kate. Cambió la estación de radio, pasando varios comerciales hasta encontrar una animada música country, aunque mantuvo el volumen tan bajo que eran más que nada golpes amortiguados y gritos nasales–. ¿De dónde son?

–Kentucky –respondió Brooke rápidamente. Su confusión parecía haber desaparecido y me pregunté si esa era una mentira o si se había transformado en una chica que realmente era de Kentucky. No parecía desorientada, pero algunas veces no lo hacía.

–Guau –exclamó Kate–. Nunca habría adivinado eso. Claro, yo tampoco tengo acento en realidad. Nuestra generación no lo tiene en verdad, ¿cierto? Tanta televisión y películas y cosas, todos sonamos como si fuéramos de… no lo sé… ¿Cleveland?

–Del reconfortante Medio oeste –dije. No tenía interés en conversar, pero tampoco quería que se sintiera incómoda hablando sola.

–¿Puedo preguntar qué los trae a Missouri?

–Solo estamos viajando –respondió Brooke–. Pensamos en ir a Europa, pero decidimos que aún había mucho de los Estados Unidos que no conocíamos, así que, ¿por qué no conocerlo mejor primero?

–No hay forma –comentó Kate negando con la cabeza–. Nunca escogería Missouri antes que Europa, ¿están bromeando? Es decir, seguro, yo crecí aquí, así que ya es conocido para mí y ya lo he visto y todo, pero aun así… ¿qué más hay?… ¿Kansas? ¿Tennessee? Tal vez, ¿qué, Arizona y el Gran Cañón? Cualquier lugar del país es bonito, supongo, pero no son Venecia.

–Es hermoso –dijo Brooke.

–¿Has estado allí? –preguntó Kate animada.

–Hace mucho, mucho tiempo –asintió Brooke mirando por la ventana–. Estoy segura de que debe haber cambiado bastante.

–Aunque sea súper turístico y todo eso, igual deseo ir. No solo a tomar fotografías, tú sabes, sino a quedarme, a vivir allí, aunque sea por un mes o dos. Tal vez un verano, compartiendo un apartamento, sin nada más que una computadora en la que escribir poesía. O mejor aún, una máquina de escribir. Como en los viejos tiempos.

–¿Eres escritora? –preguntó Brooke.

–No, no, no –respondió Kate negando con la cabeza tan intensamente que me preocupó que nos sacara del camino–. Master en Antropología, me uniré a Médicos sin Fronteras o algo así. Espero conseguir un intercambio con ellos para Navidad, pero… quiero decir, si tienes la posibilidad de visitar Venecia y escribir poesía, ¿por qué no? Solo… beber pequeñas tacitas de café y fumar en una plaza mientras lees a Byron. Ni siquiera fumo, pero lo haría porque, vamos.

Mientras hablábamos con Kate noté que nadie la extrañaría por días si la asesinábamos. Estaba en las primeras horas de un viaje a través del país, con la clase de espíritu libre e independiente que explicaría cualquier clase de ausencia. Podría tomar la parte de atrás de su cuello, suave y expuesta, con su cabello recogido a excepción de unos pocos mechones rubios que caían sobre su piel. Había dejado que dos extraños subieran a su auto porque ansiaba conversar y porque nuestra condición de viajeros sugería que compartíamos el amor por el romanticismo desinteresado. Era más probable que fuéramos adictos, ladrones de autos, o simples asesinos en busca de alguien a quién cortar en pedazos. Pensé en todas las maneras en que podríamos matarla, todas las formas en las que podríamos esconder el cuerpo; docenas, sino cientos de formas en las que podríamos hacerlo desaparecer sin dejar un solo rastro.

Ese largo cuello, justo frente a mí. Podría estrangularlo o apuñalarlo, o jalar de su cabello y escucharla gritar…

–Fue muy lindo que nos levantaras –dijo Brooke–. La mayoría les tiene miedo a los autoestopistas.

La miré y vi que ella también estaba mirándome al decirlo. Cerré los ojos y me recosté en mi asiento.

–Lo sé, se escuchan tantas historias –comentó Kate–. Pero en serio. Quiero decir, ustedes son geniales y creo que la mayoría de la gente lo es, ¿sabes?

–Pero no hace daño ser precavido –dijo Brooke.

Nunca la habría lastimado realmente. Solo estaba pensándolo porque... porque eso es lo que hacía. Matar no era un trabajo, era literalmente lo que hacía para sobrevivir. Para vivir. Para que otros vivieran. No podía simplemente matar personas, solo que a veces sí podía.

Ese era el pantano moral en el que yo nadaba, y apenas lograba mantener mi cabeza a flote.

Kate nos condujo a través de Tulsa sin detenerse, luego por la ciudad de Oklahoma y finalmente se detuvo para cargar gasolina al oeste, en una tierra casi completamente ocupada por granjas. Habían pasado más de cinco horas, y Brooke había conversado con ella sin parar. Hasta habían jugado al juego del alfabeto, pero con tanto cotorreo de por medio, no podría decir quién iba ganando. Revisé mi mapa, buscando el cruce de caminos en el que teníamos que detenernos, intentando recordar si nuestro siguiente destino estaba al norte o al sur.

–¿Quieren parar a comer algo? –preguntó Kate señalando la parada de camiones con su cabeza, mientras cargaba gasolina–. Tienen un lugar de tacos y uno de hamburguesas, ustedes eligen.

–No, gracias –me apresuré a responder–. Estamos bien.

–Han pasado horas; Brooke, escuché tu estómago rugir hace como cinco minutos.

–En verdad –dijo ella–, no tengo hambre. Come algo tú si quieres.

–¿No tienen dinero?

Deseé que no hubiera preguntado eso. ¿Cómo podríamos seguir desde allí? O ella se ofrecía a comprarnos comida y seríamos una carga, o no lo hacía y, en ese caso, se sentiría incómoda comiendo frente a nosotros. Incluso si lo hacía dentro de la parada de camiones sin que nosotros la viéramos, la diferencia en la posesión de comida definiría el resto del viaje. Ella se preguntaría si debería habernos dado algo o por qué no habíamos comprado nada nosotros, o se preguntaría si realmente éramos criminales. ¿Estaríamos escapando de algo? ¿Robaríamos algo de su auto? ¿La lastimaríamos? En apenas un par de frases, toda su percepción de nosotros había cambiado.

–¿Sabes qué? –dije levantando el mapa–. Debemos bajar aquí de todas formas. Acabo de descubrirlo.

–¿Estás seguro?

–Vamos al norte –respondí mirando la chatura desierta que nos rodeaba–. Te dije que íbamos al interior.

–Puedo llevarlos más lejos, si quieren.

–Tú vas al oeste –dijo Brooke encogiéndose de hombros–. Gracias de todos modos.

–¿Necesitan comida? –preguntó, pero bajó la voz al decirlo. Se sentía incómoda. ¿Qué estaría pensando sobre nosotros? Que ya no éramos iguales; que nosotros éramos pobres y probablemente sin hogar. La relación fluida que habíamos tenido desapareció.

Pero… ¿a quién le importaba lo que pensara de nosotros? Necesitábamos comer, y si la incomodábamos, bien, nunca volveríamos a vernos.

–Seguro –respondí. Kate compró una hamburguesa para cada uno de nosotros, con papas y un refresco, y comimos en silencio. Luego ella nos saludó y se alejó.

–Solo espero que no le cuente a nadie sobre nosotros –dije.

–Le contará a Becky –comentó Brooke–. Una historia así es demasiado buena como para no contarla.

–¿Quién es Becky?

–Su compañera de cuarto –respondió–. ¿No estabas escuchando?

–Nada de la conversación me incluía en realidad –dije observando el auto de Kate mientras se alejaba.

–Fue la conversación más larga que he tenido en dos años –dijo Brooke. Se quedó en silencio por un momento y luego comenzó a caminar hacia la carretera–. Andando.

La seguí, analizando el mapa. Con dos autos más, aproximadamente, llegaríamos.

CAPÍTULO
15

Llegamos a Dillon cerca del mediodía del día siguiente. Un miércoles. Solo cuatro días desde que nos fuimos y tres desde que Derek fue cortado en pedazos.

La ciudad estaba casi en silencio y llena de policías. El último aventón nos había dejado exactamente en la misma estación de gasolina en la que habíamos comprado un austero almuerzo el día que nos marchamos. Brooke y yo fuimos directamente a los sanitarios y nos encerramos dentro para cambiarnos por ropa limpia y enjuagar nuestro cabello en el lavabo. Miré a una esquina mientras ella se cambiaba, contando mi secuencia numérica e intentando no pensar en su piel, luego ella hizo lo mismo; aunque sin reprimir el deseo de desollarme. Los pensamientos oscuros sobre Brooke se habían vuelto tan normales, e ignorarlos ya era tan natural, que era casi contraproducente en ese punto; mi secuencia numérica estaba tan directamente asociada con pensamientos de sexo y violencia que repetirla hacía que fuera peor. 1, 1, 2, 3, 5, 8, 13, 21…

Necesitaba una nueva estrategia para manejarlo. Mis reglas eran como un salvavidas para los tres.

Tan pronto como pudimos, antes de que el empleado de la gasolinera comenzara a hacer preguntas, rearmamos nuestros bolsos y salimos, luciendo ante el mundo como dos adolescentes normales con su perro. Caminamos por la calle Main, mirando las tiendas y casas. Salvo por una o dos excepciones –un hombre en una camioneta de delivery y una mujer en una grúa–, las calles estaban desoladas. Los niños que en otras circunstancias estarían afuera jugando se encontraban dentro, mirando televisión o, con la misma frecuencia, observándonos a través de sus cortinas. Podíamos verlos por toda la ciudad, pequeños rostros asomando por las ventanas, preguntándose quién sería el próximo. Y rostros mayores detrás de ellos, mirando con preocupación, preguntándose qué miembro de su comunidad era un asesino despiadado.

Giramos y dimos la vuelta hasta la calle Beck, manteniéndonos a la sombra mientras pasábamos por las hileras de casas bien cuidadas y jardines meticulosamente mantenidos. Las calles eran amplias, probablemente un remanente de los tiempos en que los habitantes usaban carros tirados por caballos. El asfalto era viejo y estaba marcado por líneas de alquitrán; las décadas de uso y reparaciones decoraban las calles en una especie de encaje negro y pegajoso. Las aceras estaban salpicadas aquí y allá por baldosas nuevas que reemplazaban a las antiguas que se habían arruinado por el paso del tiempo.

Llegamos a la casa de la señora Glassman, pero mientras Brooke caminaba hacia la entrada la detuve tomándola del brazo.

–¿Quién eres?

–Aún soy Brooke.

–Eres mejor que yo con las personas…

–Eres muy bueno con las personas.

–… y te necesito para manejar esto, ¿sí? No sé cómo pedirle a un extraño que me deje quedarme en su casa –tartamudeé en busca de las palabras–. Yo, yo ni siquiera sé por dónde empezar.

–No te preocupes –dijo Brooke poniendo su mano sobre la mía. Disfruté el contacto, contando lentamente hasta cinco, luego aparté mi mano. Ella caminó hasta la puerta y Boy Dog y yo la seguimos. La señora Glassman abrió con expresión confundida.

–¿Sí? ¿Hay algo que pueda…? ¡Marci! –su mirada se encendió al reconocernos. Había olvidado que le habíamos dicho ese nombre–. ¡Y David! No esperaba volver a verlos. ¿Qué los trae a Dillon? –su expresión se ensombreció repentinamente–. Oh, por favor, díganme que ya han escuchado las noticias; no podría soportar ser yo quien se la diga.

–Lo vimos en la televisión –asintió Brooke y me sorprendió al abrir sus brazos y acercarse para abrazar a la señora Glassman. Ella le devolvió el abrazo, arrullándola suavemente–. Conocimos a Derek la noche en que llegamos aquí; supongo que fue dos días antes de que él muriera. Pasamos un tiempo con él y sus amigos y no puedo evitar pensar que… que tal vez si nos hubiéramos quedado unos días más, él podría haber estado en otro lugar, o haciendo otra cosa, y tal vez él no habría…

–Deja de hablar así inmediatamente –dijo la señora

Glassman acercándose y mirando a Brooke a los ojos–. No es tu culpa y no pienses ni por un minuto que lo es.

–Lo sé –respondió Brooke–. Lo sé, pero es solo... Supongo que ha sido más duro para el resto de ustedes.

–Si fue culpa de alguien, fue mía, por no haber hecho que esa familia regresara a la iglesia cuando dejó de asistir.

–¿Había reunión en la iglesia la noche en la que fue asesinado? –pregunté. La señora Glassman me miró curiosamente, como si mi pregunta la hubiera sorprendido.

–La iglesia es una ayuda y protección. Si hubieran tenido al Espíritu Santo en su hogar esto nunca habría pasado.

–Pensamos que estaría bien regresar para el funeral –dijo Brooke–. Solo estamos viajando, conociendo el país antes de regresar a la universidad. ¿Usted sabe cuándo será?

–El lunes, si la policía ha acabado para entonces. Luke dice que lo harán.

–Luke –repetí, recordando el nombre. Ella lo había mencionado antes... ¿uno de sus parientes?

–No tenemos mucho dinero –dijo Brooke–. ¿Hay algún... motel realmente económico en la ciudad?

–El Stay-Thru, pero es terrible –respondió negando con la cabeza–. Cobran demasiado para la basura que ofrecen, y si cobraran menos solo sería peor. Hay una posada, claro, pero es absurdo y estoy segura de que les encontraremos un lugar donde quedarse. Les ofrecería la habitación de huéspedes, pero Luke está en ella, naturalmente, así que está ocupada. Tal vez con Ingrid.

–Luke es su hermano –dije–. Se fue justo cuando llegamos el domingo.

–Buena memoria –comentó la señora Glassman mientras caminaba hacia la calle, indicándonos que la siguiéramos–. Está aquí por la investigación. Está con la policía estatal.

Miré a Brooke y la seguí mientras ella alcanzaba a la señora Glassman conversando. No fuimos muy lejos –el pueblo era demasiado pequeño para tener algo "lejos"–, aunque las calles estremecedoramente vacías hicieron que la caminata pareciera más larga. Sentía que todo el pueblo nos estaba observando por sus ventanas y me sentí aliviado de que estuviéramos con un miembro conocido de la comunidad. La idea de Marci de que ir a la iglesia nos ayudaría a ser aceptados en la comunidad en lugar de ser intrusos era reconfortante; solo podía esperar que resultara ser cierto.

¿Y qué había de la iglesia en sí? ¿El comentario de la señora Glassman acerca de la protección era simple fe religiosa o era algo más? No sabíamos lo que Attina había hecho, ni cómo; ¿y si era algo como lo de Yashodh con su culto? ¿La familia de Derek habría sido castigada por dejar la comunidad? ¿Eso significaba que el Marchito que buscábamos era el pastor?

No eran más que vagas especulaciones. No tenía evidencia, solo simples teorías paranoicas. Había un Marchito en algún lugar en las sombras de ese pueblo, pero solo en una de ellas. Las demás sombras estaban vacías.

Eso esperaba.

Reconocí el auto de Ingrid en la entrada de una vieja casa de una planta, pero la señora Glassman nos llevó más allá, a la casa siguiente y, mientras nos acercábamos, pude ver que la figura en la casa vecina era la propia Ingrid. Estaba golpeando la puerta y llamando en una voz aguda pero fuerte.

–¡Vamos, Beth, no puedes esconderte allí por siempre!

–¿Asustada? –preguntó la señora Glassman mientras subía los escalones de la entrada.

–Está chiflada –dijo Ingrid y miró a la señora Glassman sobre su hombro–. No puedo hacer que... Ah, mi Dios, son ustedes. Bienvenidos.

–David y Marci eran amigos de Derek –dijo la señora Glassman.

Ingrid asintió como si acabara de reconocernos y me pregunté si habría olvidado nuestros nombres hasta que la señora Glassman se los recordó. Lo que significaría que la señora Glassman debía saber que los había olvidado y se los recordó astuta y sutilmente. ¿Por cuánto tiempo se habían conocido para entenderse tan bien? Cada minuto me convencía más de que nadie en ese pueblo había salido o entrado jamás. Nada había cambiado en Dillon por décadas.

Alguien habló desde el interior de la casa, pero no pude escuchar bien como para entender lo que decía.

–Dice que no saldrá –explicó Ingrid–. Tonta mujer –se acercó a la puerta y volvió a gritar–. Tienes que salir, hay una reunión de vecinos.

–¡Quédense adentro, donde están a salvo! –dijo la voz.

–Beth es un poco emocional –comentó la señora Glassman. Subió para pararse junto a Ingrid y le gritó a la puerta–. Estamos a cargo de los refrigerios, Beth. ¿Has preparado los brownies que te dije que hicieras?

–Nadie irá a la reunión –respondió Beth–. ¡Tenemos que quedarnos en nuestras casas y trabar las puertas! ¿Quieren ser cortadas en pedazos?

–Está peor cada año –dijo Ingrid–. No sé por cuánto tiempo más podrá quedarse sola en este lugar, y ese hijo suyo seguramente no se molestará en venir a verla. Tendremos que ser nosotras las que la pongamos en una casa de reposo, tú sabes.

La señora Glassman suspiró y volvió a golpear la puerta, aunque no gritó nada más. Escuchó por un momento y luego miró a Ingrid.

–Estos dos regresaron para el funeral, yo los recibiría, pero Luke está en casa. ¿Pueden quedarse contigo?

–Por supuesto, por supuesto –asintió Ingrid–. Ve qué puedes hacer con Beth, tengo que sacar mi pan de plátano del horno de todas formas –bajó las escaleras, nos sonrió a Brooke y a mí y nos guio hasta la casa–. ¡Vamos!

Miré a Brooke que me sonreía traviesa. Caminamos detrás de Ingrid atravesando el jardín entre las dos casas y le susurré en el oído:

–¿Cómo rayos…?

–Las buenas personas hacen cosas buenas para personas buenas –susurró Brooke.

–No nos conocen.

–Creen que lo hacen.

–No es suficiente para invitar a unos extraños a quedarse en tu casa.

–¿Te estás quejando? –Brooke se rio por lo bajo.

–Me estoy preguntando cómo es que estas personas pasaron tanto tiempo *sin* ser víctimas de un asesino serial.

–Este pueblo es tan pequeño que hace que Clayton parezca Ciudad Gótica –comentó Brooke–. Se conocen y confían unos en otros, y siempre ven lo bueno en las personas.

–Y mira a dónde llevó eso a Derek.

–Sí –asintió Brooke–. El único crimen violento en los últimos cincuenta años. Tienen una mentalidad realmente peligrosa.

–¡Pasen! –Ingrid había subido los escalones y abrió la puerta con una reverencia–. Perdonen que esté tan desordenado, es que he estado cocinando toda la mañana para la reunión de vecinos.

–No se preocupe –la casa olía a pan fresco y galletas calientes–, es perfecto. Y muchas gracias. Podemos pagarle… ¿haciendo los quehaceres, o algo? ¿Eso estaría bien? No tenemos mucho dinero…

–Por supuesto que trabajarán –dijo Ingrid con una ligera sonrisa de costado–. ¿Qué soy yo, el gobierno de los Estados Unidos? Alojamiento y comida, aunque me temo que soy estrictamente vegetariana, así que no habrá carne en mi mesa.

–Yo también lo soy –admití–. Le dije que esto era perfecto.

–La habitación está por aquí –indicó, guiándonos por un corto corredor a un trío de puertas; la del medio resultó ser un armario de ropa blanca del que tomó unas sábanas y toallas limpias. Luego abrió la puerta de la izquierda para revelar una habitación de invitados decorada en color rosa pálido y puntillas; una cama de tamaño matrimonial en medio, cubierta con un cubrecamas rosado tan grueso y adornado que sentí como si me hubieran hecho miniatura y colocado en una casa de muñecas. Pinturas de gatos y faros cubrían las paredes como el más adorable conjunto de hongos del mundo. Sentí deseos de voltear y salir corriendo. Pero el rostro de Brooke se convirtió en una enorme sonrisa y cubrió su boca para esconder la risa que ya estaba escapando a la superficie.

–Ah, sí –dijo, con apenas un rastro de risa en su voz–. Esto es perfecto.

–Pueden dejar sus cosas aquí –señaló Ingrid–. Y les pido que mantengan al perro fuera del cubrecamas; podemos hacerle una cama con algunas de mis viejas mantas de picnic más tarde. Pero por ahora, ¿podrían ayudarme a llevar estas cosas para la reunión? Considérenlo como su primer día de renta.

–Por supuesto –respondió Brooke y dejó su mochila sobre una mecedora de madera blanca. Luego señaló los cojines que decoraban la cabecera de la cama–. Cariño, ¿quieres el lado del cachorro o el del gatito?

–El del cachorro –dije dejando caer mi mochila sobre el piso de madera. Ella tendría la cama rosada y esponjosa para ella sola y yo dormiría en el suelo con Boy Dog, bloqueando la puerta. Como siempre.

Seguimos a Ingrid a la cocina y tomamos las bandejas llenas de toda clase de cosas horneadas: pan de plátano y zucchini cortado en rebanadas, platos de galletas glaseadas, bandejas llenas de pasteles rectangulares, brownies y galletas con chispas de chocolate.

–Me hubiera llevado muchos viajes hacer esto sola –dijo Ingrid–. Pero ahora que tengo a mis propios sirvientes todo este proceso será más sencillo –equilibramos las bandejas y los platos con cuidado y los llevamos afuera para cargarlos en el auto. Otros vecinos estaban saliendo de sus casas furtivamente, como perros guardianes que vigilan sus propias sombras, pero uno a uno comenzaron a llenar las calles, a pie o en sus autos. Incluso Beth estaba abriendo su puerta, como dirigida por las acciones de sus vecinos, aunque, al parecer, aún estaba dudando de si salir o no. Nos sentamos en el auto de Ingrid, sosteniendo los platos más preciados en nuestra falda, y ella condujo hasta la iglesia.

–¿La reunión es aquí? –preguntó Brooke.

–¿Dónde más? –preguntó Ingrid–. Es el edificio más grande de la ciudad además de la escuela, y allí no hay aire acondicionado. Aquí vamos –aparcó el auto y cargamos las cosas adentro.

Corey Diamond estaba apoyado contra la pared con Paul a su lado, conversando con dos chicas que parecían de su misma edad.

Corey levantó la vista en cuanto entramos a la habitación, observándonos sin mostrar ninguna emoción clara. *Justo como yo haría,* pensé. Nos siguió con la mirada mientras caminábamos por la habitación hasta una mesa para dejar las cosas de Ingrid. Los otros tres jóvenes no parecieron notar su distracción.

–Voy a regresar para ayudar a Beth y a Sara –nos dijo Ingrid–. Ustedes esperen aquí, hablen con Paul, es un gran chico. ¿Lo conocieron a él también?

–Bastante –respondí.

–Bien. Regreso en un instante.

Se marchó, y Brooke y yo nos quedamos parados incómodos por un momento, intentando identificar quiénes podrían ser los padres de Corey. Por el rabillo del ojo podía ver que él aún estaba mirándonos.

–¿Él sabe que sabemos? –preguntó Brooke.

–Aún no estamos seguros de nada.

–¿Deberíamos ir a hablar con él?

Una mano me tomó del hombro y me sobresalté un poco antes de voltear y reconocer al pastor.

–David y Marci –dijo–. Bienvenidos nuevamente. Aunque debo admitir que pensé que nunca volvería a verlos.

Corey sonrió ante mi sobresalto y comenzó a caminar hacia nosotros.

–Conocimos a Derek el sábado por la noche –respondió Brooke–. Cuando lo vimos en las noticias, nosotros... bueno, no lo conocíamos bien, pero fue agradable con nosotros. Pensamos que debíamos regresar a darle nuestros respetos.

–Lindo –dijo Corey–. Eso fue muy bueno de su parte.

–Corey –habló el pastor–. ¿Conociste a David y a Marci?

–Solo una vez –respondió sonriendo amablemente–. La misma noche en la que Derek fue amable con ellos.

Sabía que mentíamos y no estaba exponiéndonos. ¿Por qué no? ¿Qué esperaba obtener al cubrirnos? ¿Y por qué pensaba que estábamos allí, si sabía que lo que decíamos era mentira?

–Me gustaría hablar con ustedes más tarde, si es posible –nos dijo el pastor mirándonos otra vez–. Tengo una oficina en la iglesia, y estoy aquí casi todo el día. ¿Podrían pasar por allí un momento?

–¿Para qué? –intenté evitar parecer sospechoso.

–Solo para conversar –dijo y volvió a sonreír–. Parece que la policía está aquí, iré a preparar todo. Quédense con Corey, él les mostrará el lugar –caminó a la puerta, donde estaban los cuatro policías que acababan de llegar.

–Entonces –dijo Corey–. ¿Qué quieren que les muestre? Ya conocen el autocine.

¿Qué debía decirle? No esperaba un enfrentamiento directo tan pronto. Lo necesitábamos de nuestro lado, así que teníamos que ser amables. Y a pesar de mis sentimientos encontrados, él nunca nos había amenazado realmente, al menos no abiertamente. Yo era el que lo había hecho.

–Siento lo de la otra noche –dije–. Fue un día largo y difícil.

–No hay nada por qué disculparse –respondió él. Aún hablaba de manera cordial, aunque ya no sonreía–. Amenazaste a mi amigo con un cuchillo apenas dos días antes de que fuera cortado en pedazos. No hay nada por qué lamentarse.

Habló sobre la muerte –incluso bromeó sobre ella– con tanta calma. Como si no le molestara en absoluto. *Justo como yo haría.*

–Nosotros no lo hicimos –afirmó Brooke.

–Obviamente no –dijo Corey y sonrió.

Lo observé, intentando descifrar sus pensamientos. Era mejor leyendo a las personas de lo que solía ser, pero eso no era mucho decir. Él estaba tranquilo, confiado, incluso se burlaba ligeramente. En completo control de la situación. ¿Estaba intentando provocarnos o ejercer sobre nosotros el poder que ostentaba? Los policías pasaron junto a nosotros, tan cerca que uno de ellos rozó mi brazo con su uniforme. Una palabra de Corey y un testimonio confirmatorio de Paul, y seríamos los principales sospechosos de un terrible asesinato. Los policías siguieron su camino y Corey no dijo nada. ¿Qué estaba haciendo? ¿Qué quería?

–Vengan aquí. Déjenme presentarlos con mis amigos –comenzó a caminar hacia Paul y las chicas, pero Brooke y yo nos quedamos quietos.

–¿Qué está ocurriendo? –susurró ella.

–No tengo idea.

–Vamos –dijo Corey mirando hacia atrás.

–Sigámosle el juego por ahora –indiqué–. Esto es a lo que vinimos.

Caminamos hacia el grupo y vimos que las dos chicas con las que estaba hablando Paul eran casi idénticas, aunque una era claramente mayor. ¿Hermanas?

–Oigan, chicos –dijo Corey. Los tres nos miraron y los ojos de Paul saltaron de sorpresa–. Ellos son Dave y Marci. ¿Puedo llamarte Dave?

–Prefiero David –dije.

–Bien. Ya conocen a Paul. Ella es su novia, Brielle, y su hermana Jessica.

–No soy su novia –dijo la mayor de las chicas. Brielle. Puso los ojos en blanco, pero reía al hacerlo. Parecía de nuestra edad y supuse que Jessica estaba más cerca de los catorce.

–¿De dónde son? –preguntó Jessica.

–Kentucky –respondió Brooke.

–Eso es bastante lejos. ¿Qué los trae por aquí?

–Solo estamos de paso –respondí.

–Eso es lo que nos dijeron el sábado –replicó Paul, tenía el ceño fruncido con furia–. Ahora nuestro mejor amigo está muerto...

–Calma –instó Corey–. Ellos ni siquiera estaban aquí, estaban ¿en...? –dejó la frase abierta para que yo la completara; no podía ignorarlo sin lucir más sospechoso.

–Oklahoma –respondí. No pude pensar en ninguna otra ciudad pequeña por la zona más rápido, pero supuse que sería más sencillo mentir sobre una gran ciudad de todas formas. Nadie podría desmentir nuestra historia.

–Estaban ligando en el autocine el sábado por la noche –comenzó a hablar Paul, obviamente seguía furioso–. Nosotros llegamos, solo bromeando y este bastardo sacó un…

–Comenzamos con el pie equivocado –dijo Corey–. Y ya que tú y Derek estaban más que un poco ebrios, eso es perfectamente comprensible.

–Terrible –comentó Brielle–. ¿Otra vez? Ya veo por qué no respondías mis mensajes.

–Solo salimos a dar una vuelta –dijo Paul–. No fue nada.

–Shh –interrumpió Jessica–. Están comenzando.

Miramos al frente y vimos al pastor Nash subiendo al púlpito y ajustando el micrófono.

–Vecinos y amigos –comenzó–: Gracias por estar hoy aquí en esta trágica y solemne ocasión. Todos lamentamos la partida de Derek Stamper y transmitimos nuestro amor a sus padres, quienes aún están en la estación de policía trabajando con los investigadores. Pero nosotros tenemos nuestro propio trabajo que hacer, y para eso le daré lugar al oficial Davis de la policía estatal –luego se alejó y tomó asiento, y uno de los policías se puso de pie; era mayor que los demás, con el cabello corto, más gris que negro y una barba casi del mismo color y largo rodeando su rostro y mentón.

–¿Ese es el hermano de la señora Glassman? –susurré.

–No –respondió Corey–. El nombre de su hermano es oficial Glassman.

Lo miré de reojo y solo vi el rastro de una pequeña sonrisa. Supuse que eso debía ser bastante obvio, pero solo si sabías que la señora Glassman usaba su apellido de soltera. Ya lo sabíamos. ¿Eso nos decía algo?

La mayoría de las sombras están vacías, me recordé.

El oficial Davis caminó hacia el púlpito, lo miró dudoso y luego dio un paso al costado.

–Lo siento. Se siente extraño actuar como si fuera un predicador. Solo hablaré fuerte y ustedes háganme saber si no pueden escucharme atrás. Mi nombre es oficial Davis y estoy a cargo de esta investigación. Sé que este crimen es algo terrible, mucho más para ustedes que para nosotros; toda muerte es devastadora, pero ustedes conocían a ese chico, trabajaban y jugaban con él, lo educaban en la escuela y demás. Así que sé que es duro y estamos haciendo todo lo posible para terminar con esto pronto, darles una conclusión a todos ustedes y devolverles una sensación de seguridad. Pero necesitamos dos cosas de ustedes que nos serán de gran ayuda, y apreciaremos su cooperación. La primera, es que mantengan la calma. No se alteren, no causen problemas que puedan arruinar nuestros esfuerzos y, lo que sea que hagan, no se acusen unos a otros. Un pueblo pequeño como este puede volverse completamente desquiciado si comienzan a mirar con recelo a sus vecinos, y les sorprenderá la facilidad con la que una sospecha puede convertirse en un linchamiento o una caza de brujas. Así que sean cautos.

Había visto esa mentalidad colectiva en Clayton, cuando comenzaron los asesinatos hace tantos años y pensamos que se trataba de un asesino serial. La ciudad estaba lista para linchar a las personas que creían que estaban detrás de las muertes. En ese momento temía que todos me acusaran a mí, porque yo era el chico raro obsesionado con la muerte, pero esa es la clase de cosas que los chicos piensan cuando no entienden muy bien el mundo. Piensan que todo gira en torno a ellos. La mayoría de la gente de Clayton ni siquiera sabía quién era yo y, si lo sabían, no pensaban en mí dos veces. Pero, en ese momento, yo era un claro intruso.

Necesitaba cortarme el cabello y tratar de verme lo más cuidado posible. Y necesitaba descubrir cuál era el juego de Corey antes de que nos lastimara con él.

–La segunda cosa que necesito que hagan es un poco contradictoria de la primera –continuó el oficial Davis–, pero es parte vital de la investigación. Necesito que hablen con nosotros, no aquí en una asamblea pública, sino en privado, en nuestra oficina en la estación de policía o en la línea telefónica anónima que hemos instalado. Hay folletos con esta información junto a la puerta y pegados por la ciudad; además de eso, yo estaré aquí en la oficina del pastor Nash por un tiempo luego de esta reunión. Si saben algo, cualquier cosa, por favor háganos saber. Estamos comenzando casi de cero en este caso: no hay testigos, ni cámaras de seguridad, así que no tenemos una descripción para comenzar a crear un perfil o un retrato. Hemos recolectado mucha evidencia forense de la escena del crimen, pero procesarla lleva mucho más tiempo del que la televisión les hace creer, y puede no arrojar nada útil. Lo que nos ayudará a llenar esta grieta son sus observaciones. Si ven algo sospechoso o en especial si encuentran cualquier cuchillo o navaja desechada en algún lugar del pueblo, vengan a vernos inmediatamente. No les estoy pidiendo que acusen a sus vecinos porque creen que está actuando sospechoso, les estoy pidiendo que, si saben algo concreto, tengan el valor de recurrir a nosotros. La mayoría de las veces este tipo de criminales son atrapados cuando alguien cercano a ellos se involucra. Podemos protegerlos, podemos mantenerlos anónimos, podemos hacer lo que necesiten que hagamos, pero tienen que venir a nosotros o no podremos hacer nada.

Su discurso estaba tomando un camino peligroso y miré alrededor para ver cómo estaban reaccionando las personas. Tenía razón acerca de que los criminales eran descubiertos por las personas cercanas a ellos. En algún lugar de este pueblo, alguien había terminado el lunes cubierto de sangre y eso implicaba que en algún lugar estaban las prendas ensangrentadas, o incluso solo un vacío en el armario de alguien. Si era Corey, atraparlo sería tan simple como que su madre se preguntara dónde estaba ese par de jeans desgarrados, o que encontrara un rastro de sangre alrededor del drenaje de la ducha. ¿Podría entrar a la casa de Corey? ¿Siquiera sabría qué buscar? No tan bien como lo sabría su familia, pero si él había cubierto bien sus pasos, ellos ni siquiera lo notarían.

Del mismo modo, ser totalmente directo y decir "los familiares de la víctima son los mejores para atraparlo", sería poner a esos familiares en un peligro inminente. Si Attina estaba camuflado como un simple adolescente y pensaba que alguien en la casa sospechaba algo, podría matarlos para intentar cubrir sus pasos y hacerlo pasar como otro ataque al azar. Incluso si Attina decidía cambiar de ciudad, podría lastimar a su familia sustituta en el camino, para evitar que compartieran más información útil.

Miré a Corey y lo descubrí mirándome también. ¿Cuánto sabía en realidad?

Un hombre alto con el cabello ligeramente canoso levantó la mano. Habló con una especie de confianza furiosa.

–¿Piensan que el asesino atacará otra vez?

–Es demasiado pronto para decirlo –respondió el oficial Davis–. Y les pido que no especulen al respecto; podríamos suponer muchos detalles posibles, pero cuando comenzamos a extrapolar más allá de la información disponible, lo único que obtenemos es paranoia infundada.

–Pero escuchamos de esta clase de asesinatos todo el tiempo –dijo el hombre–. No se necesita un diploma en criminalística para saber que este no fue un crimen pasional; quien lo haya hecho se tomó su tiempo y eso me suena jodidamente como a un asesino serial –hubo murmullos de asentimiento y el oficial Davis levantó la voz para hablar sobre ellos.

–El tiempo que se tomó el asesino es un factor en nuestra investigación. Pero les recuerdo que, sin más información, el tiempo extra puede no significar nada; puede ser un asesino serial, pero también puede ser simplemente un momento de pasión que se salió de control, seguido por un desesperado y fallido intento por esconder el cuerpo. Les pido disculpas por hablar tan francamente, pero esto es importante y quiero asegurarme de que lo entiendan: hay literalmente múltiples explicaciones para cada aspecto del caso y en este punto no tenemos suficiente información para siquiera restringirlas, ni mencionar para dar con la explicación correcta. No estamos aquí para suponer lo que ocurrió, estamos aquí para descubrir la verdad, así que no hagan suposiciones. No saquen conclusiones apresuradas. No comiencen a imaginar escenarios basados en suposiciones, porque eso hará pedazos este pueblo.

–Palabreríos –murmuró Corey.

–Gracias por venir –concluyó el oficial Davis–. Estaré en la oficina del pastor Nash durante la siguiente hora si alguien desea hablar conmigo. Si prefieren hacerlo en privado nuestra línea está abierta las veinticuatro horas del día. Disfruten los bocadillos –las personas comenzaron a gritarle preguntas, pero él bajó del podio y caminó con el pastor hasta la habitación trasera.

–Esto es escalofriante –dijo Jessica.

–Dah –expresó Paul.

–Él era tu mejor amigo, idiota –replicó Brielle pateando su pierna.

–Eso es lo que digo –dijo Paul–. No tienes que decirme que el asesinato de mi mejor amigo es escalofriante porque: dah. ¿Qué más podría ser?

–Podrías al menos ser considerado al respecto –insistió Brielle–. Jessica no lo mató, no te descargues con ella.

–¡Todo lo que dije fue "dah"! –protestó Paul.

–Qué bien –dijo la señora Glassman acercándose a nosotros–. Ya se han encontrado con otros jóvenes –había un hombre junto a ella, pero parecía más molesta que otra cosa por él–. Y estos son buenos chicos, pongo las manos en el fuego por ellos como su bibliotecaria.

–¡Ella es una gran bibliotecaria! –dijo el hombre con una sonrisa.

–Hablando de la biblioteca... –Sara ignoró el comentario–, Jessica, ¿has terminado Sherlock? Está vencido otra vez.

–¿Cuántas veces lo has terminado? –preguntó Brielle.

–¿Puedo quedármelo solo un tiempo más? –preguntó Jessica–. Estoy intentando escribir un guion para una de las historias.

–¿Como para una película? –preguntó Brooke.

–Quiero subirla a YouTube –respondió Jessica, con la vista baja hacia el suelo y la voz casi como su suspiro.

–Genial –afirmó el hombre–. Tal vez podamos pasarla en la biblioteca.

–Randy, tenemos que hablar –dijo Sara suspirando. Se fue con él y Brielle se rio por lo bajo.

–Randy está enamorado de ella –comentó–. Y ella no logra convencerlo de que no está interesada.

–Es como un cachorro –agregó Jessica.

Corey y yo nos mantuvimos callados, observando y escuchando.

–Quiero unas galletas antes de irnos –dijo Paul–. Bree, ¿tú quieres algo?

–Vamos –Brielle se puso de pie, tomó su mano y caminaron hacia la multitud frente a la mesa de bocadillos. Jessica nos miró a Brooke, a mí y a Corey con incomodidad y fue tras ellos. Ingrid se acercó a nosotros.

–Se dan cuenta de lo que tenemos que hacer ahora –dijo–. Un programa de vigilancia de vecinos –tomó un pequeño bocado de pan de plátano y se limpió la boca con una servilleta–. Nos ayudará a detectar cualquier actividad sospechosa, pero también ayudará a controlar cualquier acusación antes de que se salga de control –miró a Corey–. ¿Tus padres estarán interesados en unirse a un grupo de vigilancia de vecinos?

–No veo por qué no –respondió él–. Puedo ir a preguntarles –me miró una última vez, una especie de reconocimiento evasivo, que no fue ni una sonrisa ni un reto, y se alejó.

–Aún no he hablado con Beth –dijo Ingrid–, pero ella siempre está de acuerdo con todo. Y estoy segura de que puedo hacer participar a Sara también.

–Nosotros también –dije.

–No tienen que molestarse. Ni siquiera son parte del vecindario.

–Es lo menos que podemos hacer –insistió Brooke–. Nos han ayudado y queremos ayudarlos.

–Eso es maravilloso. Digan lo que quieran sobre los jóvenes de los Estados Unidos, en Dillon los criamos bien. Y de donde sean ustedes también.

Un programa de vigilancia de vecinos nos daría la excusa perfecta para circular por el vecindario conociendo a las personas. Nuestro plan estaba funcionando a la perfección.

Pero Attina tenía su propio plan, y el comportamiento de Corey me había convencido de que no tenía idea de cuál podía ser.

CA
PI
TU
LO 16

Tomé un bocado de lo que fuera que encontré en la mesa de bocadillos, sin prestar atención de qué era.

–Habla con Corey –le pedí a Brooke.

–Él no me agrada –dijo mirándolo a través del salón atestado de la iglesia.

–Probablemente sea un Marchito –respondí–, y seguramente un asesino. Me preocuparía si te agradara. Pero no tiene que gustarte, solo… tienes que hablar con él. Necesitamos llegar a conocerlo mejor y yo no le agrado. O al menos sabe que hay algo más conmigo. Tú puedes ir a hacerte amiga.

–¿Quieres que coquetee con él?

–No dije eso.

–Pero eso es lo que querías decir. Quieres que sonría, me sonroje y me ría de sus chistes, y que haga que yo le guste.

–Solo digo que eres mejor que yo en esto.

–Porque soy una chica.

–Porque yo soy un sociópata. No somos encantadores.

–Sí lo son –dijo ella–. Ted Bundy era la persona más encantadora que sus víctimas habían conocido.

–No soy Ted Bundy.

–Pero él podría serlo y tú quieres que vaya a hablar con él.

–¿Le tienes miedo? –pregunté–. ¿A cuántos Marchitos nos hemos enfrentado?

–Esto es diferente. Él es un adolescente; eso requiere una clase muy específica de interacción y no puedo hacerlo. Tal vez antes, pero no... así.

–Tenemos que llegar a conocerlo –dije–. No estaremos en esta reunión juntos por siempre, lo que significa que necesitamos saber a dónde irá después. Ya nos presentó con su círculo social, así que todo lo que tenemos que hacer es meternos en él.

–No lo sé –respondió con una mueca mientras miraba al pequeño grupo–. ¿Qué puedo decir? Soy terrible en esto.

–Eres genial hablando con las personas. Tú fuiste la que me invitó a nuestra primera cita.

–No voy a invitarlo a una cita.

–Eso no es lo que quería decir. Solo digo que eres una persona sociable; sabes todo sobre todos, porque hablas con ellos. Hablaste con la chica del auto durante horas ayer.

–Ella no era un chico.

–¿Qué... te atrae?

–Por supuesto que no –respondió. Sus puños estaban apretados y prácticamente saltaba sobre las puntas de sus pies–. Es algo cultural; hay ciertas formas en las que una chica le habla a un chico y son diferentes en cada etapa de la historia, a veces en cada año. Y el 99,99% de mi experiencia en esa área tiene siglos de antigüedad. No puedo hacerlo. No puedo hacerlo –estaba presionando los dientes y reconocí las señales demasiado tarde: estaba teniendo un episodio. Tomé su mano y cambié la estrategia de inmediato.

–Está bien –dije–. Podemos hacerlo juntos.

–Me pediste que lo hiciera por una razón. Si fuera algo que pudiéramos hacer juntos, lo habríamos hecho juntos.

–*Podemos* hacerlo juntos.

–Lo arruiné. Si fuera Brooke podría hacerlo, pero no soy más que un montón de chicas muertas. No puedo hacer nada.

Me paré frente a ella, aún sosteniendo su mano y mirándola directo a los ojos. Hablar con el grupo de Corey podía esperar; salvar a Brooke era lo más importante en el mundo en ese momento.

–Mírame. ¿Puedes verme?

Estaba respirando demasiado rápido.

–Brooke, ¿puedes verme? ¿Cómo me llamo?

–No soy Brooke.

–Está bien. Eres tú y está bien. ¿Quién soy yo?

–Tú intentas salvarme –dijo cerrando los ojos. Se filtraron lágrimas por sus pestañas–. Eso significa que estoy teniendo un ataque, lo que siempre hago cada vez que tenemos que hacer algo importante. Tenemos que hablar con ellos y lo estoy arruinando.

–Olvídate de ellos. Eres increíble y no estás arruinando nada.

–¡Deja de decir eso! –exclamó y noté que las personas a nuestro alrededor estaban comenzando a mirarnos–. Crees que dices que quieres ayudarme, pero todo lo que estás diciendo es que yo necesito ayuda. Que no puedo hacerlo sola. Estoy quebrada; soy cientos de miles de chicas y cada una de ellas está quebrada…

–Marci –dijo Ingrid separándose de la multitud–, ¿todo está bien?

Brooke tomó sus manos, intentando liberarse de mi presión en sus muñecas, pero sus movimientos eran firmes, no débiles, como si estuviera luchando físicamente no solo conmigo sino con ella misma.

–Estás bien –susurré.

–¿Marci? –preguntó Ingrid.

–Sí lo estoy –dijo Brooke. Se enderezó y me miró a los ojos. Supe por el modo en que se paró que se trataba de Marci–. ¿Quieres que vaya a conquistar a alguien? Para eso estoy aquí.

Tiró de sus muñecas otra vez y la dejé ir. La depresión había desaparecido como si se hubiera presionado un interruptor, y fue reemplazada por una confianza descarada. Caminó hacia Corey y sus amigos y comenzó a conversar alegremente, sonriendo, riendo, incluso tocando ligeramente su brazo.

–No es asunto mío –dijo Ingrid y se alejó.

Marci no lucía desesperada, ni como si intentara impresionar a nadie, ni siquiera como si intentara coquetear. Solo parecía como si conociera a los otros chicos hacía años y encajaba en su grupo a la perfección.

Tomé otro bocado de lo que fuera la cosa horneada que tuviera en la mano. Pan de zucchini, resultó ser. Lo miré, luego a Marci otra vez. Todo lo que le había pedido a Brooke era que hablara con él; teníamos que hablar con él, así que le pedí a ella que lo hiciera. Pero le había dolido tanto que huyó, escondiéndose en su propia mente y recurriendo a alguien que pudiera hacer el trabajo por ella.

¿Marci estaba ayudando a Brooke con una situación que ella no podía enfrentar? ¿O estaba robándole su vida segundo a segundo?

¿Y a cuál de las dos quería yo: la chica inteligente y hábil a la que amaba, o la chica arruinada que deseaba morir?

Dejé el pan y los observé conversar.

Unos diez minutos más tarde, Corey y Paul se alejaron y Jessica y Brielle salieron con ellos. Marci regresó conmigo, levantando las cejas dramáticamente, algo que Brooke nunca había hecho, pero que había visto a Marci hacer cientos de veces.

–Están comiendo de mi mano –dijo. Tomó mi pan de zucchini y se lo metió todo en la boca–. Resulta que este pueblo tiene una heladería con el adorable nombre de Kitten Caboodle. Nos encontraremos con esos jóvenes damas y caballeros allí esta noche.

–"Comiendo perros calientes fuera del Tastee-Freez" –asentí.

–¿Qué?

–Un rock clásico.

–Bien –dijo Marci–. Pero primero, ¿qué tal un ligero agradecimiento? Soy como… la mejor amiga en el mundo de Brielle, tras diez míseros minutos.

–Sí –asentí, reprendiéndome a mí mismo en silencio–. Estuviste increíble. Si yo pudiera hablar con las personas con tanta facilidad, yo… ni siquiera sé que haría. Tendría una vida más feliz, por empezar.

–Y tú haces cosas que yo no puedo hacer. Somos un gran equipo.

–Sí –asentí, mirando la puerta abierta–. Entre los dos creo que hacemos una persona completa.

Nos quedamos un rato más en la iglesia, conocimos a algunos miembros importantes de la comunidad intentando vernos lo más inocentes y devotos posible. Incluso pensé en recitar alguna de las citas que conocía de la biblia, pero decidí que su fuerte foco en la muerte haría que las cosas fueran más escalofriantes en lugar de esperanzadoras. Que Ingrid estuviera con nosotros hacía maravillas, todos en el pueblo parecían conocerla y respetarla. Aprovechamos al máximo la buena voluntad que ella inspiraba. Incluso hablamos con los padres de Corey, Steven y Jennifer, aunque fue solo una conversación de rutina para llegar a agradarles. La verdadera pregunta vendría más adelante. Cuando todo acabó, ayudamos a limpiar y llevar los platos a casa; no solo a la de Ingrid, también a la de Beth. Ella caminaba detrás de nosotros, señalando cuánto más radiante lucía el vecindario una vez que todos dejaron de esconderse y comenzaron a hacer grandes planes para la vigilancia vecinal.

En la casa, desempacamos algunas de nuestras cosas y colgamos nuestra ropa limpia en el armario de la habitación rosada para que se aireara un poco y tuviera oportunidad de oler a un hogar en lugar de a ruta. Más tarde, lavamos todos los trastes sucios de Ingrid y luego caminamos hasta la calle principal en busca de un lugar donde hacerme un verdadero corte de cabello. Encontramos un salón con una sola estilista, una mujer llamada Cindy, que cortó mi cabello y rebajó el corte carré de Marci hasta un corte pixie. Nos quedaron dos dólares con once centavos.

Salimos afuera, donde habíamos dejado a Boy Dog atado y miramos alrededor. Yo sacudí mi cuello, intentando quitar los restos del cabello cortado que me provocaban comezón. Ya había pasado la hora de la cena, pero nos habíamos llenado con pan y brownies en la reunión, y estábamos tan acostumbrados a estar hambrientos que no sentíamos necesidad de comida. Caminamos dos calles hasta Kitten Caboodle, lo que resultó ser un pequeño puesto sin mesas en el interior; solo una ventanilla de autoservicio atrás y otra ventanilla al frente, junto a una extensión de concreto con cinco mesas redondas. Eran de un color rojo brillante, hechas de fibra de vidrio vieja y rayada, y estaban unidas a estructuras metálicas con bancos semicirculares. Las estructuras, a su vez, estaban encadenadas al suelo y me pregunté qué broma infantil habría requerido tomar esa medida. Le pedimos al empleado un recipiente descartable con agua para Boy Dog y nos sentamos bajo la luz de la noche a esperar.

–¿Qué día es? –preguntó Marci.

–Miércoles.

–Qué día del mes, quiero decir.

–Julio, algo –pensé un momento–. Estaba en las noticias que vimos el otro día, así que suma dos y ahí lo tienes. Aunque no recuerdo a qué sumarle dos.

–Julio –repitió Mari–. ¿Dónde estabas para el cuatro?

–No lo sé. En la ruta, en algún lugar.

Las chicas llegaron primero y se pusieron a hablar sobre el cabello de Marci.

–Siempre quise probar tenerlo tan corto –dijo Brielle acariciando su propio cabello largo–. Pero creo que mis padres harían un escándalo. Y Paul lo odiaría.

–¿A Paul le gustas tú o tu cabello? –preguntó Marci.

–Le gusta su trasero –dijo Jessica.

–¿Puedes culparlo? –comentó Brielle con una sonrisa.

–Pero, en serio –continuó Marci–. Si le gustas, será sin importar cómo luzca tu cabello.

–La gente siempre dice eso –respondió Brielle–. Pero a mí me suena muy egoísta. No soy la única en esta relación.

–Eres la única que lleva tu cabello –comentó Jessica.

–Pero tienes que adaptarte un poco a alguien que te gusta. Si fuera gran cosa, claro, me cortaría el cabello. Pero si en verdad me da igual y a él realmente le importa, ¿por qué no dejarlo largo?

–¿Qué clase de cosas hace él para adaptarse a ti? –preguntó Marci.

Brielle hizo un mohín y no respondió. Luego de un momento, me miró a mí.

–¿Tú que piensas, David? A los chicos les gusta el cabello largo, ¿no es así?

–No me gusta tener que acomodarlo detrás de mis orejas todo el tiempo –respondí. No era lo que ella preguntaba, pero solo estaba prestando atención a medias y el sarcasmo, al parecer, era mi estado por defecto. Miré hacia la calle, ¿dónde estaba Corey? ¿Hacer que lo esperáramos en un lugar y momento específico era una trampa? ¿Intentaría lastimarnos tan públicamente?

–Quiero decir, en chicas –agregó Brielle–. Paul o no, en toda la humanidad, es un cabello atrapa chicos.

La miré y admití que en verdad tenía un cabello increíble. Se veía bien en la iglesia, pero obviamente se había hecho algo desde entonces; lucía espeso y con ondas y brillaba perfectamente bajo la luz del atardecer. Me imaginé peinándolo, sobre una mesa de embalsamamiento, una y otra vez hasta que brillara como el oro…

–No se trata del cuerpo –respondí–. Sino de quienquiera que esté dentro de él.

Miré a Marci, dentro del cuerpo de Brooke. Ella me miró también, sin decir nada y luego volvió la vista hacia Brielle.

–Como si fuera tan simple, ¿no?

–No quiero un novio hasta la universidad –comentó Jessica–. Todos los chicos son unos idiotas

–Tú lo has dicho –dijo Marci mirándome con una sonrisa malévola.

–Los chicos no son tan malos –afirmó Brielle.

–No me refiero a todos los chicos del mundo –continuó Jessica–. Sino a todos los chicos de aquí. Son los mismos chicos que conozco desde el kínder. Branden Cole es el más lindo de mi clase y vomitó sobre mí en un día de campo en el kínder.

–Si no quieres chicos que vomiten sobre ti, la universidad será una gran sorpresa –dijo Marci. La miré, intrigado por el comentario, ella había muerto durante el tercer año de secundaria. Pero supuse que tendría muchos recuerdos mezclados con los suyos, recuerdos de chicas a las que Nadie había asesinado cuando eran mayores que ella. ¿Habría estado en una universidad alguna vez, pensando que la vida perfecta que deseaba estaba allí? Me pregunté cuánto habría durado eso y qué clase de vida, si es que existe alguna, la hubiera complacido finalmente. Y me pregunté cuánto de esa inestabilidad de Nadie seguiría allí, latente en la mente fragmentada de Brooke.

–Me encantan tus reflejos –dijo Brielle mirando el cabello rubio de Brooke otra vez–. ¿Son naturales?

–¡Lo son! –respondió Marci–. Y a mí también me encantan. Es algo curioso ser rubia…

No me miró, pero supe por su pausa que se había quedado helada ante su repentino desliz. Marci había tenido el cabello negro toda su vida.

–¿Lo teñiste? –preguntó Jessica.

–Lo tuve negro un tiempo –respondió acariciando el cabello de Brooke con sus dedos–. Así es genial, pero… a veces extraño el cabello de antes.

–Te ves genial rubia –dijo Brielle–. Te queda.

Corey llegó desde atrás del puesto de helados, caminando despacio, como si quisiera sorprendernos, pero vi a Boy Dog mover la cabeza. Giré la mía justo a tiempo para ver a Corey por el rabillo del ojo.

–Bienvenido al Kitten Caboodle –dije reuniendo toda mi fuerza de voluntad para no mirarlo directamente; para dejar que se acercara por mi espalda. Por un momento estuve aterrado.

–Lo llamamos solo Caboodle –respondió Paul caminando tras Corey.

–¿Es el apellido del dueño? –preguntó Marci con la mirada animada–. ¿Eso significa que su primer nombre es Kitten?

–Espero que no –respondió Paul.

–Es solo un nombre lindo –comentó Brielle–. No creo que signifique nada.

–Es un juego de palabras –dijo Jessica.

–Obviamente lo es –aseguró Paul–. Pero más allá de eso.

–Cinco-cero –dijo Corey mirando hacia la calle más allá de nosotros. Volteamos y vimos a un hombre caminando hacia nosotros, se pavoneaba en su uniforme de la policía estatal.

–Demonios –soltó Brielle, murmurando tan bajo que apenas podía escucharla–. Oficial Cariñitos.

–Buenas noches, señoritas –saludó el oficial–. ¿Estos chicos están molestándolas?

–No, señor Glassman –respondió Brielle.

–Oficial Glassman –dijo él. Miré su gafete y vi el débil rastro de un nombre que debía ser Glassman; luego miré su rostro y vi claras facciones de Sara en él; la misma nariz, la misma forma en sus mejillas. Definitivamente era su hermano. Miró a Jessica y a Brielle, tomándose un momento más largo del necesario con cada una, luego miró a Marci–. Tú eres nueva en la ciudad.

Y allí estaba ese viejo sentimiento familiar; no de odio, sino una repentina y cristalina claridad: podría matar a ese hombre sin el más mínimo cambio en mi ritmo cardíaco.

No.

–Solo estoy de paso –respondió Marci. Su eterna jovialidad había desaparecido, reemplazada por un rudo rechazo. Lo reconoció, le dio la mínima respuesta y luego miró hacia otro lado. Miró a Corey, ¿por qué a Corey entre toda la gente?, y señaló el puesto de helados con la cabeza–. ¿Vamos a pedir algo?

El ceño profundamente fruncido del oficial Glassman reflejó que no le agradaba ser ignorado y que tenía la autoridad para hacer que lo notáramos.

–¿Cuál es tu nombre? –preguntó. Y, casi inconscientemente, me miró a mí también–. Tú también, niño, ¿cuál es tu nombre?

–David –respondí.

–¿Tienes identificación?

–¿Qué sabores tienen? –preguntó Marci aún mirando a Corey.

–Pregunté tu nombre –repitió Glassman un poco más fuerte.

–Marci –respondió ella–. ¿Usted es de por aquí?

Era obvio que Glassman era un patán y, a juzgar por su apodo de Oficial Cariñitos, tenía una reputación. A juzgar por la expresión de incomodidad de Corey y Paul, pero de claro disgusto de Jessica y Brielle, no era difícil adivinar cómo había obtenido ese apodo. La expresión de su rostro se debatía entre lascivia y enojo; apenas podía mantener la mirada apartada de las piernas de Jessica, visibles por sus pantalones cortos. Y, cada vez que su mirada cambiaba de lugar, era para ver a otra de las chicas, muy por debajo de sus ojos. Los chicos locales estaban todos en silencio, dejando implícito que esa clase de cosas ocurrían muy a menudo como para ser familiares, pero nunca pasaban a mayores como para tener que pelear. Supuse que él nos fastidiaría un poco, tal vez miraría a las chicas, y luego se iría. Seguramente no intentaría nada en medio de la calle principal.

Pero aún podría insistir en ver nuestras identificaciones. Y parecía la clase de hombre que, si no podíamos mostrárselas, aprovecharía la oportunidad para demostrar su autoridad. Perderíamos todo lo que habíamos conseguido, justo allí, en Caboodle.

–Crecí aquí –respondió Glassman–. Los primeros habitantes de Dillon eran Glassman.

–¿Trabajaban el vidrio? –preguntó Marci. No sonrió al decirlo, no estaba coqueteando, pero definitivamente estaba jugando con él. Fingiendo interés en su historia para hacerlo sentir importante, intentando apaciguar la inicial explosión de enojo que lo había llevado a pedirnos identificaciones. Ignorarlo había sido su primera estrategia y había salido mal; ahora intentaba que fuera amigable.

–Supongo... –dijo Glassman–. No lo había pensado realmente.

–Tal vez lo hacían en Inglaterra –continuó Marci–. Y luego, al llegar aquí, comenzaron con la agricultura. O ganadería, supongo –arrugó la frente y la nariz, y movió sus labios en un adorable gesto de inocente confusión. Me preocupó que estuviera yendo demasiado lejos–. ¿Hay muchos ranchos por aquí?

–Es una zona maicera –respondió Paul–. Bueno, ahora. Mucho solía ser de trigo...

–Los subsidios del estado cambiaron los cultivos –dijo Glassman, recuperando la atención sin siquiera mirar en dirección a Paul–. Biocombustibles y demás. No es rentable cultivar nada más que maíz en estos días.

–Ser policía es mucho más interesante, de cualquier manera –afirmó Marci, pero la expresión de Jessica cayó tan repentinamente cuando lo dijo que supe que había metido la pata de algún modo, tropezando con alguna trampa invisible de Dillon.

La mirada del oficial Glassman se ensombreció, sus cejas fruncidas estaban juntas y sus pupilas parecieron más oscuras bajo su sombra.

–¿Tiene algún problema con la policía estatal, *missy*?

–Marci –dijo ella, y Glassman y yo la miramos sorprendidos; él ya estaba enfadado y ella lo corrigió, tan desafiante como pudo. Pero en el momento en el que él estaba por comenzar a quejarse, ella se echó a reír con fuerza, agudas carcajadas que parecían sacudir todo su cuerpo. Cubrió su boca con la mano y alzó las cejas, intentando calmar la risa y luego comenzó a disculparse a toda velocidad–. Ah, lo siento, lo siento, pensé que estaba diciendo mi nombre, por eso le dije que era Marci, soy *tan* cabeza hueca, lo siento mucho, por favor, lo siento –lucía tan arrepentida como podía lucir una persona que intentaba no reírse y su risa era tan contagiosa que Glassman y Paul comenzaron a tentarse con ella. Ninguno de los otros lo hicimos, aunque yo intenté sonreír para mantener la atmósfera general.

–No hay problema, Marci –dijo Glassman. Dudó un momento, con la guardia tan baja que no sabía qué decir a continuación–. Así que, ¿están aquí por helado?

–¿Qué sabor recomienda? –preguntó ella, recobrando la compostura con la calma suficiente para que la risa pareciera sincera. Luego secó una lágrima de su rostro para completar el efecto.

–Frambuesa –respondió Glassman–. Dillon es famoso por sus frambuesas.

–Increíble –comentó Marci y saltó de su asiento sobre la mesa roja rayada–. ¡Gracias! Vamos chicos –nos invitó moviendo su cabeza, mientras metía sus manos en los bolsillos traseros de sus jeans y le daba la espalda a Glassman para ir al puesto de helados.

Los demás hicimos lo mismo y seguimos a Marci, mientras Glassman quedaba parado solo como un tonto mirándonos, totalmente derrotado en el juego de ajedrez verbal de Marci. No intentó detenernos, la conversación había llegado al final tan naturalmente que no tenía cómo protestar. Esperé último, dejando que los demás formaran la fila mientras yo observaba el rostro de Glassman. La última en irse fue Jessica. Al levantarse se le cayó el celular. Se detuvo para levantarlo, con expresión de temor de haber roto el hechizo de algún modo, pero todo lo que Glassman podía ver era su trasero, inclinado y apuntando directo a él, perfectamente delineado en sus pantalones ajustados. Lo observaba y lo vi tragando saliva y apretando sus puños. Miré para otro lado, no quería que notara que lo había visto. Cuando Jessica pasó junto a mí me puse directamente tras ella, bloqueando la visión de Glassman.

En la heladería, hablamos tonterías, sin atrevernos a mirar atrás. Luego de uno o dos minutos giré lo más discretamente posible, con la esperanza de no verlo parado en el mismo lugar. Pero la verdad resultó casi tan mala: estaba cruzando la calle, sentado en su patrulla, observándonos.

No podía decirlo con seguridad a la distancia, pero hubiera apostado a que estaba mirando directamente a Jessica.

–Gracias por deshacerte de él –dijo Brielle–. Y, por favor, enséñame a hacer eso.

–Aún no se ha ido –señaló Corey. Ni siquiera lo había visto mirar. Jessica volteó y miró a la patrulla.

–Maldito Cariñitos –soltó Paul–. Ese tipo me da escalofríos.

–Y tú no eres al que desnuda con la mirada –comentó Brielle.

–Parece que hace eso muy a menudo –dije.

–Eso se rumorea –añadió el chico detrás del mostrador.

–Siempre fue un poco toquetón –dijo Brielle–. Pero luego de que salió de Dillon para unirse a la policía estatal supimos de una chica en otra ciudad...

–Crosby –intervino Paul.

–No –corrigió el chico tras el mostrador–, fue en Taylorsville.

–Fue en algún lado –interrumpió Brielle–. Nadie sabe exactamente lo que ocurrió, pero es un completo pervertido.

–Suena como una leyenda urbana –dije.

–Definitivamente ocurrió –aseguró Paul–. Conocí a un tipo que conocía a la chica que atacó.

–Si eso realmente hubiera ocurrido, él no seguiría siendo un policía –dijo Marci. Su padre era policía–. Odian a los pedófilos más que a nada.

–Tal vez –asintió Jessica, no parecía convencida.

–Tú has visto la forma en que nos miraba –añadió Brielle–. Incluso si no hubo una chica en Cosby o donde fuera, habrá una algún día. En algún sitio –Glassman encendió su móvil policial y salió a la calle, alejándose. Brielle lo observó con ojos fríos–. Si él se acerca a ti, Jess, lo mataré.

CAPÍTULO
17

Comenzó con un grito. Distante, al parecer, pero nada en Dillon estaba tan distante. Más tarde supe que llegaba de unas pocas calles de distancia de nuestra habitación de invitados en casa de Ingrid, lo que no es mucha distancia para escuchar un grito. Aunque es bastante distancia como para despertar a alguien. Yo estaba recostado en el suelo y abrí los ojos, sin saber con certeza qué me había despertado. Brooke dormía sobre la cama; no me permití mirarla, pero escuché que su respiración era calma y constante. Boy Dog roncaba en el suelo. Yo estaba frente a la puerta, impidiendo que Brooke saliera y que alguien más entrara. La casa se encontraba en silencio, al igual que el resto del pueblo. La luz de la luna en cuarto menguante se filtraba por los listones de las cortinas metálicas.

Y entonces, alguien volvió a gritar.

Podrán pensar que, luego de la vida que he tenido, sería una clase de experto en gritos; que por una simple exclamación podría distinguir al menos el género de la persona, o hasta la edad y otros detalles. Tal vez eso ocurría eventualmente, pero si todos los gritos que había escuchado no eran suficientes, ciertamente no quería averiguar cuántos serían necesarios. El dolor y terror extremos tienen un modo de transformar todos los gritos en un sonido primitivo, como si existiera solo una clase de grito y solo nos topáramos con él de vez en cuando.

Me senté derecho, escuchando, preguntándome qué debía hacer. ¿Salir corriendo a encontrarlos? ¿Y luego qué? Yo era inútil en una confrontación directa; lo mejor que podía pasar era descubrirme ante Attina y que él supiera exactamente quién estaba tras él y que todos mis esfuerzos por conseguir información se arruinaran. Lo peor, que él me matara también.

Y tenía que ser Attina el que provocara los gritos, ¿no? Ese pueblo había pasado décadas sin un ataque violento, y de pronto tenían dos en menos de una semana. No había forma de que eso fuera una coincidencia. Pero Derek Stamper había sido asesinado lentamente y en privado, y nadie lo había descubierto hasta que encontraron el cuerpo una hora más tarde. ¿Eso significaba que ese era un asesino diferente? ¿O una situación diferente? ¿Qué había cambiado en las circunstancias para provocar una modificación tan clara en los métodos del Marchito?

Me levanté, dejé caer las sábanas en las que había estado envuelto y caminé a la ventana. El suelo crujió bajo mis pies, pero solo suavemente. Corrí apenas las cortinas para mirar afuera; el mundo lucía vacío y oscuro, descolorido bajo la luz de la luna. Observé los árboles, las casas y los autos estacionados, todos inmóviles en el silencio de la noche. Ni siquiera había viento. No sé qué es lo que esperaba ver, claramente no a un demonio transformado matando a alguien justo frente a…

Otro grito, más largo que los anteriores. ¿El tono era diferente? No podría decirlo.

¿Y si no era un Marchito? ¿Y si realmente se trataba de una coincidencia, dos ataques en menos de una semana, y ese era solo un robo o un asalto, y yo podía detenerlo, pero estaba demasiado asustado para hacerlo? Pero tenía razones para estar asustado, tal vez más que nadie en ese pueblo, porque yo sabía lo que podía ocurrir si tenía razón. Había visto a Marchitos matar. Había visto sus consecuencias y las había visto de cerca. Peor que la violencia, había visto dentro de las mentes detrás de ella, torturadas por el paso del tiempo y envueltas bajo miles de años. Los había visto no solo acabar con vidas, sino también robarlas, meterse en las formas y rostros de las personas y vivir sus vidas por ellos.

Detenerlos era lo que hacía. Era mi vida entera. Pero enfrentarlos directamente no era como lo hacía.

Esperé junto a la ventana, observando y escuchando, pero los gritos habían terminado. Tres breves gritos y una vida había acabado.

Unos minutos más tarde escuché el ruido de un motor, luego dos, tres y quien sabe cuántos más. Pude ver luces rojas y azules reflejadas en las casas de enfrente, pero no las luces en sí mismas. Voces que gritaban. No podía escuchar lo que decían. Una luz se encendió en la casa de enfrente y luego otra en la casa de al lado de esa. Miré el reloj en la pared de la habitación, ajustando la vista para distinguirlo en la oscuridad: 1:30 de la madrugada. Pasarían horas hasta que supiéramos la verdad.

¿Valía la pena salir a ver? Ya que la policía estaba allí, el peligro había pasado, probablemente. Y sabía que yo no sería el único en salir en medio de la noche para echar un vistazo a lo que la policía estuviera intentando hacer. Incluso podría servir como una coartada, en caso de que sospecharan de nosotros: *obviamente yo no lo hice, estuve allí con ustedes en lugar de escapar*. O podría igualmente causar sospechas donde no las había, haciendo que la policía me recordara al pensar en la escena del crimen. Los culpables se presentan en sus propias investigaciones todo el tiempo; no lo suficiente como para levantar sospechas, pero seguramente sí para que deje de resultar una coartada. Aunque, más que nada, si yo salía tendría que llevar a Brooke conmigo o arriesgarme a que despertara confundida y saliera a deambular. Ella necesitaba dormir, especialmente en ese momento que tenía una verdadera cama por primera vez en semanas, y no necesitaba ser traumatizada por la imagen de otro cuerpo sin vida. Mejor quedarse allí y esperar.

Me quedé junto a la ventana, esperando nueva información. Toda la noche.

Brooke seguía siendo Marci al despertar a la mañana siguiente. Le expliqué lo ocurrido, lo más a fondo posible, y ella dijo que yo había tomado la decisión correcta al quedarme adentro. No sé si realmente lo creía, pero fue amable que lo dijera. Nos vestimos, mirando a paredes opuestas de la habitación rosa y suave. Cuando llegamos a la cocina para ayudar con el desayuno, Ingrid ya estaba allí, con su bata y ruleros, sosteniendo el teléfono y llorando.

–Piedad –repetía–, piedad, piedad.

–¿Todo está bien? –preguntó Marci. Me miró, ambos conscientes del motivo de esa llamada.

Ingrid negó con la cabeza.

Me acerqué más, para que pareciera que quería ayudar en lugar de curiosear.

–¿Hay algo que podamos hacer?

Ingrid miró el teléfono en su mano como si fuera una curiosidad de museo, un objeto extraño que de algún modo se había transportado mágicamente a su mano. Vi que la pantalla estaba vacía y negra; la llamada que hubiera recibido había terminado hacía tiempo y ella había estado demasiado conmocionada para dejarlo.

–Escuchamos algo anoche –dijo Marci sentándose junto a ella en la mesa de la cocina–. Móviles policiales, alguna clase de problema. ¿Alguien le ha dicho qué ocurrió?

Yo habría hecho la misma pregunta diciendo que habíamos escuchado gritos, pero de inmediato noté que mencionar los móviles policiales era una aproximación más inteligente. Marci estaba acercándose a Ingrid con la parte de la historia más aceptable y abordable: alguien que intentaba solucionar el problema. Mencionar los gritos solo hubiera hecho que la historia fuera más horrible.

¿Qué haría sin Marci?

Ingrid asintió lentamente, aún sollozaba entre sus manos. Luego secó sus ojos y limpió su nariz, intentando recuperar la compostura.

–Las conocieron ayer, ¿cierto? ¿A las chicas Butler?

–Así es *–no,* pensé, *por favor, no–*. ¿Ellas están bien?

–Jessica –dijo Ingrid y rompió en llanto una vez más. Apenas pudimos entender las siguientes palabras–. Al igual que Derek.

Marci colocó su mano en la espalda de Ingrid, me miró en silencio y luego envolvió a la mujer en un abrazo que ella correspondió; Boy Dog caminó hacia ellas y se sentó a los pies de Marci en un gesto de devoción, robusta y peluda. Yo los observé, pensativo.

¿Por qué Jessica? Ambas víctimas eran personas con las que habíamos hablado y murieron la noche en la que hablamos con ellas. ¿Era un mensaje para nosotros? ¿O alguien estaba cazándonos efectivamente y seguía fallando? No sabía qué clase de sistema de rastreo podía resultar en errores tan recurrentes, pero los poderes de los Marchitos eran imposibles de comprender sin saber exactamente cómo funcionaban. Las personas a las que mataban y sus razones y métodos para hacerlo siempre tenían perfecta consistencia; incluso estando en desacuerdo con lo que hacían, se podía comprender cómo habían llegado a eso. Tenía sentido. Todo lo que había que hacer era encontrar lo que hacía que todo tuviera sentido; ese decodificador secreto y sobrenatural que hacía que todas las pruebas encajaran en su lugar. Aunque, sin saber cómo funcionaban sus poderes…

Habíamos hablado con muchas personas desde que llegamos a Dillon. ¿Por qué el Marchito había asesinado a esas dos, específicamente? ¿Qué hizo que las escogieran? Ambos eran adolescentes. Ambos eran personas con las que habíamos hablado en la calle. *Ambos eran…* y, de pronto, sentí una oleada de alivio al notar una diferencia clave entre las dos víctimas: yo había deseado matar a Derek y tuve una sensación de responsabilidad y culpa desde que supe que había muerto, como si de alguna forma yo hubiera ayudado a que ocurriera. Pero nunca deseé matar a Jessica. Incluso mejor, estaba *planeando* activamente matar a Corey y él estaba bien. Si mis planes violentos hubieran sido los que provocaron los ataques, Jessica estaría intacta. Yo estaba libre de culpa…

… bueno, al menos en parte. Aún era mi responsabilidad detener a ese Marchito antes de que asesinara otra vez.

–Necesito llamar a Sara –dijo Ingrid, aferrando a Marci por unos segundos más antes de apartarse para volver a tomar su teléfono–. Estará desesperada.

–¿Ella conocía bien a Jessica? –preguntó Marci.

–Ah, cielos –comentó Ingrid tomando la mano de Marci–. Estaba tan conmovida que ni siquiera les hablé de Luke.

–¿Su hermano? –pregunté.

–Él intentó salvarla –respondió Ingrid–. Él fue un héroe.

–Espere –dije mientras me sentaba en la mesa frente a ella–. ¿Qué hacía el oficial Glassman con Jessica, de catorce años, a la 1:30 de la mañana?

–Él fue un héroe –insistió Ingrid, su voz se volvió dura y enojada–. A él también lo lastimaron, intentando salvarla –levantó el teléfono, yo miré a Marci y le señalé el comedor con la cabeza. Salí de la cocina y ella me siguió.

–¿Qué piensas? –murmuré.

–No hay manera de que Jessica estuviera fuera con él voluntariamente –respondió Marci.

–¿Piensas...? No lo sé. ¿Puedes recordar a algún Marchito que fuera un pedófilo?

–¿Ahora piensas que es Glassman? –preguntó con el ceño fruncido.

–Aún pienso que es Corey –respondí negando con la cabeza–. Él es extraño y escalofriante y ese "ya comenzó" resulta terriblemente sospechoso. Pero nada de eso es evidencia firme, y ambas víctimas eran adolescentes y el oficial Glassman estaba mirando a Jessica demasiado lascivamente solo unas pocas horas antes de que muriera. Así que al menos merece una mención.

–Pero Glassman ni siquiera estaba aquí la noche en la que Derek murió –dijo Marci–. Sara nos dijo que se fue el día anterior.

–Tal vez fingió su partida el día anterior para tener una coartada.

–Una persona tan cuidadosa no cambiaría y mataría a una chica apenas cinco horas luego de que todos en la calle Main lo vieran hablando con ella. Ni aparecería lastimado luego en la escena del crimen.

–Tienes razón –asentí y suspiré–. Pero si... no lo sé. Es demasiado obvio para ignorarlo, incluso si algunas de las piezas aún no encajan.

–¿Aún?

–Encajarán mejor cuando sepamos más.

–Por ahora, enfoquémonos en los que sabemos. Ambas víctimas murieron la noche siguiente a que habláramos con ellos.

–Mejor aún –dije–, ambas conversaciones sucedieron en presencia de Corey.

–Él sigue siendo el mejor candidato –coincidió Marci–. Solo desearía tener más evidencia.

–Tal vez nos reconoció esa primera noche. O reconoció la presencia de Nadie, su influencia o algo, y entonces cuando nos fuimos mató a Derek para intentar atraernos de regreso. No mató a nadie la primera noche porque aún no tenía un plan, todavía estaba pensando. Y luego, la segunda noche puso su plan en marcha: "Ya comenzó".

–Así que, ¿cuál es su plan? –preguntó Marci.

–No tengo idea –respondí encogiéndome de hombros, impotente–. Tal vez es un mensaje para nosotros, o para alguien más, o... Bueno, definitivamente se relaciona con nosotros de algún modo. Dos asesinatos en un pueblo pacífico que coinciden perfectamente con nuestra llegada no es casualidad. Tenemos que hablar con sus padres hoy, y tal vez también con Brielle.

–¿En serio? –preguntó Marci–. Su hermana acaba de ser asesinada.

–Por supuesto. Tienes razón. Tal vez con Paul, entonces.

–Será difícil hablar con cualquiera si toda la ciudad está aterrorizada todo el tiempo que estamos aquí –dijo con una mueca–. ¿A cuántos más crees que matará?

–No lo sé. Tal vez... espera.

–¿Qué?

–Hay otra relación. Hemos estado aquí tres días y hablamos con gente los tres días, pero solo hubo asesinatos en dos de ellos.

–Porque aún estaba ideando su plan el primer día, como tú dijiste.

–Tal vez. O tal vez haya otro factor común que no consideramos. ¿Qué hicimos el segundo y tercer día que no hicimos el primero?

–Nosotros… estuvimos aquí durante el día –dijo Marci–. Y fuimos… ah maldición –me miró directo a los ojos–. Fuimos a la iglesia.

–Los dos días –asentí.

–¿Qué significa eso?

–No lo sé.

–Quizás no significa nada.

–Tal vez no, tal vez sí.

–Tenemos que ocuparnos de cosas que podamos entender –dijo frustrada–. Verdaderas pistas que podamos seguir realmente, en lugar de hacer conjeturas a ciegas.

–¿Qué, entonces?

–Debemos… ir a ver la escena del crimen de anoche –dijo ella–. Debe haber materia del alma, o marcas de garras, o alguna otra evidencia que la policía no sabría que es evidencia porque es demasiado extraña para ser parte de un asesinato corriente.

–Es una buena idea –asentí–. Veremos si podemos acercarnos; aún debe estar vallado. Y, de cualquier manera, creo que deberíamos visitar a la policía.

–¿Quieres meterlos en esto? –preguntó Marci–. Me agradó el oficial Davis, pero no nos creerá una palabra si intentamos decirle que se trata de un monstruo sobrenatural.

–Solo quiero averiguar qué saben. Ya no puedo ver los

cuerpos, como solía hacer en Clayton, así que tendremos que obtener la información de algún otro modo.

–Los policías no te dirán nada.

–No voluntariamente. Es por eso que les aportaremos algo; pidieron que cualquiera que supiera algo hablara con ellos, así que iremos a hacerlo. Nos ofreceremos como testigos del encuentro de ayer entre Jessica y Glassman. Y mientras estemos en el edificio, escucharemos a escondidas cada conversación que sea posible.

–Estás demente –respondió Brooke–. Nos pedirán identificaciones.

–Y no tendremos ninguna para darles. Eso no nos hace sospechosos y, lo que sea que nos haga, ellos estarán demasiado ocupados con los asesinatos como para preocuparse en descubrir quiénes somos realmente –titubeaba al hablar, haciendo muecas mientras pensaba–. Estoy 99 por ciento seguro de que no seremos sospechosos.

–¿Estás dispuesto a arriesgar ese uno por ciento? –preguntó Marci alzando una ceja.

–¿Para matar a un Marchito? –pregunté–. Arriesgaría mucho más que eso.

–Pero no podemos aparecer en cámara. Esta noticia tendrá alcance nacional, ahora más que nunca; no podemos ser vistos.

–Lo sé.

–Si llegamos a la estación y hay una cámara, regresamos de inmediato –dijo cruzándose de brazos con intensidad–. No podemos arriesgarnos a que nadie en casa nos vea.

–Obviamente –asentí y luego me detuve–. Es buen plan, pero... pareces demasiado emocional al respecto.

–Mientras más pronto el cuerpo de Brooke sea reconocido, más pronto seré expulsada de él.

No tenía nada que decir sobre eso.

Salimos para ver la escena del crimen solo para encontrarnos con que estaba atestada de gente, amontonada contra la cinta policial, estirando sus cuellos para ver lo que fuera posible. Marci y yo nos abrimos camino hacia el frente, pero además de algunos fragmentos de lona que seguramente cubrían manchas de sangre, no pudimos ver nada. Había un grupo de policías en la escena, ocupándose más por mantener a las personas alejadas que en examinar la evidencia, y me pregunté si ya habrían terminado o si estaban intentando mantener la escena limpia para un equipo forense. Dos asesinatos macabros de niños en menos de una semana era una noticia nacional; podría llegar el FBI. Me pregunté si sería alguien que conociera.

¿Ese era el plan de Attina? ¿Hacer que fuera de tan alto perfil que se volviera demasiado arriesgado para nosotros quedarnos para atraparlo?

Caminamos con cuidado para salir de la multitud, saludamos solemnemente al pastor Nash, quien estaba cerca del fondo de la multitud, y nos dirigimos a la estación de policía. Marci comenzó a idear nuestra historia, pensando en algo que aplacara a los policías si nos pedían identificaciones, mientras yo hacía los primeros planes de una estrategia para matar a Corey. Aunque solo el comienzo. Matar a un Marchito era tan complejo como seguirlo; si conocías sus poderes podías hacerlo con bastante facilidad, pero de otro modo era casi imposible. Tendríamos que comenzar como siempre: con la prueba del reductor de velocidad. Pero ¿cómo lo haríamos? No podríamos estar en el camión que lo atropellara –acabaríamos en prisión, o peor– y si él sobrevivía nos expondríamos por nada. Tendríamos que ser más sutiles. Pero ¿cómo?

¿Y nos atreveríamos a hacerlo en primer lugar? ¿Y qué si Corey, a pesar de todas nuestras sospechas, era inocente? ¿Y si solo era un tipo raro con malas habilidades sociales y su anuncio en Facebook era pura coincidencia? "Ya comenzó" podría fácilmente referirse a… No lo sabía, una banda de garaje, o algo. Tal vez le comenzaba a crecer el bigote. Tal vez se había empachado con alguna serie online. Yo, entre todas las personas, no podía condenar a alguien solo por parecer sospechoso y no encajar.

Pero ¿cómo tener certeza? Cada momento que pasaba sin actuar era un momento en el que alguien podía resultar herido. Mejor tener el plan listo, así podría ponerlo en marcha una vez que identificáramos al blanco.

Suponiendo que pudiera tener acceso a un camión por empezar, ¿cómo lo haría? Tal vez podía apuntar el camión a donde quería y luego poner algunos ladrillos sobre el acelerador. Si él estaba en un lugar específico, como en las mesas frente al Kitten Caboodle… Pero ¿cómo haría para evitar que lo viera llegar y saliera del camino? ¿Cómo limitar los daños colaterales? Tal vez si lo encontraba por la noche, ebrio en el autocine o regresando a casa en la oscuridad. Mientras más lo pensaba, más deseaba hacerlo, como un adicto frente a una dosis de metanfetaminas; solo sentado allí, esperando, ocupando mi mente por completo. Miré cada camión que pasaba, preguntándome cómo robarlo, cómo arreglarlo y cómo limpiar mi propio ADN de él.

Llegamos a la estación de policía solo para encontrarla casi tan atestada como la escena del crimen, aunque la mayoría de las personas allí vestían uniformes policiales. Había demasiados solo para ser de ese departamento; había policía local, estatal y voluntarios de toda la región. La mayoría estaban dando vueltas por el estacionamiento junto a la puerta de entrada, como si esperaran algo... una orden o un anuncio.

Había una ambulancia en el estacionamiento. Eso era una novedad, pero no sabía lo que significaba. No había cámaras ni reporteros.

Uno de los oficiales nos detuvo cuando intentamos acercarnos a la puerta.

–¿Tienen algún asunto aquí?

–El oficial en la reunión de la iglesia nos dijo que lo contactáramos si sabíamos algo –dijo Marci con su voz más inocente–. Estuvimos mucho tiempo con Jessica ayer.

–¿Y eso es todo? –preguntó el oficial–. ¿Estuvieron un rato con la víctima? ¿Tienen más que eso?

–El oficial Glassman estaba allí –agregó Marci bajando la vista. No supe si estaba realmente avergonzada o si seguía actuando.

–Maldito Cariñitos –dijo otro policía mientras se acercaba al primero–. Hazlos pasar.

El segundo oficial nos indicó que lo siguiéramos. Nos guio a través de la multitud de policías hasta el interior de la estación, donde pudimos escuchar a alguien gritando en una de las oficinas. El oficial nos señaló el área de espera: siete u ocho sillas plásticas, casi todas ocupadas con lo que supuse que serían otros testigos. Marci y yo nos sentamos, con Boy Dog jadeando lánguidamente a nuestros pies, y yo me preparé para escuchar los gritos.

–¿... otra más? ¿Cómo rayos se supone que explique esto?

La respuesta fue demasiado baja para descifrarla. La primera voz volvió a gritar.

–¡No saldrás de esta con un traslado, Luke!

El oficial Davis, el de la reunión de la iglesia, estaba gritándole al oficial Glassman."Otra más" no se refería al cuerpo sin vida, sino al historial de Glassman con chicas menores de edad. Miré a Marci y ella negó con la cabeza.

–¿Quieres pruebas de que los Marchitos son malignos? –susurró–. Mató a la chica en lugar del abusador de menores.

–¡Escucha! –gritó Davis–. ¡No me importa qué excusa tengas! No me importa que hayas arriesgado tu vida, o que hayas recibido algunos cortes, o cualquier patética excusa que intentes ofrecerme. Este pueblo está a punto de estallar y en lugar de resolver sus problemas ahora tengo que lidiar con un condenado oficial y sus sucias fantasías –hizo una pausa, mientras Glassman murmuraba algo que no pude escuchar–. ¿Crees que eso importa? –preguntó Davis cuando hubo terminado–. Por supuesto que todo fueron simples chismes, es por eso que no has sido despedido, pero esto es evidencia. Si eres tan inocente esta vez, ¿puedes explicar qué estabas haciendo con ella a la 1:30 de la mañana?

–Al menos él está tan molesto por eso como nosotros –comentó Marci.

–Estoy intentando escuchar –dije, pero dejé de hablar

cuando otro oficial dio vuelta a la esquina bruscamente, dirigiéndose directo a nosotros. Levanté la vista, repitiendo mi historia en mi cabeza por última vez, pero él pasó de largo hacia la oficina del oficial Davis. Su rostro era serio, sus dientes estaban apretados.

–Esto no es bueno –dijo Marci.

El recién llegado abrió la puerta y pudimos escuchar la segunda mitad del argumento amortiguado de Glassman.

–¡... incluso hablar sobre esto! ¿Cómo es que siquiera es un tema de discusión? Así que no crees en Pie Grande, bien, tampoco yo, pero entonces hay un oso, o el lobo más grande que hayas visto jamás; el reporte forense probará todo lo que he dicho sin importar lo que pienses que estaba haciendo con esa ch...

–¡Silencio! –dijo el oficial Davis. Apenas podía verlo a través de la puerta y parecía furioso. Quería que Glassman siguiera hablando, que dijera más acerca del monstruo que había visto, pero Davis se dirigió al hombre que había abierto la puerta y arremetió contra él–. Dije que nada de interrupciones.

–A menos que hubiera otro chico muerto –añadió el policía en la puerta. Todas las cabezas de la sala de espera giraron hacia él al mismo tiempo, y toda la estación de policía pareció estar tensa de pronto, escuchando–. Ahora lo tenemos.

–No –reaccionó Davis.

–Un muchacho local llamado Corey Diamond acaba de ser atropellado por un camión, en su propia habitación. Murió por el impacto –continuó el oficial negando con la cabeza.

–Santa madre –susurró Marci.

–En su habitación... –repitió Davis intentando encontrar palabras–. Eso es... maldición. ¿Fue un accidente u otro homicidio?

–Ese es el punto –respondió el policía–. No lo sabemos –tragó saliva, como si estuviera nervioso–. No había nadie en él; el camión estaba completamente vacío cuando impactó.

CAPÍTULO 18

–Creo que alguien está leyendo mi mente –murmuré.

–Tenemos que salir de aquí –dijo Marci.

Miré alrededor de la estación de policía, como si esperara ver un monstruo peludo y con garras asomando por una esquina.

–Es la única explicación.

Toda la estación vibraba de ruido, policías, civiles e incluso los sospechosos en las salas de interrogación gritando, murmurando, discutiendo y rezando. ¿Qué estaba sucediendo? ¿Quién estaba detrás? ¿Por qué lo estaban haciendo? Incluso Boy Dog estaba ladrando, pequeños ladridos y gruñidos de agitación. Sentí dolor en mis manos, bajé la vista y noté que estaba aferrando los apoyabrazos con tanta fuerza que la piel de mis nudillos, agrietada por el sol y el viento, se abría sobre los huesos. Alguien estaba leyendo mi mente.

–Tenemos que salir de aquí –repitió Marci, tomándome del brazo.

Sentí una repentina oleada de ira (*¡Cómo se atrevía a tocar mi brazo!*), y me aparté, sintiéndome furioso, aterrado y culpable, todo al mismo tiempo. No debía reaccionar así; Marci era mi novia, la amaba, por supuesto que podía tocar mi brazo. Luego recordé que ni siquiera eran sus dedos los que me habían tocado, sino los de Brooke, y sentí otra oleada de ira, seguida tan repentinamente por otra oleada de culpa. No debía sentirme así. No podía permitirme sentirme así.

Necesitaba incendiar algo.

–¡Cierra esa puerta! –gritó el oficial Davis–. ¡Mantengamos una imagen de decencia en esta estación! –el policía del mensaje entró a la oficina de Davis, cerró la puerta detrás de sí y el ruido de la sala de espera solo empeoró.

Marci se puso de pie y tomó mi mano con los dedos de Brooke, intentando sacarme de mi asiento. Apreté los dientes y aferré el apoyabrazos con más fuerza, deseando que la piel se abriera, deleitándome con el dolor agudo y desgarrador.

–John –susurró ella; yo cerré los ojos, y los músculos de mi cuello se tensaron tanto, que mi cabeza comenzó a temblar. *Sal de mi cabeza,* pensé, *¡sal de mi cabeza!* Respiré profundo e intenté calmarme. *Quienquiera que seas,* pensé, *te encontraré y te haré pedazos con mis propias manos. ¿Me escuchas? ¡Iré por ti!*

Marci tiró de mi mano otra vez y me puse de pie, sintiendo náuseas por el repentino cambio de posición. O por la furia. O por la impotencia. ¿Cómo podíamos enfrentarnos a esa cosa? Quien fuera, nos había identificado como cazadores de Marchitos en el momento en que pusimos un pie en la ciudad; había estado leyendo nuestras mentes y mofándose de nosotros con un cuerpo tras otro, una muerte tras otra. ¿Qué otra explicación podía haber? Las personas que conocíamos, las personas que había deseado lastimar, fueron asesinadas exactamente de la forma en que deseaba matarlas. Y ahora nuestro único sospechoso había desaparecido...

–¿Qué pasó con el cuerpo? –pregunté al llegar a la recepción.

–¿Qué? –el oficial en la recepción me miró con el ceño fruncido, molesto y confundido por mi pregunta.

–Con el cuerpo de Corey Diamond –dije–. ¿Qué pasó con él? ¿Sigue allí?

–No puedes ver el cuerpo...

–¿Pero usted sí? –pregunté–. ¿Alguien puede? ¿El cuerpo aún existe?

–¿De qué demonios estás hablando? –preguntó el oficial–. No esconderemos el cuerpo, sin importar en cuántos pedazos se encuentre. ¿Qué es lo que intentas decir sobre nosotros?

–No importa –intervino Marci–. Vamos.

–No desapareció –dije, dejando que me guiara hasta la puerta de entrada–. Eso no es un Marchito.

–*Él* no es un Marchito –enfatizó Marci, pero sin emoción en su voz.

–Eso es lo que dije.

Ella abrió la puerta a medias, con las manos sin vida, y miró hacia afuera a través del vidrio a la multitud de policías frente al edificio. Estaban zumbando como una colmena, hablando y discutiendo tanto como las personas en el interior. Algunos estaban corriendo hacia sus autos, otros retenían a personas del pueblo. ¿Alguno de ellos era el asesino? ¿Un policía, un civil, o el conductor de ese camión que pasaba? Tenía que ser alguien. ¿Cuánta población decían que tenía, novecientos? Sumando la policía estatal y cualquier otro que estuviera de paso y otros conductores que estaban ocasionalmente en el pueblo podríamos redondear en mil. ¿A cuántos había asesinado Attina? ¿A cuántos más asesinaría si no lo atrapábamos? Y si simplemente quemábamos toda la ciudad hasta las cenizas y acabábamos con todos ellos, ¿valía la pena si matábamos a un Marchito con ellos? ¿Había una fórmula para medir cuáles eran los daños colaterales aceptables? ¿Las matemáticas de la moral alcanzaban para sacrificar a todo un pueblo?

Necesitaba incendiar algo. Necesitaba gritar y llorar y convertir un trozo de carne en una hamburguesa.

Marci ya ni siquiera estaba empujando la puerta.

–No importa –dijo.

No lo digas.

–Va a matarnos a nosotros también –agregó.

Grité en mi mente, un largo e inaudible aullido de frustración; luego me tragué toda mi rabia, toda mi tensión, todas mis emociones reprimidas, ahogándolas como un búho que regurgita a la inversa, una masa desgreñada de huesos, garras y bilis, forzada a bajar por mi garganta, y mostré una amplia sonrisa falsa en mi rostro. Sus problemas eran más importantes que los míos.

–¿Quieres ir por un helado?

–Solo quiero que esto se detenga –dijo Marci.

–Lo hará –afirmé, sin siquiera saber a qué se refería "esto". Puse mi mano junto a la suya y empujé la puerta, esperando que ella empujara conmigo, absorbiendo fuerza de la mía, pero en cambio ella dejó que su mano cayera a un costado. El sol del verano ardía como una caldera y la guie suavemente hacia él, con una mano en su brazo y la otra frente a mi rostro para intentar cubrir mis ojos del brillo. Boy Dog pasó junto a nuestras piernas, ladrándole al sol, al calor, al ruido y a todo lo demás, como una mínima representación del enojo incesante de toda la ciudad. Marci se resistía, así que la empujé otra vez, susurrándole suavemente.

–Todo estará bien. Descubriremos qué está ocurriendo, tú y yo. Y lo resolveremos –luego, recordando el episodio después de que asesinamos a Yashodh, su indignación enfurecida ante la idea de que ser una buena asesina no era algo por lo que estar feliz, cambié la estrategia–. Salvaremos a todos. Tres personas se han ido, pero serán las únicas.

–Tú no sabes eso.

–Lo sé, porque somos asombrosos –afirmé, guiándola por los escalones. Los policías ni siquiera nos prestaban atención; estaban demasiado ocupados con otras preocupaciones–. Lo sé porque somos buenos en esto, somos los mejores, salvaremos las vidas de cada una de las personas en este pueblo. De los 997, incluidos los policías y conductores, todos. ¿Me escuchas, Marci?

Ella rompió en llanto.

–Marci, ¿me escuchas? Necesito que hables conmigo. Salvaremos a todos, ¿puedes decir eso? Dime eso: salvaremos a todos.

–No soy Marci –dijo sollozando, se liberó de mí y salió corriendo.

Yo salí tras ella, olvidándome de los policías, olvidando a Boy Dog, olvidando todo en el mundo a excepción de esa chica delgada, sucia y asustada. Mis pies golpeaban contra el pavimento, bajando de la acera al asfalto polvoriento, y mis brazos golpeaban a los costados de mi cuerpo. Solo una chica. Ni siquiera sabía quién era: tal vez Brooke, tal vez Regina, tal vez Lucinda o Kveta, o cientos de miles de otras que nunca conocí. Eso no importaba. Ella necesitaba mi ayuda. Corrió hacia un auto, intentando tirarse frente a él, pero pasó demasiado rápido; ella siguió corriendo hacia el muro de bloques de hormigón al otro lado del camino, con la cabeza agachada como un toro y gritando cosas sin sentido mientras se estrellaba contra él; mis dedos llegaron apenas unos centímetros tarde para evitarlo. Golpeó el muro con un impacto audible y rebotó hacia atrás, giró y cayó al suelo. Solo alcancé a sujetar su camiseta mientras caía, a tiempo para evitar que se volviera a golpear la cabeza. Vomitó y la giré para evitar que el vómito la ahogara. Unos segundos más tarde fui sujetado por detrás, con media docena de manos alejándome, tirándome hacia atrás.

–¡No se la lleven! –grité.

–¡Aléjate de ella! –exclamó uno de los policías, y de repente los policías estaban por todos lados, aparecieron mágicamente al vernos y nos rodearon, malinterpretando la huida de Brooke y mi persecución como una especie de escena de abuso.

–¡Ella quiere suicidarse! –grité.

–¡Mantén la boca cerrada!

–Acaba de intentar quitarse la vida –dije gimiendo mientras me tiraban al suelo y me esposaban–. Si intentan separarnos se suicidará, tienen que creerme, ¡intentaba ayudarla!

El cuerpo de Brooke seguía girando en la acera, retorciéndose por dolor o por convulsiones, no sabía cuál de las dos. Se había golpeado la cabeza tan fuerte que me sorprendía que siguiera consciente. Los oficiales intentaron ayudarla, pero no sabían qué hacer. Escuché a uno de ellos llamar a una ambulancia y los demás se arrodillaron junto a ella, hablándole tranquilamente con frases hechas:

–¿Te encuentras bien?

–¿Este chico estaba siguiéndote?

–¿Él te lastimó?

–Por favor, créanme –volví a respirar profundo, intentando calmarme tanto como fuera posible y les dije el nombre por el que la conocían todos en Dillon–. Su nombre es Marci, aunque tiene algunos problemas mentales y no siempre responde a él. Soy su amigo y solo intento mantenerla a salvo. Parte de su desorden mental la hace muy propensa a cometer suicidio.

Vi a alguien salir de la tienda contra la que ella había impactado, un hombre mayor con un delantal, y le grité.

–Usted, de la tienda. Usted es mi testigo, ¿de acuerdo? Esta chica tiene alto riesgo de suicidarse y tengo que quedarme con ella y usted acaba de escucharme advertírselo a estos policías, ¿sí? Si ellos nos separan y ella se quita la vida, usted puede atestiguar que fue su culpa, ¿de acuerdo? Señor, ¿me escucha?

–Cierra la boca –dijo el policía que me mantenía en el suelo.

–¿Hay algo que pueda hacer? –les preguntó a los policías.

–Solo mantenga distancia –respondió el más cercano–, una ambulancia viene en camino.

–Tráigale un poco de agua –dije–. Y todo el hielo que tenga en su tienda; probablemente tenga una contusión –el hombre asintió y regresó adentro. El policía en mi espalda volvió a presionarme contra el suelo, palpándome con su mano libre.

–Tiene un arma –advirtió al encontrar el cuchillo de combate de Potash que llevaba en la funda de mi pierna. *Maldición*–. ¿Quieres explicar esto, chico?

–Oficial –dije, dirigiéndome al policía que intentaba ayudar a Brooke–. ¿Ve sus manos? Sí, usted, ¿ve sus manos? Parece que las mueve involuntariamente, pero está intentando alcanzar su arma. Solo... solo aléjese, así está bien, y trate de mantenerla recostada.

–¿Cuál es tu nombre? –preguntó él, mirándome mientras sujetaba los débiles brazos de Brooke.

–David. Solo intento ayudarla, tienen que creerme.

–¿Por qué intenta quitarse la vida?

–Es una historia muy larga.

–Tienes tiempo –insistió el oficial en mi espalda. Había al menos otros seis oficiales a nuestro alrededor; si Brooke hubiera alcanzado un arma estaría muerta. Intenté mirarla a los ojos, para ver qué tan lúcida estaba, pero ella los tenía cerrados con fuerza.

–Solo déjame morir –gimió Brooke–. Por favor, solo déjame morir. Todo terminará y podré comenzar de nuevo.

–¿Comenzar de nuevo? –el oficial que sujetaba su brazo la miró sorprendido, luego a mí.

–Tiene problemas mentales –insistí–. La mayor parte el tiempo está bien, pero cuando se pone así hay que tranquilizarla. Volverá a estar bien pronto.

–Puede tranquilizarse en el hospital –dijo el oficial–. Y tú en la estación, explicando todo esto.

–¿Escuchó eso? –le pregunté al dueño de la tienda que salía con un vaso de agua y una cubeta de hielo–. Van a separarnos. Recuerde esto cuando ella muera bajo su custodia; tiene que atestiguar que yo se lo advertí.

–Bien –asintió el policía–, te llevaremos al hospital con nosotros.

Es triste, cuando lo piensas, lo precarias que son nuestras vidas. Nuestra forma de vivir. Todo lo que había intentado lograr durante el último año, tanto ocultarnos y crear estrategias para intentar mantener a Brooke saludable, nada de eso tenía sentido ya, todo se perdió para siempre en diez segundos de correr por una calle vacía. Si hubiéramos estado en algún otro sitio, los policías no nos habrían visto; si hubiera podido alcanzarla más rápido, ella no se habría lastimado. Si hubiera tenido un mejor plan, mejores reflejos o hubiera sido una mejor persona.

Nos encontrábamos en un pequeño hospital regional, encerrados en una habitación con policías que montaban guardia afuera, esperando los resultados de una resonancia magnética. Me sorprendió que un hospital tan pequeño tuviera un resonador, pero no me estaba quejando. El cuerpo inconsciente de Brooke yacía en una cama, con su cabeza vendada y conectada a monitores que pitaban suavemente.

A Boy Dog lo tenían en una perrera de Dillon. Y en algún lugar, un policía estatal estaba intentando descubrir quiénes éramos y luego llegaría el FBI y se llevarían a Brooke y yo iría a prisión, o peor. Y Attina seguiría asesinando.

O tal vez, en cuanto yo me fuera, se detendría. Tal vez yo era la razón por la que estaba cometiendo asesinatos.

El hospital estaba en Crosby, el pueblo siguiente, más grande que Dillon pero también rural, nada tan grande como para que lo llamara ciudad. El hospital era apenas una clínica con una sala de emergencias, una guardia de maternidad y algunos otros servicios médicos, aunque era lo suficientemente nuevo como para tener una pequeña sala de radiología. Cinco o seis habitaciones para pacientes. Estaba limpio. Y tenía una sola planta, así que podíamos salir por la ventana y escapar si era necesario. Tal vez ya lo era, y yo era demasiado testarudo para verlo.

¿A dónde podríamos ir siquiera? Dillon estaba atestado de policías y todos nos reconocerían, así que no podíamos escondernos allí. Pero tampoco quería abandonar el pueblo. Si yo era el único que podía detener a Attina, entonces todos los asesinatos que él cometiera antes de que lo detuviera serían mi culpa.

Mi única esperanza era convencer al FBI, cuando finalmente se presentara, de que me dejaran hacer otro intento. Mi último deseo antes de… lo que fuera que hicieran conmigo.

Pasé la mañana con la puerta cerrada. Encendí una cerilla, disfrutando la pequeña llama ardiente, pero la alarma de humo se encendió casi de inmediato y la enfermera entró a quitarme mi caja de cerillas. Así que hasta eso había perdido.

En algún momento de la tarde –unas seis horas desde nuestra llegada al hospital– escuché a alguien tocar a la puerta. Quien fuera, no esperó una respuesta, solo abrió un segundo después.

–Iowa –dije al reconocerlo de inmediato.

–¿Iowa? –el hombre que nos había seguido en Dillon se detuvo en la puerta, sorprendido por mi comentario.

–La matrícula de su auto. La camioneta negra que no parecía ni remotamente un vehículo del FBI.

–Técnicamente, no lo era –dijo mientras cerraba la puerta y se sentaba en la otra silla de la habitación–. Era rentada. Pero estoy asignado a Lincoln, Nebraska, así que una matrícula de Iowa no es tan sorprendente.

–Ah. ¿Qué tienes que hacer mal para que te asignen a Lincoln, Nebraska?

–Especializarte en asesinos seriales, al parecer –respondió Iowa. Volvió a ponerse de pie y se acercó a mí, ofreciéndome su mano–. Agente Mills. Gran admirador de tu trabajo.

–¿De qué clase de trabajo está hablando? –pregunté, dejando su mano en el aire, sin aceptarla. Él la sostuvo un momento más, luego se encogió de hombros y regresó a su asiento.

–John Wayne Cleaver, consejero especial de la agente Linda Ostler y un miembro clave de la Fuerza Especial Azor, encargado de una misión tan secreta que ni siquiera tengo permitido decirla en voz alta en esta habitación, aunque te aseguro que estoy muy familiarizado con sus detalles.

–¿Azor?

–Alguna especie de ave –dijo Mills–. Yo no la nombré.

–Es mejor que Boy Dog –dije.

–Tu registro con la agente Ostler era incompleto, pero aceptable –continuó Mills–. Confrontabas a tus superiores, forzabas cada interruptor, límite o sobre con el que te cruzabas y tenías una activa enemistad con algunos miembros de tu equipo, incluido, como el más problemático, al terapeuta asignado a tu unidad, pero siempre lograbas hacer el trabajo. Facilitaste más... cómo decirlo sin revelar secretos estatales... más "detenciones de blancos no convencionales" que todo el gobierno de los Estados Unidos ha logrado concretar en las décadas previas a tu servicio. Estabas por recibir una mención y una gruesa recompensa monetaria antes de Fort Bruce.

–¿Qué tan grande era la recompensa monetaria?

–Sigues enfocándote en las partes menos importantes de cada frase que digo.

–Mi terapeuta solía decir lo mismo.

–Comienzo a comprender muchos de los informes personales que he leído.

–¿Quiero saber por qué está aquí? –pregunté.

–Probablemente –volvió a encogerse de hombros–. Tus informes personales sugieren que quieres saberlo todo.

–¿Y lo consigo?

–¿Cuánto tiempo tienes? –preguntó Mills–. Mis razones para estar aquí forman una larga lista.

–Bueno, no iré a ningún sitio, hasta donde sé. Comience por a dónde iré después de aquí.

–Me temo que tendremos que comenzar unos meses antes –dijo Mills–. Cuéntame lo que ocurrió en Fort Bruce.

–Lindo sitio. Aunque un poco grande para mi gusto. Y bastante peligroso ahora que toda su fuerza policial ha sido masacrada por un monstruo sobrenatural.

–¿Podemos hacer esto sin la insolencia?

–Supongo –dije–. Pero esa es la parte que más disfruto.

–Lo último que se escuchó de tu equipo fue una llamada del doctor Trujillo diciendo que una operación conjunta con la policía local había salido mal y que un ejército de Marchitos estaba suelto en la ciudad. Cuando llegamos a la escena diez horas más tarde encontramos más de treinta humanos muertos y lo que reconocimos como los restos de dos Marchitos muertos. Tú y Brooke fueron los únicos sobrevivientes.

–¿Cómo supo que habíamos sobrevivido? –pregunté–. Tal vez solo habíamos sido devorados por los monstruos.

–La mayoría del equipo lo pensó –respondió Mills–. Yo fui quien notó que uno de los cuerpos humanos había sido embalsamado artesanalmente con gasolina de ochenta y siete octanos. Eso no probaba nada, pero ciertamente sugería una amplia gama de extrañas posibilidades.

–De las cuales, la más escabrosa –comenté, extrapolando la posible historia– era que yo me había vuelto completamente loco, había traicionado a mi equipo y dejé una macabra carta de presentación para anunciar el comienzo de mi carrera como asesino serial.

–Ahora suena como si tú hubieras leído *mis* informes personales.

–¿Qué tan cierta cree que es esa versión? –pregunté–. Medido por el número de marinos armados esperando en el corredor para "arrestarme".

–Tres –respondió simplemente–. Y otros dos afuera, lo que no está ni cerca de la cantidad que podría haber.

Brooke gimió y los dos la miramos al mismo tiempo. Movió su mano, más un temblor que un movimiento consciente, y unos segundos después entró un enfermero a la habitación.

–Los resultados de la resonancia se ven muy normales –dijo estudiando los monitores y golpeteando su mejilla con un bolígrafo–. Es casi un milagro. Ahora parece que tu chica está despertando.

–Mujer –dije. En mayor parte solo para molestarlo.

Brooke se tomó su tiempo para recuperar la consciencia y, con el enfermero en la habitación, Mills y yo no podíamos hablar con libertad. Me miró a los ojos en un momento, señalando la puerta, pero lo ignoré y volví a mirar a Brooke. Si iban a separarnos, tendrían que hacerlo a la fuerza.

–Hola –dijo el enfermero mientras apuntaba a los ojos de Brooke con una linterna–. ¿Estás despertando? ¿Puedes escucharme?

–¿Dónde estoy? –preguntó ella. Su voz era cruda e irregular.

–Estás en un hospital –respondió el enfermero–. Te golpeaste la cabeza bastante fuerte. ¿Recuerdas eso?

–Mi cabeza –gimió Brooke e intentó tocar su vendaje. Una gruesa correa de cuero detuvo su mano apenas a unos centímetros de la cama, ella giró la cabeza para mirarla, entornando los ojos por el brillo de la luz. Volvió a tirar de la correa, como si no comprendiera su utilidad, luego probó con su otro brazo y descubrió que también estaba atado. Suspiró y volvió a cerrar los ojos–. Alto riesgo de suicidio –añadió–. Sí, lo recuerdo.

–Estoy aquí contigo –dije, levantando un poco la voz para que pudiera escucharme.

–John –sonrió.

–Su nombre es David –la corrigió el enfermero–. ¿Recuerdas a Da...?

–Siempre me llamó John. Está bien.

El enfermero asintió, mirando al agente Mills como si intentara encontrarle el sentido a todo eso, como un rompecabezas. Y luego volvió a mirar a Brooke.

–Bien, cariño, te haremos algunas pruebas rápidas de memoria si estás de acuerdo. Te golpeaste la cabeza muy fuerte y queremos asegurarnos de que no se te hayan revuelto los sesos. Reconociste la voz de John, eso es muy bueno; ¿puedes decirme tu nombre?

–No.

–Tu nombre es... –comenzó a decir el enfermero, pero se detuvo en cuanto una amplia sonrisa malévola se extendió en el rostro de Brooke. Sus ojos seguían cerrados. El enfermero asintió–. Lo entiendo, solo estás jugando conmigo. Déjame reformular la pregunta: ¿sabes cuál es tu nombre?

–Algunos de ellos.

–Comienza por el primero.

–Oh, oh –dijo Brooke, su voz entre divertida y burlona–. Eso es un secreto.

–Puedes decirme, cariño, soy un enfermero.

–No lograrás nada con esto –afirmé. Ya había visto ese lado de Brooke, y no era Brooke en absoluto.

–Tengo que probar si hay daño cerebral –explicó el enfermero mirándome.

–El daño físico no es su problema –intervino Mills–. Pongámoslo en términos con los que esté familiarizado: tiene un desorden de identidad múltiple. Pregúntele su nombre, su edad, de dónde es, cualquier pregunta estándar y obtendrá una docena de respuestas diferentes. A veces más –sacó su placa y se la enseñó, estableciendo su absoluta autoridad sobre la situación–. Saldrá al corredor y marcará esta prueba como realizada y con resultados positivos.

–Negativos –corregí.

–El que sea que signifique que está saludable y que no tiene pérdida de memoria –dijo Mills frunciendo el ceño.

–Negativo, entonces –asintió el enfermero.

–Es por esto que no me metí en la medicina –comentó Mills–. No tiene sentido –abrió la puerta–. Gracias por su servicio al gobierno de los Estados Unidos –el enfermero salió y Mills cerró la puerta.

–¿Mi recompensa monetaria incluiría una placa? –pregunté–. Porque lo que acaba de hacer parece muy divertido –él regresó su placa al bolsillo de su chaqueta y se acercó a la cama de Brooke.

–Entonces ¿nos dirás quién eres en verdad?

–Soy una pequeña niña inocente –respondió Brooke.

–Él sabe todo –le expliqué suavemente–. No tienes que esconderte.

–En ese caso –dijo Brooke abriendo los ojos y sonriendo ampliamente–. Él sabe exactamente quién soy.

Miles la miró, intentando pensar, y luego dio un paso atrás, sorprendido cuando cayó en la cuenta.

Nadie se echó a reír.

–Tú eres… –dijo Mills–. Yo… no pensé que algún día llegaría a conocer a uno.

–No puedo lastimarte –afirmó Nadie, y su sonrisa se desvaneció lentamente–. Llevo muerta dos años.

Mills se alejó otro paso y no pude evitar sentir una punzada de satisfacción por su incomodidad.

–Usted quería saber lo que ocurrió en Fort Bruce –dije–. Ahora que ha conocido a Nadie puede estar realmente listo para escucharlo: el caníbal que estábamos buscando resultó ser una clase de rey de los Marchitos llamado Rack. No tenía un rostro, ni pecho ni corazón, pero podía usar los de otras personas para hablar, al igual que Nadie usaba los cuerpos para moverse. Son como parásitos para el resto del mundo, usan a los humanos como comida y herramientas, incluso como escondites. Él puso de su lado a un miembro de nuestro equipo con la promesa de darle dinero y poder a cambio, pero yo pude asesinarlo matando a ese compañero de una puñalada en el pecho y llenando su corazón con gasolina que luego envenenó a Rack cuando intentaba reclutarme a mí.

–Eso es… –comenzó Mills. Perecía muy aprensivo para terminar su frase, así que continué.

–Nos largamos sin decirle a nadie a dónde íbamos, porque yo no quería que ocurriera nada como Fort Bruce nunca más. Perdimos a tanta gente porque nuestros métodos eran demasiado obvios: no puedes librar una guerra contra alguien sin que ese alguien lo note. Los Marchitos nos notaron y comenzaron a contraatacar. Le dije a Ostler desde el comienzo que necesitaba hacer esto solo, a mi modo, y luego de repente yo era el único que quedaba con vida, así que vi mi oportunidad y la tomé. Nadie y yo hemos asesinado a tantos sin la ayuda de la Fuerza Especial Azor como lo habíamos hecho con ella, y lo hicimos sin que nada como Fort Bruce sucediera. Tiene que ver que esta es la mejor forma de hacerlo.

–Esa no es la forma en la que nuestro gobierno hace las cosas –dijo Mills.

–¿De manera efectiva?

–Sin supervisión. No podemos dejarlos andar por allí matando personas.

–Así que es preferible dejar a Marchitos por allí matando personas –reaccionó Nadie.

–Un agente entrenado con décadas de experiencia *podría* ganarse la clase de autonomía que estás pidiendo –continuó Mills–. El agente Potash podría haberla tenido. Pero tú eres un asesino serial de dieciocho años con su novia demonio muerta. ¿Estás loco?

–Técnicamente.

–Provocas incendios en cada sitio al que vas. ¿Cómo crees que te he estado siguiendo? E incluso si no provocas nada como en Fort Bruce, causas problemas y aun provocas muertes. ¿Qué se supone que les digamos a las personas de Dillon? ¿"Está bien, no se preocupen por las muertes y el incendio, nuestro mejor adolescente sociópata está trabajando en eso"?

–Espere. ¿Qué incendio? He estado desesperado por hacer fuego todo el día, pero no he encendido más que una cerilla durante toda mi estancia en Dillon.

Oh, no.

–¿Qué quieres decir con "¿qué incendio?"? –preguntó Mills–. El que iniciaste esta mañana. El que me ayudó a encontrarte tan rápido; ya estaba a mitad de camino de Dallas cuando la policía estatal me llamo.

–No provoqué ningún incendio –afirmé–. Tiene que haber sido Attina.

–¿Quién?

–El Marchito al que estamos cazando. Está leyendo mi mente de algún modo.

–¿Qué incendió? –preguntó Nadie.

–La iglesia –respondió Mills–. Se quemó hasta los cimientos.

CAPÍTULO
19

El agente Mills nos mantuvo en el hospital toda la noche, encerrados en la habitación. El enfermero entraba de vez en cuando, aunque siempre acompañado por un oficial de los que estaban en el corredor, y nunca le quitaron las correas a Brooke. No sé cuánto sabía el enfermero, pero los oficiales estaban alerta y eso lo ponía alerta a él también. Me senté en una esquina y los ignoré, concentrándome en los problemas mayores: aún no sabíamos lo que Mills estaba planeando hacer con nosotros y, mientras tanto, Attina se estaba volviendo más peligroso.

Teníamos que detenerlo.

–No tiene sentido –dije.

–Está leyendo tu mente –afirmó Nadie.

–Es probable. ¿Él puede hacer eso?

–No sé qué puede hacer –respondió ella–. No tengo ningún recuerdo de él, solo las notas del cuaderno de Foreman.

–¿Qué decían?

–"Visto por última vez en Dillon, Oklahoma –respondió encogiéndose de hombros–. Probablemente inútil".

–Hasta ahora ha masacrado a dos chicos, se convirtió en Pie Grande, estrelló un camión con su mente e incendió una iglesia. Eso no suena inútil para mí.

–Porque tú no tienes ambición –comentó Nadie–. Todo lo que quieres hacer es matar ermitaños en ciudades perdidas y, aparentemente, Attina es el mejor en eso. Pero Foreman estaba trabajando para Rack y querían crear un ejército.

–¿Y crees que un Pie Grande con poderes telepáticos no sería útil en una guerra? –me molestó su comentario, pero mantuve mi respuesta impersonal.

–Al parecer, eso pensaron. Solo tenemos que descubrir por qué.

–Genial –froté mi rostro y mis ojos, aún inquieto por la noche anterior, esa mañana y todo lo malo que podía ocurrir, todo sucediendo al mismo tiempo. Necesitaba incendiar algo, o romper algo, o gritar, o llorar, o saltar arriba y abajo. Me sentía como una lata de soda que había sido agitada sin parar durante horas. La presión aumentaba y aumentaba sin lugar por donde escapar. Tenía que dejarla salir de algún modo.

Aunque debía mantenerme bajo control, especialmente con Mills allí, o el FBI me encerraría y se llevaría a Brooke para siempre.

–Bien, entonces descubrámoslo. ¿Por qué lo hace? –me puse de pie y caminé por la habitación.

–¿Matar? –preguntó Nadie–. ¿Incendiar cosas? ¿Leer mentes? Tienes que ser más específico.

–¿Por qué...? –negué con la cabeza–. Regresemos a lo básico. ¿Qué está haciendo que no debería hacer?

–Siempre preguntas eso.

–Porque siempre es importante. Si quieres meterte en la cabeza de alguien debes descubrir qué decide hacer.

–Por eso es que te amo. Siempre sabes exactamente qué hacer.

–Tú no me amas. Eres una memoria fragmentada atrapada en una mente dañada.

–¿Marci también es eso?

–No hables de ella –cerré mis manos en puños.

–¿O qué, me lastimarás?

–No –apreté los dientes, odiando cada segundo de esa conversación.

–Entonces deja de hacer amenazas vacías. Es señal de una mente débil. Ahora comencemos a resolver este problema.

–Attina está escogiendo matar a personas con las que hemos hablado. Exactamente de la forma en la que yo quiero matarlas.

–Y está comenzando incendios que tú quieres comenzar, también –agregó Nadie.

–Todo lo que ha hecho... No, espera. No todo –la miré–. Yo no quería matar a Jessica.

–¿Estás seguro? Quieres matar a muchas personas.

–No pensé nada malo sobre Jessica. Sobre el oficial Glassman seguro, pero él no fue el que resultó asesinado.

–¿Y si él era el objetivo y ella quedó atrapada en el enfrentamiento? –preguntó Nadie, sentándose lo más derecha en la cama que las correas le permitieron.

–Así que estamos buscando a un Marchito que puede fallar –asentí. Finalmente estábamos llegando a algo–. Attina ataca adolescentes porque no puede contra un adulto.

–Tal vez es pequeño –comentó Nadie.

–El oficial Glassman dijo que vio a Pie Grande –negué con la cabeza–. Así que, o está mintiendo para verse mejor, o Attina es gigante y débil al mismo tiempo, de algún modo.

–Tal vez su debilidad no es física –agregó Nadie–. Tal vez… no lo sé. Le asustan las personas, o la autoridad. O les teme a los ruidos fuertes; ¿Glassman disparó su arma?

–Ningún arma fue disparada –respondí, recordando los sonidos de la noche del ataque–. Solo tres gritos. Yo… no sé porque.

–Tal vez puede incapacitar a sus víctimas y por eso pudo matar a Derek de forma tan discreta.

–Corey no estaba incapacitado, solo sorprendido. De hecho, las tres víctimas fueron asesinadas de formas diferentes; y si los métodos no son consistentes, no son importantes. Él mata de la forma que puede, con cualquier método que cumpla con el trabajo. O, supongo, cualquier método que saca de mi cabeza. Pero el punto es que no deberíamos estar pensando en *cómo* mata, deberíamos estar pensando en cómo escoge a *quién* matar. ¿Por qué ir tras personas que yo pensé en lastimar?

–¿Para ayudarte? –preguntó Nadie–. Es un demonio que no ha hecho nada durante décadas, al menos, y luego comienza a matar casi inmediatamente en el momento en el que llegamos al pueblo. Tienes una mente bastante atractiva, con un fuerte sentido de responsabilidad y, tal vez, eso le llamó la atención. Mírame a mí: dejé todo lo que tenía para estar contigo; cambié todo lo que...

–Tú no has cambiado nada. Tu obsesión conmigo es solo un eslabón más en una vieja cadena. Viste algo que deseabas e intentaste tomarlo, justo como hiciste con Marci, Brooke y todas las demás. Esto es diferente.

–No me menosprecies de ese modo –gruñó Nadie.

–No eres real –dije señalándola severamente–. Ando de puntillas con las otras personalidades, pero no contigo. Eres horrible. Y estás sujeta de las muñecas así que no podrías quitarte la vida aunque intentaras.

–Pero puedo destruir este cuerpo –me amenazó–. Sin importar cómo intenten amarrarlo.

La miré por un momento, furioso por lo que había hecho con Brooke, por lo que estaba amenazando con hacer, casi retándola a que intentara hacer algo, pero consciente de que lo que hiciera, o lo que yo le hiciera a ella, solo lastimaría más a Brooke. Finalmente aparté la vista.

–Tenemos que hablar con el oficial Glassman.

–¿Por qué?

–Para descubrir lo que ocurrió realmente. Para ver si está mintiendo sobre Pie Grande. Mucho de lo que sabemos depende de los gritos de un hombre que intentaba defenderse de una acusación de pedofilia.

–Desearía que Attina lo hubiera asesinado a él –dijo ella.

–Ten cuidado con lo que deseas. Los deseos están volviéndose realidad con más frecuencia de la que deberían.

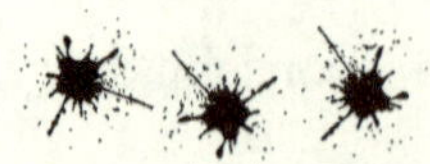

A la mañana siguiente, el agente Mills golpeó a la puerta y entró mientras yo abría los ojos y me enderezaba en la silla. Me había quedado dormido y no soñé nada.

Fue el mejor sueño que había tenido en siglos.

–Arriba –dijo–. Hora de irse.

–¿A dónde iremos? –preguntó Nadie.

–Iowa –respondió Mills–. Solo bromeo, iremos a D. C. Serán interrogados por algunas personas muy importantes antes de que decidamos qué hacer con ustedes.

–Tenemos que ir a Dillon –dije.

–¿A interrogar testigos? –preguntó Mills–. ¿Para resolver un crimen imposible?

–Solo queremos buscar a nuestro perro. Pero seguro, podríamos interrogar a algunas personas mientras estemos allí, si lo desea. Comencemos con el oficial Glassman.

–Él ya fue interrogado –respondió Mills.

–No por alguien que sepa lo que hacemos –replicó Nadie.

–Me ofendes.

–¿Le preguntó sobre su mención de Pie Grande?

–Soy el único representante de la ley que lo tomaría en serio sobre eso –dijo con una mano sobre su pecho–. Así que sí, pensé que preguntarle sobre Pie Grande era lo menos que podía hacer. Y también le creo; lo que lo atacó era enorme e inhumano. A pesar de lo que diga la chica muerta, sé cómo interrogar bien a alguien y sé cómo interpretar sus respuestas.

–Bien –dije–. Así que, ¿le preguntó cómo hizo para sobrevivir?

–¿Qué quieres decir? –frunció el ceño–. Su desgarradora historia de violencia y valentía es de todo lo que quiere hablar.

No tiene una buena explicación sobre lo que estaba haciendo allí en primer lugar, pero cuando el monstruo fue por la chica él lo enfrentó, sufriendo numerosos cortes en sus brazos antes de que lo hiciera a un lado y matara a la chica.

–Pero ¿eso tiene sentido para usted? –pregunté–. ¿Por qué el Marchito fue contra Jessica y no contra Glassman? Todas sus otras víctimas eran hombres. Todas las otras víctimas estaban solas en su habitación. Todas las otras víctimas eran personas que yo deseaba asesinar.

–Estás admitiendo eso con mucha soltura –comentó Mills.

–Algo está mal –continué–. Dijo que los asesinos seriales eran su especialidad, ¿cierto? Así que ha estado intentando tanto como nosotros crear un perfil psicológico que explique los tres asesinatos y el incendio, pero no puede hacerlo. Aún no tenemos suficiente información. La muerte de Jessica no encaja.

–Él es muy intenso –comentó Mills mirando a Nadie luego de observarme por un momento.

–Y está atrapado –añadió Nadie–. Con las manos atadas.

Mills me miró, pasando la lengua por sus dientes. Luego suspiró.

–Los he estado estudiando por mucho tiempo como para negar que son buenos en este trabajo. Si puedo conseguirles dos días, ¿podrán descubrir algo?

–A veces eso lleva meses –dije.

–Dos días –negó con la cabeza.

–Tres. Déjenos al menos hasta el domingo.

–¿Por qué el domingo?

–Porque las muertes no comenzaron hasta que fuimos a la iglesia. Y ahora la iglesia se ha incendiado.

–Se lo dije anoche –comentó Nadie–, tiene una mente muy atractiva.

Mills hizo entrar a una oficial de policía para que vigilara a Nadie mientras se cambiaba; él y yo esperamos afuera y me trajo una bolsa de maní de la máquina expendedora, para que tuviera proteínas. Unos minutos después, la oficial apareció con Nadie, las muñecas de Brooke esposadas en su espalda, y todos salimos hacia la camioneta negra de Mills, que estaba dañada por el accidente en Dallas.

–¿Sin marinos armados? –pregunté.

–Tu perfil psicológico sugiere que evitarías una confrontación física a cualquier costo –respondió Mills mientras abría la puerta trasera de su auto–. También sugiere que desconfías de las figuras de autoridad, lo suficiente como para creer cualquier cosa sucia que te digan. Te hace muy fácil de mantener a raya.

¿Realmente era tan fácil de engañar? Eché un vistazo a la matrícula conocida del auto: 187 RCR, Condado de Mills. Levanté la vista inmediatamente hacia él, que estaba ayudando alegremente a Brooke a entrar al auto: agente Mills. Comencé a considerarlo con más recelo y subí al asiento trasero sin hablar.

Mills subió a Nadie al asiento del acompañante, donde podía mantenerla vigilada, y la esposó a la manija de la puerta. Conversó descuidadamente mientras conducía, preguntándome mis teorías sobre la iglesia y su relación con los asesinatos, pero no le respondí. No pensaba que la iglesia en sí fuera parte de eso, a excepción del simple hecho de que esa, entre todas las cosas, fue la que Attina decidió incendiar. Eso significaba que de alguna manera era importante para él, pero no creía que hubiera nada detrás de eso. Solo se lo mencioné a Mills porque sabía que le iba a despertar interés y quería quedarme en el pueblo todo el tiempo posible.

Pon eso en tu perfil psicológico, chico listo.

Llegamos a Dillon cerca de dos horas más tarde, y Mills nos llevó de paso por los restos quemados de la iglesia antes de girar hacia la estación de policía. Toda la manzana estaba bloqueada por barreras de madera y cinta policial, y el césped chamuscado estaba cubierto con pilas de los libros y sillas recuperados y todo lo que no se había quemado. Reconocí a varias personas del pueblo revisando los restos: Sara, Ingrid, Paul e incluso Beth, que era demasiado débil para caminar por los escombros y había sido relegada a sentarse a un costado, señalando cosas con su bastón. Ella se involucraba en todo, a pesar de su edad. Me pregunté sobre Paul: ¿qué lo había llevado a ayudar a la iglesia, sin Brielle? Probablemente ella aún estuviera de luto por su hermana en algún lugar, pero si Paul era su novio, ¿por qué no estaba con ella? ¿Y por qué él no estaba lamentando la muerte de Corey?

–¿Qué haces cuando un amigo muere? –pregunté en voz alta.

–Uno… –Mills me miró por sobre su hombro, con curiosidad–. Lloras, supongo. Le das tus condolencias a la familia. No lo sé, ¿por qué lo preguntas?

–Porque yo no reacciono igual que otras personas, así que no sé si lo que veo es un comportamiento extraño o no.

–¿Qué es lo que ves?

–Paul estaba en la iglesia –dije–. Corey y Derek eran sus mejores amigos, y aun así él está allí, colaborando.

–Eso no es... del todo extraño –respondió Mills–. Muchas personas lidian con el dolor dedicándose a tareas manuales. O a ayudar a otros. Paul está haciendo ambas, eso es... saludable, probablemente.

–Entonces ¿dónde está Brielle? –pregunté.

–Algunas personas *no* se dedican a ayudar y trabajar –dijo él–. No creo que puedas atrapar a un asesino solo viendo quién se presentó a un proyecto de recuperación.

–¿Está seguro? –preguntó Nadie–. ¿A cuántos asesinos ha atrapado *usted*?

Mills no habló por el resto del viaje.

CA
PÍ
TU
LO
20

El agente Mills nos guio directamente a la recepción de la estación de policía de Dillon.

–Hola –dijo enseñando su placa–. Soy el agente Peter Mills del FBI. Necesito hablar con el oficial Glassman.

La recepcionista lo miró, luego a Nadie y a mí; yo lucía totalmente desaliñado y Nadie estaba esposada. Volvió a mirar a Mills.

–¿De qué se trata esto?

–Solo unas preguntas de seguimiento sobre el asesinato de Jessica Butler –respondió Mills y nos señaló despectivamente–. No se preocupe por ellos, solo hágale una llamada a Glassman o… lo que sea que hagan para convocarlo –volvió a lucir su placa, como para imponer su autoridad.

–Era hora de que tengamos algo de ayuda por aquí –la recepcionista suspiró aliviada–. ¿Vendrán más de ustedes?

–Pronto, espero.

–Las mejores noticias que he escuchado en toda la semana –marcó el teléfono mientras esperábamos. Inclinó su cabeza a un costado para escuchar y luego volvió a colgar el teléfono. Habló con un tono de sentida culpa–. Me temo que no está respondiendo el teléfono y es el único número que tengo de él. ¿Quiere que intente… no lo sé, algo más? Solo dígalo y lo tendrá.

Los policías de Fort Bruce habían odiado tener que trabajar con nuestro equipo, sentían que estábamos metiéndonos en su camino y mangoneándolos, pero esa estación parecía encantada de que Mills estuviera allí.

–¿Ese era el número de su casa o de su teléfono móvil? –preguntó él.

–Móvil –respondió la recepcionista–. Él vive en Tulsa. Se queda con su hermana mientras está en Dillon; ah, déjeme llamarla.

–Gracias –asintió Mills. Esperamos, pero luego de un momento ella negó con la cabeza.

–Tampoco hay respuesta.

–Conocemos a su hermana –dije–. Podemos ir en persona.

Mills le sonrió a la recepcionista por última vez, le agradeció por su ayuda y nos llevó de vuelta afuera.

–¿Es cerca? –preguntó–. Podríamos caminar.

–Tiene a mi mejor amiga esposada –dije–. No creo que quiera hacerla desfilar como un show de fenómenos.

–¿Tu mejor amiga es un demonio?

–Miren quién su puso juzgón de repente.

–No me molestan las esposas –dijo Nadie.

–A mí sí –repliqué, lanzándole una rápida y preocupada mirada antes de volver a ver a Mills. ¿Estaba deprimiéndose otra vez?–. Quíteselas o vamos en el auto.

–Auto –respondió Mills y nos dirigió de regreso a su camioneta–. El demonio y yo aún no somos mejores amigos.

Anduvimos las cuatro calles hasta la casa de Sara Glassman y me sorprendí al ver dos autos en su entrada: el pequeño coche de Sara y un móvil policial. Miré el reloj del tablero de la camioneta.

–10:27 –dije.

–¿Eso significa algo? –preguntó él.

–Significa que no están durmiendo; tal vez uno de ellos, pero no ambos –volví a mirar los autos y la casa–. Y no los vimos en el grupo de limpieza de la iglesia.

–Pueden haber ido caminando a algún lado –sugirió Nadie.

–Y si hubiéramos caminado, podríamos habernos cruzado con ellos –agregó Mills.

–Habría, podría, sería… –dije mientras bajaba del auto. La casa parecía tranquila, las ventanas estaban cerradas, las hojas de los árboles ondeaban suavemente por el viento. Caminé hacia la entrada, sin esperar a que Mills liberara las esposas de Nadie de la puerta del auto; si me apresuraba podría tener oportunidad de hablar con Glassman antes de que él llegara. Golpeé con fuerza y esperé escuchar pasos. Nadie apareció. Mills y Nadie se acercaron a la entrada y yo volví a golpear. Subieron los escalones y se pararon junto a mí; Nadie levantó las manos esposadas de Brooke.

–Al menos las tengo por delante –dijo–. Podría atajarme si tropiezo.

–Puedo cambiarlas si es necesario –replicó Mills.

Nadie abrió la puerta.

–Buena suerte –comentó Nadie al probar exitosamente con la manija.

–¿Lo es? –pregunté mientras entraba a la casa. Toda la situación se veía cada vez más y más inquietante.

–Ahora estamos con el FBI –dijo Nadie–. ¿Podemos entrar aquí sin una orden?

–*Él* no puede –respondí escaneando rápidamente la habitación–. Tú y yo no somos empleados de ninguna agencia de orden público –la sala lucía casi como la recordaba, no desordenada, pero llena de porquerías organizadas.

–¿Señora Glassman? –llamó Nadie al entrar detrás de mí.

–En serio muchachos, estoy siguiendo a dos adolescentes fugitivos en una ciudad en la que tres personas fueron asesinadas; tengo suficientes razones probables para comenzar a derribar muros si quisiera, ni hablar para entrar aquí y echar un vistazo –dijo Mills a nuestras espalda y recogió un periódico–. Tiene fecha de ayer.

–No vi uno nuevo en la entrada –comentó Nadie–. Ya deben haberlo… –algo blando y pequeño cayó en el porche y ella miró afuera–. Ahí está. El repartidor en su bicicleta.

–No dejarían la puerta sin llave por la noche –comentó Mills–. Así que obviamente la abrieron esta mañana y salieron a caminar.

–Por un vecindario de gente unida que piensa que él es un pedófilo –dije mientras avanzaba por el corredor–. Eso no parece estar muy alto en la lista de posibilidades.

–Tampoco lo está un perverso doble homicidio –comentó Mills–. Tú sacas tus conclusiones, yo saco las mías.

Di la vuelta a la esquina en la cocina y ahí estaban: él con su uniforme, ella con una blusa y una falda, sentados a la mesa con las cabezas bajas mirando sus platos de comida. Sus brazos colgaban inertes a los costados. Me acerqué más para mirar la comida sobre la mesa: alguna clase de guisado, oscuro y seco. Estaban allí desde la noche anterior, al menos.

–Santa madre –dijo Nadie al dar la vuelta detrás de mí.

–¿Qué encontraron? –preguntó Mills mientras se asomaba por la puerta detrás de ella–. Uh, al cuerno con todo esto.

–¿Al cuerno? –pregunté mientras tocaba el brazo de Sara para comprobar el movimiento de las articulaciones; el hombro y el codo se flexionaron fácilmente.

–No todos hablamos como si estuviéramos en *The Wire* –dijo él–. Deja de tocarlos, esto es una escena del crimen.

–Es por eso que los estoy tocando –repliqué dejando el brazo–. El rigor mortis ya ha llegado y pasado; han estado aquí por catorce horas, tal vez solo doce.

–El rigor mortis toma más tiempo que eso –me refutó Mills.

–No con este calor. Confíe en un funebrero –me agaché para ver sus cabezas pero me levanté de inmediato al ver que Mills tomaba su teléfono–. No lo reporte aún.

–Por supuesto que lo reportaré.

–Esta es nuestra única oportunidad de examinar los cuerpos. Y no diga que la policía tiene un equipo forense para hacerlo por nosotros, porque sabe que no encontrarán lo que nosotros podríamos. No saben sobre el Marchito, ni sobre nada sobrenatural; podrían dejar pasar docenas de claves vitales porque no saben lo que están buscando.

Mills sostuvo su teléfono frente a él, luego suspiró y lo guardó.

–Bien. Tienes veinte minutos.

–Puede darme mucho más que eso.

–En cada casa de la calle nos vieron estacionar y entrar aquí –indicó él–. Si pasan más de veinte minutos entre nuestra entrada y la llamada a la policía lucirá endemoniadamente sospechoso.

–Tranquilo –dijo Nadie–. Esto no es *The Wire.*

Mills la miró con desprecio y yo volví a observar los cuerpos. Veinte minutos.

Vamos, cuerpos. Háblenme.

Nunca me sentía más cómodo que cuando estaba entre cuerpos sin vida. Eran tranquilos, predecibles, eran todo lo que ponía mi mente en calma. Descifrar los caprichos y complejidades de la interacción humana era agotador, como correr una maratón mental. Pero investigar un cuerpo sin vida era relajante, como un crucigrama o Sudoku. ¿Qué me estaban diciendo esos cuerpos?

Tenían las cabezas agachadas hacia sus platos; no solo sus cabezas, sino sus rostros, como si hubieran estado mirando sus platos cuando sus cabezas bajaron. El plato de Sara estaba cubierto por su cabello, negro mezclado con gris; levanté un mechón y noté que su cabeza y su plato se veían iguales que los de su hermano. No parecía haber ningún impacto sobre la comida, lo que habría habido si sus cabezas hubiesen caído. Así que ellos las bajaron de a poco y directo... Repetí su movimiento con mi propia cabeza, para ver cómo se sentía.

–Se quedaron dormidos –dije.

–¿Por qué? –preguntó Mills.

–Estoy trabajando en eso.

–¿Por qué sus brazos están cayendo así? –añadió Nadie al levantar uno de los brazos del oficial Glassman.

–Porque están... uh –estuve a punto de decir "porque están dormidos", pero eso solo describía su posición de ese momento, pero no cómo llegaron a ella. ¿Qué habían estado haciendo sus manos cuando se quedaron dormidos? Nadie come con sus manos cayendo hacia los costados; debían estar sobre la mesa o quizás descansando sobre sus faldas. Miré los cubiertos, que parecían haber sido arrojados descuidadamente sobre la mesa. Dos cuchillos, dos cucharas y un tenedor–. ¿Dónde está el otro tenedor? –levanté el cabello de Sara del otro lado, pero no estaba.

–Aquí –dijo Nadie agachándose para levantarlo del suelo bajo la silla de Sara. Me lo dio con sus manos esposadas y arrugó su nariz y frunció el ceño al olerlo–. Huele mal.

Lo acerqué a mi nariz, olía fuertemente a químicos, tal vez como a un producto de limpieza.

–No es blanqueador, pero es algo parecido.

–¿Veneno en la comida? –preguntó Mills.

–El olor es demasiado fuerte –dije–. Hubieran notado que estaba allí.

–A menos que la comida tuviera más olor que los químicos –comentó Nadie. Se inclinó sobre la mesa para ver el guisado más de cerca–. ¿Pescado? Y curry –olió otra vez–. Pakistaní.

–¿Cómo es posible que sepas eso? –preguntó Mills.

–He sido pakistaní unos cientos de veces –respondió Nadie–. Pero quien sea que usó el curry no sabía cómo. Huele terrible.

–Eso ocurre cuando espolvoreas el curry con líquido lavavajillas –dije. Tomé la cabeza del oficial Glassman y la levanté, dejando ver su rostro cubierto de granos de arroz, especias y su boca llena de una espesa espuma blanca.

–Destapacaños –dijo Mills–. He visto ese efecto antes. No hay forma de que se hayan dormido así; tragar destapacaños es terriblemente doloroso. Te consume por dentro.

–Entonces probablemente haya un sedante allí también. Una droga para dejarlos inconscientes, una para matarlos y una comida fuerte y olorosa para cubrirlo todo.

–¿Por qué un Marchito usaría veneno para asesinar? –preguntó Nadie–. ¿Él no tiene garras o… quizás dientes? Jessica y Derek fueron cortados en pedazos.

–Pero Corey fue atropellado por un camión –dijo Mills–. Es diferente cada vez.

–Más concretamente –comenté–: ¿Por qué usaría veneno cuando yo no lo usaría?

–No todo es sobre ti –dijo Nadie.

–Pero casi todo aquí lo ha sido. La muerte de Jessica se destacó porque fue la única idea que no fue mía. Ahora ninguna lo es. Creo que deberíamos considerar la posibilidad de que estemos enfrentándonos a dos casos independientes.

–Un Marchito que está leyendo tu mente –intervino Mills– y un pedófilo persiguiendo niñitas. Lo que hace que esto sea una venganza.

–¿Asesinato-suicidio? –preguntó Nadie. Observó la escena con el ceño fruncido–. ¿Sara se cansa de la basura de su hermano y decide acabar con ambos, por la culpa de no haberlo detenido antes?

–Tú tienes una idea fija –dije–. No hay forma de que esto sea un suicidio.

–¿Por qué no?

–Tú viste esta cocina cuando comimos aquí el domingo; estaba cubierta de platos sucios que usó para cocinar. Lo mismo cuando ayudamos a traer las fuentes y platos de la reunión vecinal. Sara deja los platos sucios hasta después de comer, normalmente. Así que, si ella hubiera preparado esta comida la cocina estaría desordenada. Alguien más la cocinó.

–O el asesino limpió la cocina –dijo Mills. Lo miré y él alzó las manos–. Solo digo. Han ocurrido cosas más extrañas.

–Sara ama cocinar, ¿por qué alguien más tendría que cocinar por ella?

–Porque hay un programa de comida compartida para los policías de fuera de la ciudad –explicó Mills chasqueando los dedos–. Vi el formulario de inscripción en la pared de la estación. Esperen –marcó su teléfono, lo llevó a su oído y esperó mientras sonaba–. ¡Hola! Es el agente Mills otra vez, creo que hablamos hoy más temprano. Correcto. Absolutamente encantador. Escuche, tengo una pregunta más sobre el oficial Glassman, si no le importa. ¿Quién estaba en la lista para cocinarle anoche? Sí, puedo esperar –nos miró–. Está revisando la tabla. Deja eso con mucho cuidado para que no puedan notar que lo movimos –bajé la cabeza del oficial Glassman de vuelta a su plato, intentando que coincidiera exactamente con la marca en la comida–. Uh –dijo Mills de pronto–. ¿Está bromeando? ¿Quién fue el idiota que organizó eso? –Nadie y yo nos miramos, luego de vuelta a él–. De acuerdo, bien, mis disculpas en primer lugar y, segundo, necesitaré que algunos uniformados vayan por ella de inmediato y luego envía algunos más a la residencia de Glassman. Correcto. Lo más pronto posible. Y luego recoja sus cosas porque está despedida; sé que no tengo la autoridad y lo siento, pero el riesgo era evidente luego de esa tabla de comidas que organizó. Gracias, adiós –nos miró, negando con la cabeza.

»Ese guisado lo hizo Brielle Butler, la hermana de Jessica –metió el teléfono en su bolsillo y salió caminando hacia el porche–. Maldición.

CAPÍTULO
21

Brielle estaba en casa cuando la policía llegó, planeando el funeral de Jessica con sus padres y su hermano menor. No estuvimos allí para el arresto, por supuesto, pero estábamos de regreso en la estación para cuando la ingresaron allí. Fueron sorprendentemente gentiles con ella. Siempre escuché que los policías eran realmente duros con las personas que mataban a otros policías, pero supongo que ellos odiaban más a los policías pedófilos traicioneros, justo como Marci había dicho. Prácticamente la trataban como si fuera de la realeza.

No es como si eso hiciera que Brielle estuviera menos arrestada.

–Luce triste –dijo Nadie. La miré alarmado, estudiando su rostro; esa clase de comentarios distraídos y semi lúcidos solían marcar un cambio de personalidad. ¿Ver a Brielle habría hecho que apareciera una nueva? ¿La naturaleza del detonante determinaría qué personalidad se presentaba? Volví a mirar la puerta del cuarto de interrogatorios, preguntándome quién estaría sentada junto a mí en un momento. ¿Marci otra vez? ¿Alguna de las otras? ¿O alguien totalmente nuevo?

–La asistente jura que cambió las rondas de comida a último momento, precisamente porque no quería que la familia Butler cocinara para los Glassman –comentó Mills mientras se sentaba junto a nosotros–; no es que pensara que ellos eran capaces de envenenar a alguien, obviamente, sino porque no quería torturarlos con la situación. Jura que canceló esa comida por completo. Brielle y sus padres insisten en lo mismo.

–Entonces ¿quién preparó la comida de anoche? –volví a mirar a Nadie. Estaba observando fijamente sus manos.

–El voluntario a cargo de los turnos de comida era, como supusiste, Sara Glassman. Así que no sabemos a quién escogió en el cambio de último minuto. Podemos revisar su casa en busca de un registro escrito en cuanto el equipo forense acabe allí, pero descontando eso, nuestra única posibilidad de rastrear la comida es que alguien pueda identificar el guisado –se recostó en su silla y frotó sus ojos con el dorso de sus manos–. Extraño los días de BTK.

–Parece muy joven para haber trabajado con BTK –dije–. Fue atrapado hace años.

–Cierto –asintió Mills–, y gracias. Pero estaba en la universidad durante el final de todo, cuando salió de su retiro y envió nuevas cartas y todas esas cosas con el disquete y el ADN. Es por eso que me dediqué a los asesinos seriales en primer lugar, porque esa investigación fue brillante. De principio a fin. Las personas involucradas, los procedimientos que utilizaron, la combinación de nueva tecnología con el trabajo de campo a la antigua; eso es lo que quería hacer. Así que estudié y me uní al FBI; y es repugnante y lleno de cuerpos sin vida y mentes enfermas, pero es increíble, ¿sabes? He leído tu ficha, sé que eso es lo que te atrajo a ti también. Observar un crimen y utilizar todos los fragmentos para meterse en la cabeza de alguien. Como hiciste con los Glassman.

–Y luego te endosan conmigo –dije.

–Y nada volvió a tener sentido –añadió con una leve sonrisa y señaló la sala de interrogatorios, donde Brielle esperaba con un terror desesperanzado–. Ella hubiera tenido sentido: la hermana enfadada planea una horrible venganza. La narrativa funciona. ¿Sabes qué encontraron cuando la arrestaron? Ese policía de bigote, allí junto al escritorio, me contó toda la historia. Ella no dejaba de repetir: "¿Cómo leyeron mi diario? ¿Cómo leyeron mi diario?", así que encontraron su diario y allí estaba todo el plan: ella odiaba a Glassman y quería matarlo. Incluso escribió la parte del veneno, estaba todo allí en papel y tinta. Pero la asistente canceló la comida y la familia pasó toda la tarde y la noche en la limpieza de la iglesia con docenas de testigos. Ella tiene el móvil perfecto y la coartada perfecta –suspiró–. Y ni una pizca de curry en su cocina. Tenemos un pequeño pueblo con cinco asesinatos en menos de una semana y ninguno de ellos tiene sentido, y los mejores sospechosos acaban siendo víctimas y *nada tiene sentido.* Literalmente estoy comenzando a preguntarme si hay un escape de gas en el pueblo, porque todos están locos.

–No, yo no –dijo el cuerpo de Brooke. Parecía dormida.

–Todos muévanse –ordenó una voz y levantamos la vista hacia la multitud de policías, detectives y secretarios, que ya no estaban merodeando o discutiendo, sino moviéndose en una misma dirección. Mills y yo nos levantamos.

–¿Qué está ocurriendo? –preguntó él.

–Reunión –respondió el policía del bigote–. Davis quiere hablar con todos otra vez, decirles que dejen de tomar las cosas en sus propias manos y nos permitan trabajar.

–¿Y qué pasa con Brielle? –dije señalando la sala de interrogatorios.

–La enviaremos a casa –respondió el policía–. Demasiada evidencia a su favor.

Lo observé voltear y salir por la puerta, luego volví a mirar a Brooke.

–¿Estás despierta?

–¿Eh? –preguntó levantando la vista.

–¿Quién eres? –tomé sus manos para ayudarla a levantarse y que estuviera tranquila para hacerle esa pregunta.

–La única e irrepetible –respondió sonriendo–. Sabor original.

–Bienvenida –dije levantándola. Estaba aliviado de tener a Brooke de vuelta, pero no pude evitar tener un sentimiento de pérdida porque no era Marci. ¿Ella regresaría alguna vez? ¿O finalmente la habría perdido para siempre? Ese sentimiento me hacía sentir terrible, como si acabara de matar a un cachorro. Era el cuerpo de Brooke y debía ser Brooke la que estuviera a cargo de él. Yo era una persona horrible por pensar en otra cosa, sin mencionar por desearlo. Mantuve la voz calma y cambié de tema–. ¿Recuerdas al agente Mills?

–¿Iowa? –Brooke lo miró haciendo un mohín.

–Una matrícula –dijo él–. Vamos, iremos a la reunión.

–Primero quítele las esposas –pedí–. No más demonio, no más esposas.

Mills nos miró un momento, luego suspiró y sacó su pequeña llave plateada.

–Tres días, dijiste. "Solo dame tres días" –le quitó las esposas y las guardó en su bolsillo–. Y ahora estoy metiéndome en escenas del crimen y liberando a un demonio.

–No soy un demonio –replicó Brooke mientras se frotaba las muñecas, pero se detuvo de pronto e inclinó la cabeza–. ¿Fui Nadie otra vez?

–Tú siempre eres tú –respondí con calma, guiándola hacia la puerta–. En tu interior, siempre eres tú.

CAPÍTULO 22

Con la iglesia hecha cenizas, la reunión se realizó en la escuela del pueblo, que tenía un gran gimnasio para jugar al básquetbol, pero ninguna forma efectiva de acondicionarlo en el verano. Brooke, Mills y yo ayudamos a acomodar gradas y sillas mientras las personas del pueblo lentamente escuchaban las noticias y comenzaban a llegar. Muchos de ellos estaban felices y muchos de ellos estaban aterrados. Muchas personas que antes había visto con sus familias estaban solas, habían dejado a sus esposas e hijos en casa. Nadie quería estar afuera. Ingrid tuvo que arrastrar a Beth prácticamente pateando y gritando. Casi una hora después de que llegáramos, comenzó la reunión y el oficial Davis se paró en medio de la cancha de básquetbol para hablar.

–Gracias a todos por venir a otra reunión –comenzó el oficial–. Asumo que la mayoría de ustedes han escuchado las noticias sobre las recientes muertes, pero quería asegurarme de que lo escucharan de mí, como una fuente oficial y creíble.

Sin chismorreos ni murmuraciones. Aproximadamente a las 10:30 de esta mañana, la familia Glassman, Sara y su hermano Luke, fueron encontrados sin vida en la casa de Sara. Al parecer, han muerto en algún momento de la noche. Parece haber una especie de veneno involucrado, pero quiero remarcar que es muy pronto para especular con lo que ha ocurrido exactamente, o cómo o por qué. Les pido que tomen los mismos recaudos.

–¡Se supone que nos mantengan a salvo! –gritó un hombre en la primera fila. La multitud estaba inquieta, algunos murmuraban, otros negaban con la cabeza. Su terror se estaba convirtiendo rápidamente en enojo al estar el oficial Davis como foco de atención.

–Eso es lo siguiente de lo que quiero hablar –dijo Davis, gritando sobre el fuerte zumbido de voces–. Solo mantengan la calma, mantengan la calma. Déjenme hablar –la habitación quedó en silencio–. Eso es exactamente de lo que quiero hablar.

–Me estoy sofocando –susurró Brooke mientras se abanicaba.

–Solo escucha –respondí. Sequé el sudor de mi frente y observé al oficial Davis detenidamente.

–Como saben –continuó–, este pueblo ha sufrido cinco muertes en menos de una semana. No tenemos evidencia clara que vincule a ninguna de ellas con las demás, y una puede bien haber sido un accidente, pero el hecho es que esta cantidad de muertes tiene escasos precedentes. La naturaleza de esos precedentes nos sugiere dos cursos de acción y me temo que no les gustará ninguno de ellos.

–¡Hace demasiado calor aquí! –gritó una voz frágil detrás de mí. La multitud volteó y vimos a Beth de pie al fondo, agitando su bastón. Ingrid intentaba hacer que volviera a su asiento.

–Bueno –dijo Ingrid, entre risas–, todos estamos pensando eso de todas formas.

La multitud se rio con ella, rompiendo un poco la tensión, y eventualmente Beth comenzó a reír también. Volví a mirar a David, esperando que la risa suavizara el golpe de lo que estuviera por decir a continuación.

–Número uno –continuó Davis–. La presencia de un asesino relámpago o en masa ha atraído atención a nivel nacional. Eso es bueno, porque significa que la caballería está en camino: dentro de las próximas veinticuatro horas tendremos a la guardia nacional, la armada y al equipo SWAT desde Oklahoma. ¿Alguno de ustedes recuerda la persecución de los terroristas de Boston? Esa es la clase de protección de la que estoy hablando; docenas, sino cientos de botas sobre el suelo, patrullando su ciudad y rastreando al asesino. Estarán tan a salvo como podamos mantenerlos.

–Maldición –murmuré–. Tendremos otro Fort Bruce.

–Boston tuvo un toque de queda –dijo una mujer de la multitud–. ¿Van a encerrarnos a todos en nuestros hogares?

–Esas son las malas noticias –respondió el oficial Davis–. Solo tenemos dos maneras de mantenerlos a salvo en una situación como esta y, si los evacuamos, solo estaríamos dejando que el asesino se escape con ustedes. Tenemos que mantenerlos aquí y, por su propia seguridad, debemos mantenerlos encerrados.

–Nadie me ha informado de esto aún –susurró Mills mientras sacaba su teléfono–. Disculpen –se puso de pie y caminó hacia la puerta con el teléfono en su oído.

–Esto se pondrá feo –dijo Brooke y, por los murmullos en la multitud, supe que pensaban lo mismo. Hasta Beth estaba maldiciendo en voz baja, más duramente de lo que hubiera esperado.

–Sé que esto no los hace felices –continuó el oficial–, pero mantengan la calma, por favor. Traeremos comida y agua y otros servicios de emergencia mientras ustedes permanecen...

–¿Y qué hay de nuestros trabajos? –preguntó un hombre.

–Tienen un día libre –respondió Davis.

–No puedes reportarte enfermo a una granja –protestó otro hombre.

–Entiendo que esto es difícil. Pero ¿qué quieren que hagamos? La ley marcial nos da el espacio para atrapar al asesino antes de que más de ustedes mueran. Estamos haciendo esto para protegerlos.

–¡Están haciendo esto para controlarnos! –gritó Beth y la multitud exclamó en asentimiento. Se estaba formando una turba, y ella era su voz.

–Hay pistas que estamos siguiendo mientras hablamos –gritó Davis–. Muestras médicas de la casa de los Glassman. Huellas y marcas de armas del ataque a Jessica Butler. Información forense del camión que impactó contra la habitación de Corey Diamond.

–¿Qué evitará que otro camión se estrelle contra mi ventana? –gritó un hombre del fondo–. ¡Ni siquiera pueden mantenernos a salvo en nuestros hogares!

–Si hay alguien en las calles, lo veremos –volvió a gritar Davis–. Si alguien enciende un camión o camina por un callejón o incluso si toma un arma, *lo veremos* –agitaba su puño cerrado mientras hablaba–. Hagan lo que les decimos y nadie saldrá herido. Y, por amor de Dios, no tomen la ley en sus manos. No le abran la puerta a nadie más que a mis hombres, pero tampoco le disparen a nadie. Sé que todos tienen armas y quiero que sean capaces de protegerse, pero si comienzan a disparase unos a otros por las ventanas caeré sobre ustedes con el peso del Señor. Quédense en sus casas, disfruten sus vacaciones aunque sean obligatorias, y déjennos hacer nuestro trabajo. El ejército estará aquí mañana, pero la ley marcial comienza en una hora. Se termina la reunión.

–Esto es terrible –dijo Ingrid.

–Es un mal necesario –respondí–. Vaya a casa, lleve a Beth a casa y haga lo que ellos dicen.

–¿Ustedes vendrán? –preguntó Ingrid.

–Quizás solo a recoger nuestra ropa. Siento no tener tiempo de explicarlo.

–¿Marci? –preguntó Ingrid mirando a Brooke.

–Ya no –respondió Brooke.

Ingrid frunció el ceño, confundida por la respuesta, pero tomó la mano de Beth y se unió a la multitud que caminaba lentamente hacia la puerta.

–Esta es nuestra oportunidad –dijo Brooke–. Mills se ha ido, así que podemos escondernos y liberarnos de él.

–Lo necesitamos. Es nuestra única forma de salir de este pueblo.

–¿Quieres irte?

–Quiero matar a Attina. Pero primero quiero sacarte de aquí.

–No –dijo Brooke.

–Sin discusiones –repliqué–. Sacarte de aquí es mi prioridad principal. Aquí está él –tomé la muñeca de Brooke y la llevé hacia Mills, que estaba hablando con un hombre del pueblo.

–"... no tomen la ley en sus manos" –decía el hombre mientras nos acercábamos detrás de él. Lo reconocí de algún lugar. La iglesia, ¿tal vez? Por supuesto: Randy, el hombre enamorado de Sara. Lucía prácticamente rojo por la ira–. ¿Qué piensa que estaba haciendo la chica Butler? –exigió–. Alguien tiene que meter un poco de destapacaños en su garganta, a ver si le gusta.

–Agente Mills –dije–, ¿podemos hablar con usted en privado?

Mills se disculpó con gusto de abandonar la conversación, dejando a Randy quejarse con la siguiente persona que llegara, y caminó con nosotros hacia la salida más cercana.

–¿Tienen algo?

–Tenía razón –dije–. Todos en Dillon están locos.

–¿Qué? –peguntó Brooke.

–No realmente locos –agregué–. Locos por un escape de gas –observé a las otras personas y policías que aún estaban en el lugar, demasiado cerca para decir mis verdaderas sospechas en voz alta–. Por decirlo de algún modo.

–¿Crees que el Marchito está volviendo locas a las personas? –preguntó Mills acercándose tras dudar un momento.

–El que estamos buscando se llama Attina –dije–. Brooke no recuerda cuáles son sus poderes y hemos estado devanándonos los sesos intentando descifrarlos en base a sus asesinatos, pero

¿y si Attina no los está realizando personalmente? ¿Y si está haciendo que otras personas los cometan?

–Así que no podemos encontrar una teoría que unifique las cinco muertes, más el incendio, y tú crees que tal vez eso se deba a que hay múltiples asesinos y, por lo tanto, tampoco una razón o método consistente. O, supongo, que la supuesta locura *es* la razón consistente.

–Hace que todo tenga sentido.

–Solo en un sentido vago –dijo Mills–. Dile a cualquier policía en el país que su caso de asesinato es causado por "todos volviéndose locos al mismo tiempo" y se reirán en tu rostro. No es evidencia. Ni siquiera es evidencia circunstancial.

–Un escape de gas sería evidencia –respondí–, si puedes encontrar uno. Tal vez Attina es un escape de gas sobrenatural. Está aquí en el pueblo, ocupándose de sus propios asuntos, pero luego algo lo activa y comienza a... esparcir "locura". Empieza a emitir tendencias violentas en al aire, como una estación emisora psíquica, y entonces las personas comienzan a lastimarse unas a otras.

–¿Y el Pie Grande de Glassman?

–Una mentira para cubrirse. Probablemente él fue el que mató a Jessica, dominado por la influencia de Attina y, cuando se liberó de ella, inventó esa historia para explicarlo.

–Tal vez estaba alucinando mientras lo hacía –comentó Brooke–. Tal vez pensaba que Jessica era un monstruo y es por eso que la mató.

–Así que, ¿quién es? –preguntó Mills mirando alrededor.

–Si funciona de la forma que estoy pensando –susurré–, bien podrían ser todos ellos.

–No es suficiente –Mills apretó los dientes, miró la habitación a su alrededor y luego volvió a mirar el cuarto de interrogatorios cerrado.

–Tiene que sacar a Brooke de aquí –dije.

–No –volvió a negarse ella.

–¿Quieres irte? –Mills me miró entornando los ojos–. Pensé que propondrías un método brillante para atrapar al Marchito.

–Estamos en un pueblo en el que personas aleatorias están asesinando a otras por razones aleatorias –dije–. No es un pueblo en el que queramos estar.

–Pero se supone que eres el idiota que se mete en la boca del infierno cada vez que se abre –comentó Mills–. Tu perfil psicológico es muy claro sobre eso: no abandonas a las personas cuando un Marchito las amenaza.

–¿Por qué otra razón estamos aquí? –exigió Brooke.

–Yo me quedaré –confesé–. Brooke se... Escuche. He estado solo toda mi vida –no sabía por qué le estaba diciendo eso, solo se me escapó–. Incluso cuando tenía personas que me cuidaban, que se preocupaban por mí, que hacían lo que podían para ayudarme, estaba solo, porque pensaba que estaba solo. Me comportaba como si estuviera solo. Odiaba mi vida y me odiaba a mí mismo y a todo lo demás; pero ahora... en algún lugar... –no podía decirlo frente a Brooke; que en algún lugar dentro de ella estaba la única persona que había amado alguna vez. Que estaba salvando a Brooke por Marci–. Escuche –repetí–. Cuando estoy con ella soy yo mismo, por primera vez en mi vida. Ella me hace quien soy. Y no la perderé otra vez –miré a Mills directo a los ojos–. No en un pueblo de lunáticos lleno de bombas explosivas humanas esperando activarse y matar a alguien. No podemos predecir cómo ocurrirá, o cuándo, o quién será, así que la sacamos de aquí, la ponemos a salvo y luego encuentro a este Marchito y hago que se detenga.

–¿Tienes un plan? –preguntó Brooke. Su voz sonaba débil, pero determinada.

–Pensaré en uno cuando estés a salvo –le respondí con firmeza.

Mills negó con la cabeza, mordiendo su labio superior mientras miraba alrededor.

–La caballería está en camino –dijo–. Acabo de hablar con D. C.; todo lo que Davis dijo es verdad y ya está en marcha. Este pueblo está a punto de volverse el lugar más seguro en todo el maldito continente.

–¿No está escuchándome? –pregunté–. ¿Llegarán un montón de hombres armados a un sitio en el que las personas están aleatoriamente convirtiéndose en robots asesinos? ¿Y usted cree que eso es seguro?

–No podemos probar que eso sea lo que está pasando en realidad –dijo Mills.

–¿Quiere arriesgarse a que ocurra otro Fort Bruce para probar que estoy equivocado? –pregunté.

–"Yo digo que nos marchemos y hagamos saltar todo por los aires" –masculló Mills, negando con la cabeza otra vez mientras citaba una escena de *Aliens*–. "Es la única forma de asegurarse".

–Yo estuve en esa película –comentó Brooke. Mills la miró, confundido, y volvió a mirarme a mí.

–¿Tienes que recoger algo antes? –preguntó.

–Su ropa –respondí–. Y a Boy Dog.

–¿Él te hace ser tú también? –alzó las cejas incrédulo.

–Lo mataré con mis propias manos. No lastimo animales o dejo que sean lastimados por negligencia. Tengo reglas que me mantienen controlado y, a los demás, a salvo. Saque a mi perro de este pueblo o no puedo describir las catastróficas formas en que haré que lo lamente.

Mills me miró, sacudió su cabeza y caminó hacia la puerta.

–Vamos, entonces. Y la próxima vez que veas a Nadie, dile que esposé al psicópata equivocado.

Le indicamos cómo llegar a la casa de Ingrid y él condujo en silencio, probablemente intentando descifrar qué estaba planeando. ¿Realmente iba a dejarme ir? ¿Podría explicarlo a sus superiores? ¿O se arrepentiría de todo en el último minuto?

–Tiene que quedarse con ella todo el tiempo –le dije. Estaba en el asiento delantero y Brooke sola, atrás–. Si la deja sola por dos segundos, pueden ser dos segundos en los que una nueva personalidad tome el control.

–La mantendré a salvo –asintió Mills–. Y te lo garantizo porque sé que es la única forma de hacer que regreses a mí.

–Me mantendrá prisionera para asegurar tu regreso –dijo Brooke suavemente.

Sonaba traicionada, pero peor que eso, sonaba resignada. Había ocurrido algo terrible y no tenía la fuerza para luchar contra eso. No sabía cómo responderle, así que me dirigí a Mills.

–Manténgala alejada de cualquier cosa que pueda utilizar como un arma. Una vez intentó cortar sus muñecas con el tornillo de la pata de una mesa.

–No quiero que me dejes –dijo ella.

–No lo haré. No lo estoy haciendo. Será solo como la ducha en la parada de camiones, ¿de acuerdo? Tú haces una cosa mientras yo hago otra.

–Sabía que habíamos perdido nuestra oportunidad allí –comentó Brooke con una sonrisa melancólica.

–Tendremos otra –dije y sentí que una ola de calor atravesaba mi cuerpo. Me pregunté si estaría sonrojándome y qué estaría pensando Mills, pero lo olvidé y me enfoqué en Brooke–. Soy el que baja al infierno, ¿recuerdas? No pueden llevarte a ningún sitio al que no vaya a buscarte. Siempre te protegeré, sin importar lo que pase.

En ese momento, algo enorme golpeó el auto, bloqueando la luz de mi ventana y, antes de que pudiera ver de qué se trataba, el auto estaba girando fuera de control, inclinándose hacia un lado. Mills gritó algo incoherente mientras luchaba con el volante y luego golpeamos contra algo más y las bolsas de aire estallaron, impactaron contra mi rostro y me quitaron todo el aire de los pulmones.

Parpadeé, aturdido, ensordecido e intentando recordar dónde me encontraba. Mi asiento se movió, empujado por algo, y luego mi ventana se puso negra otra vez. El aire estaba lleno de polvo de las bolsas, flotando y arremolinándose frente a mí. El sonido regresó de a poco. Un grito. Un chasquido metálico. Otro grito.

Brooke.

Intenté voltear para verla, pero mi cinturón de seguridad se había ajustado demasiado. Aplasté las bolsas que se desinflaban, intentando alcanzar la hebilla. Cuando finalmente la alcancé, giré en mi asiento para ver detrás de mí. Las piernas de Brooke estaban saliendo del auto, casi como si estuviera volando. O siendo arrastrada. Algo gigante seguía bloqueando mi ventana, no podía distinguir qué. Luché con la traba y la manija de la puerta, desesperado por salir, mientras gritaba el nombre de Brooke. La puerta se abrió de pronto y caí a la calle. Levanté la vista.

Una enorme bestia estaba sobre el auto, con Brooke sujeta firmemente entre sus garras. No era peluda ni escamosa, pero tenía una piel gruesa y fuerte, como de un rinoceronte o... el lecho seco de un lago. Ni siquiera podría decir si se trataba de carne o lodo. Rugió al verme, presionó a Brooke contra su pecho y salió corriendo.

Y desapareció.

CAPÍTULO 23

Estábamos equivocados.

Miré hacia la calle; nuestro auto había chocado contra un árbol apenas a una manzana de la casa de Ingrid, y la calle se había llenado de personas y otros autos, todos regresaban a sus hogares luego de la reunión, todos ellos helados de sorpresa. Caminé unos pasos en la dirección que había escapado el monstruo, aún tambaleándome por el accidente, y vi que las personas en esa dirección seguían corriendo y alejándose de algo que yo no podía ver. El monstruo seguía allí, era solo… invisible de algún modo para las personas que estaban demasiado lejos de él. Corrí tras él tan rápido como pude, desesperado por alcanzarlo, pero el pueblo era pequeño y llegué hasta su límite en unas pocas calles. El monstruo se había ido. Sin más personas que lo vieran no tenía manera de rastrearlo.

Y no tenía idea de cómo encontrarlo, porque todo lo que había pensado que sabía sobre él estaba equivocado.

La muerte de Jessica me había resultado tan diferente a las demás y había estado seguro de que el oficial Glassman mentía sobre "Pie Grande", y después de todo allí estaba. No había ningún escape de gas sobrenatural, había un verdadero monstruo con verdaderas garras. La aparente mentira de Glassman era de hecho el único testimonio útil que habíamos obtenido en todo ese tiempo. Y él estaba muerto.

Di la vuelta y caminé lentamente de regreso al centro del pueblo, con mi mente repasando los hechos, intentando desesperadamente encontrar algo en ellos que pudiera usar. ¿Por qué se había llevado a Brooke? ¿Por qué había escapado de mí? ¿Pensaría que aún era Nadie y deseaba hablar? ¿Sabría que yo estaba tras él y quiso escapar? Pero ¿por qué no matarme simplemente? A menos que en verdad no pudiera hacerlo. Esa había sido nuestra primera teoría con Jessica y Glassman; que el monstruo había ido por él y la mató a ella como daño colateral cuando él se defendió. Tal vez su muerte dos días después había sido obra del mismo monstruo, que regresaba para terminar su trabajo; y tal vez por eso había usado veneno, ya que el ataque físico había fallado la primera vez. Pero ¿quién querría matar a Glassman? Si las historias sobre él eran ciertas, debía haber muchas personas en el pueblo que querrían asesinarlo... pero ¿por qué un Marchito querría hacerlo? ¿Qué ganaba con eso? Especialmente cuando los rumores sobre él al parecer no eran más que rumores. Él visitaba a su hermana todo el tiempo y nadie había intentado matarlo antes. ¿Qué había cambiado?

La respuesta era obvia: Jessica había cambiado. Seis años atrás ella tenía ocho años, pero entonces tenía catorce. Y, mientras que ella no era la única adolescente en Dillon, era la única en la que Glassman se había fijado. La única con la que se había enfrentado directamente. La única que tenía una hermana que juró matarlo.

Brielle tenía un móvil para ambos ataques y había amenazado con llevarlos a cabo. ¿Sería ella? Si había atacado a Glassman y había acabado matando a su propia hermana por accidente, eso haría más probable que ella fuera tras él una segunda vez y que el daño colateral fuera la inocente hermana de Glassman. Tenía sentido. El novio de Brielle, Paul, era el único del grupo que no había sido asesinado, así que eso reforzaba un poco más mi teoría. Ella tenía una coartada para el ataque del día anterior, pero si era una Marchita que podía cambiar de forma y volverse invisible, ¿quién sabía qué más podía hacer? Era mi mejor pista, y tenía que seguirla.

Aún estaba a unas calles del auto de Mills. Había un grupo de personas reunidas a su alrededor, pero a esa distancia apenas podía contarlas y menos distinguir qué estaban haciendo. ¿Estaba muerto? ¿Herido? ¿Habrían llamado a una ambulancia? Giré en la esquina y tomé otra calle. Todo sería más fácil sin tenerlo mirando sobre mi hombro. Podría hacerlo a mi manera. Detuve a la primera persona que me crucé en el camino, una mujer de mediana edad que llevaba las manos presionadas contra el pecho mientras caminaba rápidamente a su hogar, sus ojos bien abiertos y alerta ante el peligro.

–Disculpe –dije. Mantuve mi voz calmada y no amenazadora–. ¿Conoce a la familia Butler? –Brielle no estaría allí si era el monstruo, pero su familia sí, y tenía que descubrir qué sabían y si tenía alguna posibilidad de asesinar a ese Marchito.

–Están en el número 30, em, 32 de la calle Willow.

–Gracias.

Ella siguió caminando y yo apresuré la marcha. Solo teníamos cerca de treinta minutos antes de que el oficial Davis comenzara con el toque de queda. Si iba a hacer algo con la información que esperaba conseguir, tenía que trabajar rápido. La calle Willow estaba a unas pocas cuadras, al final de la calle Main, y encontré el número 32 unas pocas calles después. Era una casa de una planta con un frente angosto, pero se extendía en un extenso parque. La calle estaba vacía, las puertas, cerradas y las cortinas, bajas. Nadie vería lo que estaba a punto de hacer.

Necesitaba conseguir información rápido si quería salvar la vida de Brooke. No tenía tiempo para sutilezas, tretas o una larga investigación. El monstruo que retenía a Brooke podría matarla en cualquier momento. Si la familia Butler tenía alguna pista que pudiera ayudarme, se las sacaría de la forma más rápida y eficiente que pudiera. No sería agradable.

Los policías me habían quitado el cuchillo cuando se llevaron a Brooke al hospital, así que caminé unos metros por la calle, mirando por las ventanas de las camionetas. Como suponía, la segunda tenía un porta armas con algunos rifles de caza. *Dios bendiga a estos pueblerinos.* Probé la puerta, pero estaba cerrada; caminé al lado del pasajero, con la esperanza de que no fuera necesario romper una ventana, y suspiré aliviado cuando la puerta se abrió. Solté las correas del rifle más cercano, un modelo de caza largo, como el que había tenido Derek. Tomé una caja de municiones de la guantera y cargué el rifle con cuidado mientras caminaba hacia la puerta de la casa. Odiaba las armas. Eran complicadas, ruidosas e impersonales. Pero eran aterradoras como ninguna otra cosa.

Ring.

Esperé escuchar pasos y volví a tocar.

Ring.

Escuché una voz, y puse el rifle fuera de la vista detrás del marco de la puerta. Un hombre abrió una hendija, y la puerta se detuvo a unos centímetros debido a una cadena metálica.

–¿Qué desea?

–Hola señor, mi nombre es David y soy amigo de Brielle. ¿Ella está en casa?

–No estamos interesados en recibir visitas ahora.

–Lo sé, señor, y sé que el oficial Davis les dijo a todos que no dejaran entrar a nadie en sus casas, pero el toque de queda no ha comenzado aún y esto solo tomará un minuto. Sé que han pasado por mucho últimamente y sé que ha sido muy duro para Brielle, así que le traje algo para animarla. Solo será un minuto.

–Eres el chico nuevo que solo está de paso por el pueblo, ¿cierto? ¿Con la chica? –preguntó el señor Butler luego de observarme un momento.

–Así es, señor. Conocí a Brielle en la iglesia *–gracias Marci por insistirme en ir a la iglesia.*

–Sí –dijo Butler–. Lo recuerdo. Tenían a ese perro increíble. ¿Baset hound?

–Así es –respondí.

–Amo a esos perros. Y recuerdo que Brielle dijo que ustedes le agradaban. ¿Dónde está tu novia?

–Ella está con Ingrid.

–Bien entones –asintió–. Supongo que si solo tomará un minuto –al parecer pensaba que Brielle estaba en casa, lo que encajaba con mi teoría de que ella podía crear su propia coartada; un Marchito invisible podía entrar y salir sin problemas. O tal vez realmente estaba en casa y el marchito que tenía a Brooke era alguien más, y yo estaba aterrorizando a esa familia por nada. *No,* pensé, *no por nada. Por información.* Él cerró la puerta y yo tomé mi rifle y, cuando la volvió a abrir ya sin la cadena, lo golpeé en el rostro con la culata, rompiéndole la nariz y empujándolo adentro. Él gritó, sujetó su nariz y lo volví a golpear, en la rodilla esta vez, haciendo que cayera al suelo. Y cerré la puerta.

–¿Qué demo…? –se retorció de dolor, intentando ponerse de pie y apunté el rifle a su rostro.

–Silencio.

Se calló de inmediato.

–Llama a tu esposa –dije–. Haz que tu voz sea lo más calma y estable posible o te dispararé en el rostro y la buscaré yo mismo, ¿me entiendes?

–¿Nos matarás?

–No. Pero los amarraré y posiblemente los torturaré. Literalmente.

–¿Literalmente? ¿Qué pasa contigo?

Me detuve, pensando. ¿Qué pasaba conmigo? Nunca actuaba así. O al menos no lo había hecho desde…

… desde que estaba con Brooke. Ella me mantenía cuerdo y ya no estaba. Me había perdido más rápida y completamente de lo que creía posible.

Y sería mucho peor antes de que acabara.

–Le prometí a una amiga que bajaría al infierno para traerla de vuelta –dije–. No haga que lo lleve conmigo.

Él asintió. Lo presioné con el rifle y llamó a su esposa con la voz más calma que pudo exhibir.

–¿Cariño? ¿Puedes venir a la sala de estar por un minuto?

Esperamos en silencio y, cuando la señora Butler entró a la habitación, se sobresaltó, sorprendida.

–Haga silencio –le dije–. Haga exactamente lo que le diga o lo mataré. ¿Me entiende?

–¿Por qué estás haciendo esto?

–Responda mis preguntas o les demostraré que hablo en serio.

–Sí –dijo ella–. Sí, te entiendo.

–¿Quién más está en la casa?

–Solo los niños. Los tres –se quebró en sollozos–. Los dos.

–Llame a su hijo. No deje que sepa que algo anda mal.

–Noah –llamó, luego de dudar un momento. Su voz tembló y levanté el rifle, solo un milímetro, para llamarle la atención, y ella volvió a llamar–. Noah, cariño, ¿puedes venir a la sala?

Ahí es donde se ponía difícil. Si Brielle estaba en casa y era un Marchito, podría aparecer en cualquier momento y asesinarme. Yo tenía un arma, pero solo era una imagen, yo era un tirador terrible. Glassman había derrotado al demonio, pero yo no tenía la fuerza física o el entrenamiento que él había tenido. Debía moverme rápido y esperar que pudiera obtener algo útil antes de que el Marchito regresara.

Un niño bajó, de unos once años, entró en la habitación y se quedó helado al ver a su padre ensangrentado y a mí con el rifle.

–¿Qué?

–No grites, no hables ni hagas algo estúpido –le dije al chico–. Tírate al suelo, boca abajo y pon tus manos detrás de tu cabeza. Señora Butler, amárrelo.

–¿Por qué estás haciendo esto? –preguntó el señor Butler.

–Porque necesito información –respondí–, y no tengo tiempo para lidiar con su resistencia mientras intento obtenerla. Señora, átelo. Use la camisa de su esposo; esas se desgarran con mucha facilidad.

–¿Quieres que me quite la ropa? –protestó él. Apunté el rifle a su rostro y él dejó de hablar.

–Quiero que se aten unos a otros antes de que me canse de lo lentos que son y les dispare.

–De acuerdo, de acuerdo –dijo la señora Butler mientras caminaba lentamente hacia su esposo–. Lo haré, solo no le dispares a nadie –le sacó la camisa al señor Butler y comenzó a hacerla jirones. Noah estaba llorando en el suelo.

¿Qué estaba haciendo? Ese no era yo. No era quien quería ser. Estaba haciendo eso para ayudarlos, para matar a un Marchito que estaba asesinando a ese pueblo más rápido de lo que podíamos procesar la evidencia. Derek Stamper ni siquiera había sido sepultado aún, y la morgue ya estaba sobrepoblada. Lo que yo estaba haciendo era correcto y bueno, pero… ¿esa era realmente la única manera? ¿Siquiera era la mejor? Ese niño en el suelo recordaría este momento por el resto de su vida. Tendría que ir a terapia y tendría recuerdos recurrentes y quién sabe qué otros síntomas del trauma. Las víctimas de ataques violentos durante la niñez muestran tendencias violentas más adelante; no todos, pero los suficientes como para preguntarme: ¿detener a un monstruo valía la pena si todo lo que hacía era crear otro?

No es lo mismo, me dije a mí mismo. No puedo pensar así. Provocarle a un niño algunas pesadillas y un mal temperamento no era nada comparado con el horror que estaba acechando a ese pueblo. Que tenía a mi mejor amiga, mi única amiga, mi única esperanza de alguna vez encontrar a los demás Marchitos y detenerlos de una vez y para siempre. De seguro su vida, en esos términos, valía al menos tres vidas de otras personas. Seguramente valía mucho más. ¿Había un número exacto en algún lugar? ¿A cuántas personas amarraría, torturaría o mataría antes de que fueran demasiadas y tuviera que dejar morir a Brooke? Estaba contrariado, como siempre, por las matemáticas de la moralidad. No podía abrirme el camino a la paz cometiendo asesinatos.

–Hecho –dijo ella.

–Ahora ate a su esposo –le ordené–. Y haga nudos fuertes. Matarla rompería mi corazón, pero no es como si lo estuviera usando para algo.

Ella amarró a su esposo, ató sus tobillos y luego sus manos, apretadas detrás de su espalda, luego lo llevó a la esquina junto a su hijo. Usé los últimos jirones de tela para atar los tobillos y manos de ella también, y luego fui a la cocina en busca de un cuchillo. Siempre se sentían mejor que las armas. Había un cuchillero en la mesada. Tomé uno de picar, largo, de hoja ancha y probé su filo. Los mantenían bien afilados. Lo llevé a la sala y lo sostuve en alto.

–Es un cuchillo *cleaver* –comenté–. No saben cuál es la gracia de eso, pero confíen en mí.

–Dijiste que querías información –dijo el padre–. Solo haz tus preguntas y déjanos en paz.

–¿Su hija ha estado actuando de forma extraña últimamente?

–Ella está devastada –respondió su madre–. Todos lo estamos.

–¿Actúa como si sintiera culpa?

–¿Por qué debería sentirse culpable? –preguntó el padre.

–¿Sí o no? –insistí.

–No –dijo la madre–. Nada de lo que le ocurrió a Jessica o a ese bastardo de Glassman fue su culpa.

–¿Y antes de eso? –pregunté. Attina no había nacido como Brielle; la había poseído en algún momento, asesinando a la chica real y asumiendo su forma e identidad–. Piensen en meses atrás –agregué–. Tres, cuatro, tal vez tanto como siete años. ¿Hubo un momento en el que su comportamiento cambió súbitamente? –pensé en Marci y en Brooke, y en el período de adaptación que cada una de ellas pasó cuando Nadie tomó sus cuerpos–. ¿Pasó por algunos días de completo aislamiento, en los que se alejó del resto del mundo? Puede haberle seguido un marcado cambio de comportamiento. ¿Brielle ha pasado por algo así?

–¿Te refieres a... la pubertad? –preguntó la madre–. No entiendo qué es lo que estás buscando. ¿Qué le harás a mi bebé?

–Si ella es aún su bebé, nada en absoluto. ¿Pueden pensar en algún cambio repentino en su comportamiento o su actitud, o incluso en sus preferencias alimenticias que no puedan ser atribuidos a la pubertad? ¿Como que algún día dejó de escuchar la misma música que solía amar o cambiaron todas sus amistades de la escuela?

–Todos los adolescentes pasan por eso –dijo el padre–. Yo lo hice, tú probablemente también lo has hecho. No sé a dónde quieres llegar, ni qué quieres de mi familia, pero no hay nada malo con Brielle. Ella es una persona maravillosa.

Justo como me temía; la pubertad era algo tan inestable que era el momento perfecto para tomar el control de una vida. No podían probar si ella era o no un Marchito; necesitaba más información.

–Veo que esto no nos está llevando a ningún lado –dije–. Los amordazaré e iré a ver su habitación. Señora Butler, vendrá conmigo, así ustedes dos se quedan muy quietos o ella no regresará. Sin hablar, sin moverse, sin pedir ayuda, sin arrastrarse a la puerta. ¿Me entienden?

–Sí –respondió el padre y el niño lo imitó suavemente.

Arranqué trozos de tela de un cojín y amordacé a los dos hombres, luego liberé las ataduras de los tobillos de la madre. El filo cortó la tela con un suave y delicioso sonido de desgarro, y tuve que contenerme para no cortar nada más. *1, 1, 2, 3, 5, 8, 13…* Eso solo me hacía pensar en Brooke, yaciendo inconsciente en un motel barato. *¡Concéntrate!* Me alejé, respirando profundamente. Cuando volví a estar bajo control le indiqué a la madre que se pusiera de pie con el cuchillo.

–Guíeme y no haga nada estúpido –ella me guio por la cocina y el corredor; tomé el rifle al pasar junto a él.

–Aquí es –susurró al detenerse al final del corredor–. Ella la comparte, compartía, con Jessica.

–Abra –también mantuve la voz baja, solo en caso de que ella ya estuviera en casa, que hubiera entrado por la ventana luego de secuestrar y asesinar a Brooke.

Si Brooke ya estaba muerta, no sabía qué es lo que haría...

La señora Butler abrió la puerta suavemente, empujándola lento antes de entrar. Yo la seguí de cerca, manteniendo el cuchillo en su espalda y el rifle listo en la otra mano, preparándome para un nuevo ataque de ese Marchito gigante e inhumano.

Y entonces, la señora Butler gritó, un largo y horrible gemido de total desesperación. La aparté para poder pasar junto a ella y cayó al suelo gritando *¡No, no, no!* a toda voz. Brielle estaba desplomada descuidadamente en el suelo, con sus extremidades lánguidas, sin vida. Caminé hacia ella, sin creer lo que veían mis ojos: ella era Attina. Tenía que serlo. Todos los indicios tenían sentido. Y aun así, allí estaba, tan muerta como los demás. Sin lodo negro por ningún lado. La ventana estaba rota, el marco tenía marcas de garras. Definitivamente un Marchito había estado allí, incluso si no era Brielle. Vi algo blanco junto a sus labios y me agaché para verlo. El olor a destapacaños era tan fuerte que me produjo arcadas. Espuma mezclada con sangre se filtraba de su boca, cayendo hasta la alfombra que estaba debajo de ella. Sus ojos estaban abiertos, amplios y aterrados.

–Llame a la policía –dije.

–¿Qué?

–Es una venganza. Quien la haya matado, lo hizo de la misma forma en que Glassman murió. Escuché a alguien hablando de eso en la reunión: "Alguien tiene que meter un poco de destapacaños en su garganta, a ver si le gusta" –miré el cuerpo, demasiado aturdido para moverme–. Textualmente.

–¡Torturaste a mi familia! –gritó ella.

Bajé la vista hacia el cuchillo y el rifle en mis manos, a las ataduras tan fuertes en sus muñecas que le estaban cortando la piel.

–Yo… lo siento.

–¡Lárgate de mi casa!

Volví a mirar el cuerpo de Brielle. Alguien le había hecho tragar un destapacaños que la estaba comiendo por dentro. Lo suficiente como para quitarle la vida en el acto. Randy era el nombre del hombre; él estaba enamorado de Sara y le había dicho al agente Mills que deseaba que alguien lastimara a Brielle de la misma forma. Y alguien lo había hecho. ¿Por qué? Esa era la parte que nunca tenía sentido: ¿por qué? El monstruo que había visto tenía dientes y garras afilados; ¿por qué usar el destapacaños? ¿Por qué usar químicos con Brielle, un chuchillo con Derek y un camión con Corey? ¿Y por qué vengar una muerte que Brielle ni siquiera había causado? ¿Qué podía ganar un Marchito asesinando a personas que *otros* querían muertas?

No.

Ay no.

–Estábamos tan cerca –murmuré. Tan cerca. Pero no era el Marchito el que hacía que el resto el pueblo cometiera asesinatos, era al revés. El pueblo estaba haciendo que el Marchito asesinara. Randy quería venganza por perder a su amor, quería que Brielle sufriera lo mismo que Sara, así que Attina lo había hecho. Brielle quería que Glassman muriera por haber atacado a su hermana, fantaseó con envenenarlo como venganza, incluso llegó tan lejos como para escribir el plan en su diario, paso a paso… y entones Attina lo cumplió. Yo había deseado provocar un incendio, así que Attina lo hizo. Había deseado atropellar a Corey con un camión, así que Attina lo embistió con un camión. El oficial Glassman había deseado a niñas menores durante años, atrapado por un deseo que no se atrevía a cumplir, pero lo deseaba tanto, deseaba someter a Jessica con tanta fuerza que, mientras él espiaba por su ventana, Attina apareció e hizo el trabajo de una forma más horrible y definitiva de lo que él había imaginado jamás. Y todo, cada muerte, cada ataque, cada catástrofe que había ocurrido en ese pueblo, comenzaron cuando yo deseé cortar a Derek en pedazos. Nunca habríamos hecho esas cosas nosotros mismos, pero Attina lo hizo. Attina lo sintió, lo percibió o lo supo, con el que fuera el aterrador mecanismo que funcionaba en su mente, y él lo hizo todo. Era un espejo, un reflejo perfecto de los deseos reprimidos de la comunidad. Había estado adormecido durante décadas, tal vez desde los orígenes del pueblo, sin lastimar a nadie, porque nadie en Dillon deseaba lastimar a otros. Y entonces llegué yo.

Y desaté un infierno.

–Lárgate de mi casa –repitió la señora Butler. Moví mi cuchillo a menos de un centímetro de su rostro, aún mirando a Brielle.

–Los Marchitos se definen por lo que les falta –dije, pensando en voz alta. Podía descifrarlo. Cada Marchito tenía perfecto sentido dentro de su propia realidad y, sabiendo cuál era esa realidad, todo lo que tenía que hacer era seguir esa lógica–. Nadie no tenía un cuerpo, así que los robaba de otras personas.

–¿Qué?

–Elijah no tenía recuerdos, Rack no tenía corazón. Foreman no tenía emociones propias, así que sentía las de los demás. Attina usa la voluntad de otras personas, su habilidad de elegir y actuar, lo que significa que no tiene una voluntad propia. Es un envase vacío, un cascarón hueco, una débil nada sin deseos, sin objetivos, sin intereses propios. Alguien que encaja perfectamente en este pueblo porque siempre quiere exactamente lo que todos los demás quieren. Un monigote, no… Una mascota. Attina es el ejemplo más representativo de la vida de Dillon. Asiste a la iglesia. Participa en los eventos de la comunidad. Si deseas comida, prepara comida; si pierdes los estribos en una reunión del pueblo, él los pierde. Si deseas esconderte, llorar o quejarte, él… Por supuesto. Beth.

–¿Beth? –susurró la señora Butler. Estaba temblando de miedo–. ¿Beth Gleason?

–"Hace demasiado calor aquí" –dije, repitiendo sus palabras del gimnasio–. "Todos estamos pensando eso de todas formas" –aparté el cuchillo del rostro de la señora Butler–. Yo quería sacar a Brooke de Dillon. Es por eso que huyó, no estaba asustada, estaba protegiendo a la persona que yo quería proteger. Ingrid nos lo dijo claramente: "Beth siempre está de acuerdo con todo" –miré a la señora Butler–. ¿A dónde iría Beth fuera del pueblo? ¿Si necesitara esconderse?

–Yo… –la señora Butler tragó saliva, mirando el cuchillo que seguía a centímetros de su rostro, con sus emociones demasiado movilizadas como para pensar con claridad–. No lo sé. Tal vez a una de las viejas granjas.

–Hay muchas de ellas –dije al recordar nuestro camino al pueblo la primera noche. Habíamos atravesado una docena de granjas o más, todas extendidas en la llanura que rodeaba el pueblo–. ¿Sabe cuál específicamente? Algún lugar que sienta que es familiar y seguro.

–¿Estás diciendo que ella... que ella hizo esto? ¿Que Beth asesinó a mis hijas?

Miré el reloj en la pared: el tiempo se había acabado, el toque de queda estaba en marcha. Tenía que ser lo más sigiloso posible.

–Sé que piensa que estoy loco y que soy malo, y no tiene ningún motivo para confiar en mí –abrí la ventana para salir por allí–. Pero sí. Beth asesinó a sus hijas y yo voy a asesinarla a ella.

–Tiene una vieja granja –dijo ella mientras se secaba los ojos y me miraba con una expresión lúgubre–. No ha vivido allí en treinta años, no desde que su esposo falleció, y ha vendido todo el terreno, pero conservó la casa. La usa para hacer parrilladas y para fiestas de la iglesia –señaló hacia el norte con una mano temblorosa–. Toma la calle Main, unos dos kilómetros, luego gira en Barkwood y busca el buzón que tenga un gallo. Son cerca de dos kilómetros más –apretó los dientes, su temor se transformó en una repentina y feroz rabia–. Haz que sufra.

CAPÍTULO 24

Beth Gleason. Ella se mantenía al margen, hacía lo que le decían. Asistía a la iglesia porque todos lo hacían y, cuando Marci y yo hablamos durante el sermón, ella nos chistó, no porque quisiera, sino porque todos los demás lo querían. Todos estaban mirándonos, pero Beth fue la que lo hizo. En la reunión de la mañana todos estaban enfadados, pero fue Beth la que lo dijo. Ella era la representación de la comunidad; y desde que Brooke y yo llegamos, esa comunidad se estaba derrumbando.

Todos tienen malos pensamientos a veces. ¿Los míos la habían provocado porque… eran más intensos? ¿Más determinados? Otras personas pensaban en lastimar a otros, pero Attina no absorbía pensamientos, absorbía intenciones. La voluntad de actuar. Yo era el único en el pueblo con el verdadero y absoluto deseo de matar a alguien y con la claridad y determinación de hacerlo realmente. Brooke y Marci, o quien fuera que estuviera a mi lado en ese momento, siempre me calmaban, pero Attina no tenía eso. Tenía toda mi furia y nada que la contuviera.

Debía apresurarme.

El pueblo estaba tranquilo, ya bajo el toque de queda, pero sin las tropas que llegarían al día siguiente, aún estaba relativamente vacío. No podían estar en todos lados al mismo tiempo. Caminé lentamente por el costado de la casa de los Butler lo suficiente para poder asomarme a ver la calle. Pasó un móvil policial hacia el sur, en dirección contraria a donde yo quería ir, pero no podía arriesgarme a salir directamente a la calle, así que me escabullí en el jardín y comencé a saltar cercas.

El jardín al norte de la casa de los Butler estaba bien cuidado, el césped corto y despejado de juguetes, bancos o árboles. Sin lugar donde esconderme, pasé corriendo hasta la siguiente cerca sin detenerme, dejé caer el cuchillo y el rifle y luego salté yo al otro lado. Ese jardín tenía más resguardo y pude ocultarme tras un cobertizo para reorientarme. Esperaba que la mayoría de las personas estuvieran mirando por las puertas delanteras y no las traseras; eso hacía más fácil el saltar de jardín en jardín, pero la próxima cerca me llevaría a una casa con orientación norte y tendría que correr por la calle hacia el otro lado, directamente a la siguiente hilera de casas. Cualquiera que estuviera mirando me vería con seguridad. Pero ¿qué harían al respecto?

La mayoría de las personas en el pueblo estaban armadas; la camioneta abierta con el porta armas era suficiente prueba de ello. Si alguien me veía corriendo hacia su casa con un cuchillo de carnicero y un rifle, ¿me vería como una amenaza o como otro ciudadano armado y preocupado? Mi mejor opción para evitar problemas era actuar como lo segundo y caminar despacio por la calle como si perteneciera a ese lugar. Era una estrategia que siempre me había funcionado en los corredores de la escuela: actúa como si tuvieras permiso y la mayoría de las personas pasarán sin pedírtelo. ¿Funcionaría allí también? No con los policías, pero tal vez sí con los ciudadanos. La mayoría ya estaban furiosos por el toque de queda; podrían verme como un héroe justiciero.

O, ya saben, dispararme.

Corrí a la siguiente cerca y me agaché hasta el suelo. Había una entrada de autos que salía directamente a la calle, pero primero tenía que ver que no hubiera policías. Avancé gateando y miré a ambos lados: sin policías. Guardé el cuchillo en la funda de mi pierna (no entraba bien, pero era mejor que nada), me recompuse, cargué el rifle como si fuera un soldado patrullando y caminé hacia la calle como si estar allí fuera mi trabajo. A mitad de camino noté que un hombre mayor me observaba a través de las cortinas de una casa a mi derecha. Lo saludé como un oficial y lo lamenté inmediatamente, preguntándome si habría sido demasiado. Un gesto habría sido mejor. Él no hizo nada, yo llegué a la acera de enfrente y comencé a correr otra vez.

Atravesé el resto del pueblo de ese modo, saltando cercas y escondiéndome de la policía. En la última calle tuve que esperar cerca de diez minutos, encorvado detrás de un viejo camión, mientras un oficial hablaba con un hombre apenas a unos metros de distancia. Le preguntó si había visto algo y le ordenó que se quedara adentro. Cuando el hombre se fue, contuve la respiración, sin atreverme a hacer ni el más mínimo sonido. El policía se subió a su auto y yo me moví hacia el costado del camión para no estar a la vista desde la calle. Lo observé mientras se alejaba y, en el instante en que dio vuelta a la esquina, salí a la calle.

–No deberías estar aquí afuera –dijo una voz. Volteé y vi al hombre con el que había estado hablando el policía, de pie frente a su puerta abierta.

–Solo estoy controlando que no haya problemas –respondí señalando el rifle–. ¿Realmente confía en que ellos lo mantengan a salvo?

–Para nada –respondió y me mostró su propio rifle, que guardaba justo detrás del marco de la puerta. Asentí, él también, y continué mi camino.

Dos jardines más adelante me encontré en un campo de maíz que llegaba casi a la altura de mis hombros.

Caminé por ese campo de maíz una cierta distancia, contando mis pasos e intentando calcular cuántos hacían un kilómetro. Mis pasos tenían cerca de sesenta centímetros, tal vez setenta, lo que significaba que... ¿mil seiscientos y algo de pasos? Conté hasta mil quinientos y decidí que ya era suficiente, luego giré al oeste hacia la calle principal y la seguí el resto del camino hasta Barkwood. No había policías, ni tránsito; me pregunté si la policía habría bloqueado las calles dentro y fuera de Dillon. Noté que la señora Butler no me había dicho hacia qué lado girar en Barkwood, si izquierda o derecha, pero al alcanzarla descubrí que no había opción. Giré y caminé unos kilómetros más, pasando por un par de casas de campo. El sol seguía alto, pero ambas tenían las luces encendidas. Regresaría a ellas si no encontraba a Beth en la casa del gallo.

Y entonces llegué; una casa vieja de aspecto abandonado con tejas desgastadas y un jardín de césped reseco por el sol. El gallo del buzón se veía como una vieja veleta, oxidada, doblada y sujeta al buzón con un viejo poste de madera. Estaba al menos a un kilómetro de distancia del vecindario más cercano.

Presté atención y escuché gritos.

Aferré el rifle con más fuerza. Aún no sabía cómo asesinar a esa cosa. ¿Se regeneraba? ¿Podría percibir mi llegada? ¿Mi determinación por asesinarla haría que, a su vez, ella estuviera determinada a asesinarme a mí?

Dos voces gritaban. ¿Por qué dos?

Porque Attina no tenía voluntad propia y solo deseaba lo que deseaban otras personas a su alrededor. Y la única persona que tenía cerca en ese momento era Brooke y había solo una cosa que Brooke deseaba más que nada en el mundo.

Estuve a punto de comenzar a gritar con ellas.

Avancé, con el césped seco crujiendo bajo mis pies. Las ventanas del frente estaban cerradas, las cortinas, bajas, pero encontré una ventana abierta a un costado. Me paré de puntillas para ver el interior, pero la habitación y lo poco que podía ver del corredor estaban vacíos. Ni siquiera había muchos muebles, solo una mesa plegable y algunas servilletas viejas: una vieja casa familiar que solo usaban para fiestas. Me moví a la siguiente ventana, escuchando los gritos variar de tono, más bajos, más altos y, de pronto, un grito de dolor y un aullido de terror. La segunda ventana reveló una imagen tan desierta como la anterior, así que seguí hasta la parte trasera de la casa. La puerta estaba cerrada. Seguí a la siguiente ventana, pero me detuve al ver una luz junto al tocón de un árbol seco. La ventana de un sótano. Me encorvé sobre el césped seco para ver el interior, y allí estaba: Beth Gleason, de al menos ochenta años, con el mismo viejo vestido azul con el que la había visto siempre. Sus manos, brazos, pecho y todo el resto de su cuerpo estaban cubiertos de sangre. Casi grité, aterrado de que fuera la sangre de Brooke, de que hubiera llegado demasiado tarde para salvarla; pero no. El interior del antebrazo de Beth tenía un largo y profundo corte, desde el codo hasta la muñeca, del que brotaba sangre como una fuente. Y luego, la herida sanó, la sangre se secó y Beth gimió desesperada, tomó unas tijeras de jardín y volvió a abrirla. Sangró, gritó y volvió a sanar. Una y otra vez.

Estaba intentando quitarse la vida.

Eso era todo lo que Brooke deseaba; el pozo sin fondo de su mente, el horrible legado de Nadie. La miserable Marchita que se había quitado la vida cientos de miles de veces. Cada tropiezo parecía desatar un nuevo episodio de desesperanza y yo la había rescatado del borde de más suicidios de los que podía recordar. Cuando Attina la capturó, cuando la separaron de mí, cuando pareció que todo estaba perdido, regresó directo a él, como el consuelo de una vieja manta, y Attina no pudo resistirlo. No tenía más voluntad que la que tomaba de otros.

Tenía que actuar rápidamente, antes de que tomara la mía.

Volví a probar con la puerta trasera, la pateé algunas veces, hasta que finalmente me rendí y usé el rifle para dispararle a la cerradura. El sonido fue ensordecedor; esperaba que la decidida obsesión de Attina evitara que le importara. Durante una profunda depresión, a Brooke no le importaría; la pondría peor, en realidad. *Que Attina sea igual, por favor.*

Las escaleras al sótano estaban justo detrás de la puerta trasera, largas y angostas. El rifle sería inútil en un lugar tan estrecho, así que lo dejé contra la pared, tomé el cuchillo y avancé lentamente por las escaleras con la hoja frente a mí. No era tan fuerte como el cuchillo de combate de Potash, pero estaba afilado como una navaja y al menos podría darme algunos preciados segundos. Llegué al sótano con mis oídos aún zumbando, así que los gritos de la mujer eran apenas audibles; di vuelta a la esquina justo a tiempo para ver a Beth cortándose otra vez y sangrando copiosamente. El charco de sangre a sus pies cubría casi todo el suelo de cemento del sótano y caía en un hilo por el drenaje en el centro. ¿Cuánto tiempo llevaba haciendo eso?

Attina me ignoró y pasé sobre el pegajoso charco rojo hasta donde Brooke estaba amarrada en una silla, observando toda la situación, cegada por la desesperanza.

–Solo déjame morir –murmuró–. Solo déjame morir.

–Lo haré –le dije. Necesitaba hacer que continuara triste, para mantener fuerte su deseo de morir–. No estoy aquí para salvarte; es imposible salvarte. Has estado perdida por demasiado tiempo.

–Lo sé –respondió entre sollozos–. Solo déjame morir.

La liberé de la silla y la ayudé a ponerse de pie. Buscó a tientas mi cuchillo pero lo alejé con mi mano izquierda y la sujeté con fuerzas con mi mano derecha. Solo tenía que sacarla de allí...

… no. No podía pensar así. Tenía que desear suicidarme también, para mantener a Attina ocupada el mayor tiempo posible.

O tal vez solo tenía que desear matar a Attina.

Llevé a Brooke lentamente a las escaleras, buscando algo que pudiera ayudar. ¿Cómo podía matar a un Marchito que sanaba tan rápido? Había un hacha contra la pared; cortar su cabeza de un solo golpe podría funcionar, pero yo no tenía la habilidad para hacerlo. Se regeneraba tan rápido, ninguna otra cosa funcionaría. Busqué otra cosa. Un estante lleno de frascos polvorientos. Una caja con viejas decoraciones: de Navidad, Acción de Gracias y Halloween. Luego noté la caldera y obtuve mi respuesta: fuego. Era la única forma en la que había podido matar a Nadie; incluso la materia del alma era vulnerable a él y no podía sanarse con la suficiente velocidad para escapar. ¿Qué más podría usar? La señora Butler dijo que solían hacer parrilladas allí; debía haber combustible, o al menos carbón.

–Nunca lograremos salir a tiempo –le dije a Brooke, intentando mantener sus pensamientos enfocados en la desesperanza, y comencé a derribar cajas al pasar, esparciendo el contenido en el suelo y buscando desesperadamente algo con lo que iniciar el fuego. Finalmente encontré un envase plástico con combustible, pero no me quedaban manos libres. Tenía que soltar a Brooke o el cuchillo. Dejé caer el cuchillo y tomé el combustible, le quité la tapa y lo rocié sobre la decoración del suelo, en los estantes y los paneles de madera de las paredes. Incluso rocié un poco sobre Attina mientras ella volvía a cortarse y gritar, ignorándome. Necesitaba una llama. Dejé caer la botella semi vacía al suelo y guie a Brooke escaleras arriba sujetándola con ambas manos y subiendo los escalones con cuidado. Ella intentó dejarse caer, rogándome que no la volviera a detener, que no la salvara de la muerte, pero llegamos arriba y fuimos a la cocina.

–Busca cerillas –le dije señalándole los armarios–. Encendedores, cualquier cosa que pueda arder.

–¿Nos prenderemos fuego?

–Lo haremos –respondí mientras abría una gaveta tras otra. No podía evitar sentir un poco de emoción, de excitación ante el fuego; nunca había hecho uno tan grande, y había pasado demasiado tiempo desde que había hecho alguno–. Todo lo que necesitamos es... esto –abrí la despensa y encontré tres pequeños tanques de gas propano, de color verde oscuro, todos del tamaño de un melón. Los tomé, los agité y los sentí satisfactoriamente pesados–. Encuentra cerillas. Si deseas morir, así es cómo lo haremos.

Coloqué los tanques sobre la mesada y corrí de una habitación a la otra con la esperanza de encontrar alguna clase de parrilla a gas donde conectarlos, cualquier cosa que hiciera salir el gas. No había nada en la casa y no tenía tiempo de buscar en el garaje. Encontré una pila de periódicos amarillentos, los tomé y volví de prisa a la cocina para encontrarme con Brooke sosteniendo una caja llena de cerillas, intentando encender una torpemente entre sus lágrimas.

–¿Esto es suficiente?

–Es perfecto –le dije quitándoselas con delicadeza. La miré repentinamente asustado, aterrado de que mi cumplido hubiera arruinado todo: necesitaba insultarla, decirle que había fallado, que nada de lo que hiciera funcionaría jamás. Necesitaba hacer que deseara morir, o todo el plan podría fallar. La miré a los ojos...

... y no pude hacerlo.

–Es perfecto –repetí–. Haremos el fuego más hermoso que hayas visto jamás.

Sujeté la caja de cerillas bajo mi brazo, tomé el propano y caminé de regreso a las escaleras para volver al sótano. Al llegar, encontré a Beth de pie frente a mí, apenas a unos centímetros, cubierta de sangre y con sus ojos prácticamente resplandeciendo. Dejé caer todo mi armamento y caí hacia atrás por el marco de la puerta mientras los tanques y las cerillas se desparramaban por el suelo.

–Estás haciendo una fogata –dijo ella. Los tanques de propano seguían girando, dibujando caminos resbaladizos a través del charco de sangre en el suelo.

–Sí –respondí. Fue todo lo que pude decir.

Beth se detuvo a levantar los periódicos, descartó las páginas que se habían mojado con sangre y sostuvo las secas en su puño arrugado.

–Haremos una fogata –dijo–. Y finalmente moriré –levantó el envase con combustible y lo esparció por las paredes y el techo, mojando la alfombra que estaba en una esquina y empapando el cesto de ropa vieja que había en el fondo.

Yo me quedé parado en la entrada, observando cómo construía su pira.

Nunca tuve que pensar en matar a los primeros. Eran monstruos, y yo estaba defendiéndome a mí, a mi familia y a la ciudad. En ese momento estaba protegiendo a ese pueblo, haciendo algo que nadie más podía hacer, de una forma que nadie más podía hacerlo, y era algo bueno. Era lo correcto; los Marchitos tenían que morir. Lo sabía, del mismo modo que sabía que espiar a las personas era inaceptable, que lastimar animales era malo y que matar humanos estaba mal. Es decir: sabía que así era, pero no lo sentía. Deseaba asesinar, rebanar y mutilar, pero eso era una estafa. Una muerte voluntaria. Engañar a Attina para que se matara a sí misma era… cruel, de algún modo. No hacía eso para ser cruel. Observé a ese viejo y frágil demonio, atrapado por años en una vida que ni siquiera podía reconocer como propia, y sentí algo que nunca había sentido antes.

Sentí pena.

–No quiero hacer esto –dije.

–Yo tampoco quiero hacerlo –repitió Beth deteniéndose de inmediato. Volteó a mirarme, sosteniendo el hacha en sus manos. El combustible goteaba de su cabello y de su vestido, corría por sus brazos y caía de sus codos en pequeños arroyos.

Cinco personas muertas, y quién sabe cuántas más si no la detenía en ese momento. Había sometido a Brielle y la forzó a beber destapacaños, que la ahogó, la quemó y consumió por dentro; no porque quisiera, no porque tuviera que hacerlo, sino porque no podía controlarse a sí misma. Porque era la viva manifestación de lo peor de la humanidad. Pero también era lo mejor de ella. Había vivido allí por mucho tiempo, sin lastimar ni a una mosca, preparando sopa para sus vecinos y organizando patrullas de vecinos. Podía ser buena cuando el mundo a su alrededor era bueno. ¿Realmente merecía morir porque yo había llegado a arruinar el paraíso?

Pero ningún paraíso dura por siempre. ¿Qué haría ella al día siguiente, cuando llegaran cientos de hombres de la guardia nacional? Ellos deseaban proteger al pueblo, así que ella lo protegería. Ellos deseaban matar a un tipo malo, así que ella mataría a... no sabía a quién. A alguien. A menos que yo la matara primero.

El rey de los demonios llamado Rack me había contado cómo comenzaron los Marchitos. Eran seres humanos, perdidos en la antigüedad, que renunciaron a sus cualidades más odiadas para ganar un poder inimaginable. Nadie odiaba su cuerpo, así que renunció a él por siempre; ganó la habilidad de tomar el cuerpo que quisiera, pero perdió lo esencial de la humanidad que hacía que valiera la pena. Foreman renunció a sus emociones, ¿por qué? Debía sentir algo terrible: culpa, pérdida o pena, y no quería volver a sentirlo. Attina había renunciado a su propia voluntad, a sus elecciones, supongo que habría tomado demasiadas malas decisiones y ya no quería tener esa responsabilidad. No quería sentir el dolor de escoger mal. Pero las decisiones se siguen tomando, seas tú o no el que las tome, todo lo que ella había logrado era convertirse en una esclava.

Yo tenía que elegir por ella. Odié esa decisión más de lo que había odiado nada, pero tenía que tomarla.

–No quiero hacer esto –repetí, y reuní toda mi fuerza de voluntad–. Pero lo haré.

–Lo haremos –asintió ella. Caían lágrimas de sus ojos y me pregunté cuánto sabía en realidad, o sentía, o entendía de lo que estaba ocurriendo. No podía tomar sus propias decisiones, pero ¿era consciente de ellas? ¿Habría algo dentro de ella, como Marci dentro de Brooke, que miraba hacia afuera y veía a su cuerpo actuar, y lloraba y gritaba y rogaba que se detuviera?

»Nos quitaremos la vida –sollozó–. Y luego podremos comenzar de nuevo –levantó el hacha, se dirigió hacia la caldera y destruyó la válvula de gas.

–¿Comenzar de nuevo? –repetí. Eso era algo que Brooke había dicho; un remanente del antiguo comportamiento de Nadie. Posee a una chica, vive su vida y, cuando encuentres a una mejor, te quitas la vida y tomas una nueva. Comienzas de nuevo. Miré detrás de mí, pero Brooke no estaba allí. Ella estaba arriba.

Con el rifle.

Grité y corrí mientras Beth encendía una cerilla y el sótano cobraba vida con un horrible, glorioso y feroz ardor.

CAPÍTULO 25

—A –dijo Brooke–. American Shipping.

La camioneta nos sacudió, mientras nos conducía sobre el oscuro alquitrán de una vieja y plana carretera. El viento parecía hablar al soplar a través de nosotros, palabras a medias que ondeaban en espirales invisibles. Estábamos llegando al final de nuestro camino y comenzaban a aparecer letreros. Vi uno de una compañía de tuberías y lo señalé:

–B.

–¡Bien! –festejó ella, riendo y aplaudiendo. Sus manos seguían vendadas por el incendio; lavé sus quemaduras lo mejor posible y robé una vieja camiseta de un tendedero para cubrir las heridas. Ella me sonrió–. Sabía que te gustaría este juego.

La miré, recordando esos labios sonrientes abrazando el cañón de un rifle de caza, esas manos que aplaudían intentando alcanzar el gatillo. La había salvado justo a tiempo. Y años tarde. Vi una C en un letrero, pero en lugar de señalarlo la distraje señalando en otra dirección.

–¡C!

–¿Dónde? –giró su cuello para intentar verla en un letrero mientras pasábamos–. No veo una C en ningún sitio, ¡pero hay una J! ¡De prisa, encuentra todas las otras letras hasta la J mientras aún podamos verla!

–En la matrícula –señalé a lo lejos el letrero de la C–. Allí hay una C y del otro lado de ese camión están la D, la E... No veo una F por ningún lado.

–Demasiado tarde –dijo ella–. La J ya pasó –me sonrió, tranquila y satisfecha–. Ya veremos otra.

–Sí –el letrero con la C ya había pasado también.

–Dime otra vez ¿a dónde estamos yendo? –preguntó.

–A ningún sitio en especial –respondí evitando sus ojos–. Solo adonde podamos relajarnos un tiempo.

–Rain estaba hacia el sur –comentó Brooke–. Hemos estado yendo hacia el norte por dos días.

–El agente Mills aún nos está buscando. Y también el FBI. Necesitamos tener un bajo perfil.

–Él aún tiene a Boy Dog –insistió.

–Lo recuperaré.

–F –dijo señalando una matrícula que pasaba y comenzó a reír–. Es divertido.

La ciudad ya estaba lo suficientemente cerca para verla, un montículo bajo de árboles y edificios, y más alto sobre ellos, las nubes de humo de una planta de madera. Miré a Brooke, solo observando y observando. No quería tomar esa decisión y sí quería. Ambas cosas al mismo tiempo.

–Estás mirándome –comentó.

–Eres algo lindo para mirar.

–John Wayne Cleaver, pequeño pícaro –dijo alzando las cejas.

–Brooke, yo… –respiré profundo y lo dije lentamente–. Tú eres mi mejor amiga.

–Tú el mío.

–Eres la persona más importante en mi vida. Eres las dos personas más importantes en mi vida, ambas a la vez, y quiero que tú… estés a salvo. Que estés feliz. Quiero que crezcas y te cases y tengas hijos y una vida. Quiero que vivas miles de años.

–Ya he vivido diez mil años –respondió ella, e inclinó la cabeza a un costado–. ¿Por qué estás poniéndote tan serio de repente?

–Porque quiero hacer lo mejor para ti.

–Siempre lo haces –dijo ella–. Y yo quiero hacer lo que es mejor para ti.

–Esas dos cosas no siempre coinciden.

–Te amo –dijo Brooke.

–Creo que probablemente lo haces –suspiré–. Y creo que yo… –hice una pausa, cerré los ojos y dije lo más difícil que había dicho en vida; no porque fuera mentira, sino porque era completa e inevitablemente cierto–. Yo también te amo.

Ella se movió por el camión para sentarse junto a mí, levantó mi brazo y se acomodó debajo de él. El camión nos balanceaba suavemente mientras avanzaba, y la ciudad frente a nosotros se acercaba más y más.

–¿Ya hemos estado aquí antes? –preguntó–. Me resulta familiar.

–Ha pasado un tiempo. Pero sí.

El letrero con la C apareció otra vez: Bienvenidos a Clayton.

–Recuerdo este lugar. Yo crecí aquí –dijo sonriendo. Se sentó derecha, mirando alrededor, sintiendo la familiaridad del lugar–. Muchas lo hicimos.

–Nosotros somos de aquí. Brooke y John. Este es nuestro hogar –pasamos por la gasolinera, la gomería, el viejo Museo del Zapato–. Mereces un hogar.

–Parece más pequeña de lo que recuerdo –comentó Brooke–. Lo que es extraño, porque yo no soy más grande de lo que era, solo soy mayor. Pero todo parece como… reducido, tal vez. O tal vez solo lo estoy viendo con nuevos ojos. Como si todo soliera encajar y ahora estuviera viendo las grietas entre los edificios y las líneas en la pintura –negó con la cabeza–. ¿Solo han pasado tres años? ¿Dos? Parece como si no hubiera cambiado ni un poco. O hubiera envejecido todo un siglo.

–Al hospital, ¿cierto? –preguntó el conductor asomando por su ventana.

Asentí. Brooke no lo sabía, pero ese era un viaje pago. Cincuenta y cuatro dólares con noventa y seis centavos, cada centavo que nos quedaba más lo que obtuve al empeñar el rifle. Lo deslicé por la ventana mientras murmuraba una súplica al conductor que nos levantó.

–¿Por qué estamos yendo al hospital? –preguntó Brooke. Miró sus manos y la quemadura vendada de su pierna–. Nos pedirán identificaciones.

–Tus quemaduras están bien.

–Entonces ¿por qué estamos yendo al hospital?

Deseé que ese estúpido conductor hubiera mantenido la boca cerrada. Eso ya era demasiado difícil sin que él revelara el plan antes de tiempo.

–G –dije, señalando el letrero de Friendly Burger.

Brooke me miró, pensativa, su mente revisaba el sentido de mis palabras, de nuestro destino, de todo lo que estaba ocurriendo.

–No –susurró.

–Lo siento.

–Me abandonarás aquí –dijo apartándose de mí. Tomé su mano, reteniéndola, temiendo que saltara del camión para intentar quitarse la vida o simplemente escapar–. Si regresamos nos reconocerán, las personas sabrán quiénes somos; ya no seremos capaces de escondernos o de terminar nuestro trabajo con los Marchitos. Y sé que tú no abandonarás tu guerra, ¡así que eso significa que me abandonarás a mí! ¡Me abandonarás aquí!

–Lo siento –repetí.

–¡Te amo! –gritó–. ¡Confié en ti! ¡Somos un equipo; dijiste que nunca que me dejarías, que éramos compañeros, que bajarías al infierno para traerme de regreso!

–Tú ya has...

–¡Cómo pudiste! –me golpeó en el hombro con su mano libre, solo una vez al principio, luego una y otra vez, golpeó mi brazo y mi pecho con su puño, hundiendo sus nudillos en mi cuerpo. Sujeté su mano con la mía y luché para detenerla.

–Ya has estado en el infierno –dije–. Y yo fui quien te llevó allí. La vida que hemos estado intentando llevar, durmiendo en callejones y viviendo de bolsas de maní robado de paradas de camiones: eso es el infierno. Arrastrándote de un asesinato a otro, forzándote a recordar tragedias que ni siquiera son tuyas, danzando al borde del suicidio e intentando atraparte cada vez que comienzas a caer: eso es el infierno. Te amo, no puedo hacerte pasar por eso.

–Esa no es una decisión que tú puedas tomar.

–Lo sé.

–Esta es mi vida –protestó–. Y si así es como quiero vivirla, voy a vivirla como rayos quiera hacerlo.

–Estás enferma –dije–. Necesitas medicina, necesitas terapia, necesitas un tipo de cuidado las veinticuatro horas que yo no puedo ofrecerte...

–No quiero cuidado –gritó–. ¡Te quiero a ti!

–Y yo quiero que tú vivas. Y que seas feliz. Incluso si no estoy allí para verlo.

El camión se detuvo frente al hospital y Brooke se alejó de mí, saltó y salió corriendo.

–¡Aquí está!

–¡Es Brooke! ¡Gracias a Dios, es Brooke!

Sus padres habían estado esperando, probablemente durante horas. Es difícil predecir los tiempos de un viaje cuando dependes de aventones. Había gastado un dólar para hacer una llamada y avisarles el día y el lugar en que llegaríamos y colgar. Entonces se encontraban en el estacionamiento, sujetándola entre sus brazos, sollozando, levantándola y aferrándose a algo que habían creído perdido para siempre.

–¡No puedes dejarme! –dijo Brooke mirándome.

–Ella tiene alto riesgo de suicidio –grité desde la caja del camión–. Depresión y trastorno de identidad múltiple. Al menos una de sus personalidades es bipolar. Necesita una institución de cuidado intensivo y terapia, pero puede superarlo.

–¡No soy débil! –gritó ella.

–No lo eres. Eres la persona más fuerte que he conocido. Yo nunca podría haber hecho lo que tú hiciste.

–¿Ese es John? –preguntó la madre de Brooke.

–Él la salvó –dijo el padre.

–Él está lastimándome –sollozó Brooke.

–A veces la decisión correcta es la más dolorosa –dije–. Adiós Brooke –me senté contra la pared del camión. Hora de irse. Dije la frase siguiente en voz baja–. Adiós Marci –comencé a llorar y el camión avanzó.

–¿No te quedarás? –gritó la madre de Brooke–. ¿Qué le diremos a tu tía? ¿Y a tu hermana?

No respondí, y el camión salió del estacionamiento, de regreso al camino.

Me senté en silencio durante un kilómetro o más antes de golpear el costado del camión otra vez. El conductor se detuvo.

–¿Quieres regresar?

–Solo déjeme aquí –dije y bajé de un salto.

–¿Qué fue todo eso de allí? –preguntó.

–Ya lo verá en las noticias –respondí–. Busque el nombre Brooke Watson –comencé a alejarme.

–¿Y qué hay de ti?

Volteé y seguí caminando hacia atrás mientras me alejaba de él.

–La policía preguntará dónde me dejó. Probablemente también el FBI. Dígales que dije "hola".

Volví a voltear y seguí caminando. Caminé por la ciudad en la que había crecido, preguntándome quién podría reconocerme, qué harían. Nadie me miró siquiera. Yo era un vagabundo, estaba allí un momento y desaparecía al siguiente. Pasé por la escuela, vacía por el verano; pasé por los viejos apartamentos en los que mi hermana solía vivir. Pasé por la casa de Marci, aún rodeada de árboles y plantas, y vi a su hermana menor jugando en la acera, haciendo dibujos con gruesos trozos de gis de colores. Me detuve a media calle de distancia a observarla, pero no podía ver lo que estaba dibujando. Giré en la esquina y seguí caminando. Pasé por la planta de madera, salté la cerca hacia las vías y subí a un vagón vacío mientras el tren se alejaba con otro cargamento de madera.

Y la ciudad desapareció detrás de mí, mientras el viento murmuraba sus secretos en mis oídos.

AGRADECIMIENTOS

Odio escribir estas cosas, el hecho de que lo haya olvidado por completo en el libro anterior es prueba de ello. No es que no me guste agradecerles a las personas, ni que no tenga a nadie a quien agradecer, es más bien lo contrario: siempre temo no agradecer a las personas suficientes y que alguien esencial para mi arte o mi vida se me olvide por completo. Es por eso que en esta ocasión seré breve y solo agradeceré a unas pocas personas en este acto público. Si no eres mencionado aquí, bien, tampoco lo serán muchos otros. ¿Puedes ver qué tan buena es tu compañía?

Este libro le debe su existencia a mi esposa, Dawn; mi asistente, Chersti Nieveen; mi agente, Sara Crowe y mis editores en Tor y Piper: Moshe Feder, Whitney Ross y Carsten Polzin. Estas seis personas son las que, más que nadie, me convencieron de que un segundo libro de John Cleaver funcionaría y sería increíble y son, en consecuencia, quienes ayudaron a que fuera increíble. No puedo pedir mejores colaboradores que ellos.

SOBRE EL AUTOR

DAN WELLS

Nació en Utah, Estados Unidos, en 1977. Su pasión por la lectura lo llevó a estudiar Filología Inglesa. Ha trabajado en marketing y como publicista. Fundó una página web de reseñas de videojuegos (su juego favorito es *Battlestar Galactica*).

Es autor de las sagas **Partials**, **John Cleaver** y **El Mirador**. Ha sido nominado a los Premios Hugo y Campbell, y ha obtenido dos Premios Parsec por su podcast Writing Excuses.

Lee mucho, juega mucho y come mucho, lo cual se parece bastante a la vida ideal que imaginó siendo niño. Está casado y tiene cinco hijos.

Más información en:
www.fearfulsymmetry.net

¡QUEREMOS SABER QUÉ TE PARECIÓ LA NOVELA!

Nos puedes escribir a **vrya@vreditoras.com**

con el título de esta novela en el asunto.

Encuéntranos en

facebook.com/vreditorasya

instagram.com/vreditorasya

COMPARTE
tu experiencia con
este libro con el hashtag
#sagajohncleaver

www.ingramcontent.com/pod-product-compliance
Lightning Source LLC
LaVergne TN
LVHW100507110826
845146LV00002B/541

* 9 7 8 9 8 7 7 4 7 3 7 2 8 *